Die Spiritistinnen
von Telde

Luis León Barreto

Die Spiritistinnen
von Telde

Übersetzung: Irmgard Heimann

© LUIS LEÓN BARRETO
© CENTRO DE LA CULTURA POPULAR CANARIA

Erste Auflage: November, 1996

Leitung der Auflage: C. Otero Alonso

Layout: Margarita Oliver

Umschlagentwurf: Carlos Viña

Druck: Litografía Romero S.A.
      Pol. Ind. "Valle de Güímar"
      38550 Arafo-Tenerife

ISBN: 84-7926-211-7

Rechtsmässig registriert unter: TF.: 2.394 - 1996

Kapitel eins

Ein Novembertag des Jahres 1931

Auf dass es keinen unter euch geben möge, der seinen
Sohn oder seine Tochter dadurch läutern will, indem
er sie durchs Feuer gehen lässt, oder der Wahrsager
befrage oder sich an Träume und Vorbedeutungen
halte, oder der Hexer oder Zauberer wäre, oder der
sich an Wahrsagerinnen und Hellseherinnen wende,
oder der durch die Toten nach der Wahrheit forsche.
Denn all diese Dinge verabscheut der Herr, und wegen
solchen Schandtaten wird Er diese Völker vernichten.

Deuteronomium, XVIII, 10–12

Auf der Pendeluhr war es halb drei Uhr morgens.

Niemand war von den geschnitzten Holzsitzen aufgestanden,
ausser in den zwei Stunden Unterbrechung, die der Gerichtsprä–
sident für Mittag– und Abendessen bewilligt hatte.

"Wegen all dem, meine Herren, verlange ich die Todesstrafe
für Doña Josefa Calderin und ihre Tochter Francisca Van der
Walle, die beiden Hauptanstifterinnen dieses abscheulichen
Verbrechens".

Als der Staatsanwalt sein Plädoyer beendete, waren bereits sechzehn Stunden seit dem Beginn der Verhandlungen vergangen. Das fahlgelbe Licht der Glühbirnen hüllt alles wie in eine Gaze, und hin und wieder ist das Zirpen der Grillen zu hören, zwischen dem Wellenschlag des Meeres wühlt der Wind in den Oleanderbüschen und den Feigenbäumen, während die Fischer draussen vor dem ehemaligen Stapelplatz von San Telmo auf Fang sind, von jenen Karbidlampen beleuchtet, die wie Sterne am Horizont sind.

"Die Geschworenen haben das Wort, aber überlegt euch gut diesen ersten Schritt, den ihr in der Volksjustiz, die uns die Republik gebracht hat, tut. Ich trete nämlich weder als Henker noch als Rächer der düsteren Vergangenheit auf, sondern als Verteidiger der rein bürgerlichen Rechte. Deswegen verlange ich, dass das Gewicht des Gesetzes auf diese Geschöpfe niederfalle, die an einem Hexensabbat jenes unbefleckte junge Mädchen ins Grab gebracht haben."

Steif, gleichsam in ihrem Amt erstarrt, das sie zum erstenmal ausüben, ist den Geschworenen die Anspannung anzumerken, in die sie die Aussagen der Herren Psychiater, des Pfarrers und des Bürgermeisters, der nächsten Familienangehörigen, des Präsidenten vom Republikanischen Zentrum in Person und anderer Kronzeugen sowie die Gegenargumente der Verteidiger versetzt hatte, die nun diese entsetzliche Forderung des Staatsanwalts zurückweisen werden, der noch einmal seinen Zeigefinger hebt, um die acht Geschworenen an das schreckliche Martyrium der jungen Ariadna zu erinnern, das sie an Hand ihrer eigenen Angehörigen hatte erdulden müssen.

Brummer und Nachtschmetterlinge schwirrten um das trübe Licht. Der Wind war jetzt heftiger geworden und blähte die Palmenzweige, die über den steinernen Brunnenbecken ihre Zaubertänze vollführten.

"Und nun, da die Volksherrschaft wiederhergestellt worden ist, denkt daran, dass diese rein von Bürgern ausgeübte Gerechtigkeit musterhaft und nachdrücklich sein muss. Das ist der Grund, weswegen wir darauf bestehen, eine derart schwere Strafe zu verlangen, obwohl den Idealen des neuen Staates die Hinrichtungen zuwider sind."

Seine vehementen, mit brüchiger Stimme ausgesprochenen Worte widerhallten in dem von gutgekleideten Menschen gefüllten Saal, obgleich dort in den letzten Reihen auch Seemänner und Leute vom Land mit dem Hut in der Hand zu sehen waren.

Neben dem Podium machten die Chronisten von der Lokalpresse ihre Notizen, denn um die Mittagszeit will man eine Extraausgabe bringen, um das Urteil des Prozesses bekanntzugeben, der die ganze Insel in Atem gehalten hatte. Auch ein Berichterstatter aus Madrid war dabei und einer aus London, so bedeutungsvoll war der Fall, und sie alle pressten ihre Aufzeichnungen aufs Papier, stenographisches Gekritzel, mit heissen Sätzen gefüllte Notizhefte.

"Aus all diesen Gründen, und im Hinblick auf den ausserordentlichen Ernst der Tatsachen, vor allem aber, um eine Strafe aufzuerlegen, die denjenigen als Beispiel dienen soll, die mit der Unwissenheit Handel treiben, fordere ich die Hinrichtung der Angeklagten durch die Würgschraube und die Einweisung in ein Hospiz der beiden hier anwesenden Minderjährigen Cristina und Maria del Pino Van der Walle Calderin."

Die acht Geschworenen und die beiden Ersatzpersonen, die sich wenige Meter entfernt befanden, starrten auf den beinah unscheinbar wirkenden Mann von niedriger Statur, mit hängenden Schultern und knochigen Händen, und sie waren beeindruckt von dem schroffen Widerhall seiner Stimme und dem ernsten Gesichtsausdruck, als er sich nach einer Verbeugung vor dem Gerichtspräsidenten wieder hinsetzte. Dieser liess nun die An-

wälte zu Wort kommen, befahl aber zuvor der Bereitschaftspolizei, die Angeklagten zu wecken, denn sie schienen erneut in
eine Art Trance gefallen zu sein, in der sie empfindungslos und
unbeteiligt verharrten.

"Die Herren Strafverteidiger haben das Wort", sagte er
dann.

Das Urteil sollte erst vier Stunden später ausgesprochen
werden, als über dem Meer schon der Tag anbrach und sich wie
ein Schlund zwischen der Wolkendecke und einem Nieselregen
öffnete, der so zart war, dass ihn der Wind zerfranste; laue
Tröpfchen unter dem Glockengeläut von Kirchen und Kapellen,
während die Viehherden die kahlen Ebenen durchziehen und der
Wind die Dünen der Landenge zusammenwirbelt, die Ziegen-
schellen durch die sandige Einöde klingen und die Sonne im
Osten aufgeht.

Kapitel zwei

Die Gründung

> Sie sagten, Acoran sei Gott, er allein, ewig, allmächtig,
> und in Gedanken beteten sie ihn an. Sie schworen auf
> Magec, die Sonne. Sie sagten, diese sei nichts anderes
> als ein Dämon, der am Eingang der Erde, Gabiot
> genannt, unter ewigen Feuern und Qualen leidet. Die
> Gespenster nannten sie Majios oder Söhne von Magec.
> Den Dämonenerscheinungen gaben sie den Namen
> Tibicenas.
>
> *Tomas Arias Marin y Cubas*

Man erzählt, Pieter Van der Walle sei ein jüdischer Geld-
verleiher gewesen, der sein Haus zwischem dem Palast der
Herrschaften von Gruuthuse, der Schreibstube und dem
Beginenkloster hatte, in einer schattigen Passage, von wo man
ein kleines Stückchen vom Hafen und dem grossen Kanal
erblicken konnte.

Von dort aus hatten seine Urgrosseltern sehen können, wie
die Schiffe ankamen, die den Bernstein aus Preussen brachten

und den baltischen Weizen, das Bier aus Hamburg, die Pelze aus Nóvgorod, Holz und Kabeljau aus Norwegen, Samt aus Genua, Brokate aus Venedig, Wolle aus Spanien, die Gewürze aus dem Osten und den Wein aus Frankreich, was alles gleich neben dem Marktturm untereinander sowie gegen die Stoffe und Klöppelspitzen der Stadt ausgetauscht wurde.

Seine Vorfahren waren Makler der grossen Finanzgesellschaften gewesen, unter anderen die der Bardi und der Peruzzi, bis sie sich dann selbständig machten, was ihnen gestattete, ein gewisses Vermögen zu scheffeln, das beachtlich hätte sein können, wenn der Hafen nicht unter der Anhäufung von Schwemmland und der Konkurrenz von Gent und Antwerpen gelitten hätte, denn die Schlammablagerungen des Flusses Zwyn verdrängten die Hafentätigkeit nach und nach zu Gunsten von Damme und besonders in jene Häfen, die zum Meer hin offenlagen.

Man sagt, es sei in L'Ecluse gewesen, obgleich andere behaupten, es wäre in Zeebrugge, in Gent oder sogar in Ostende geschehen, wo Pieter zugesehen hatte, wie die ersten Sendungen von den Zuckerinseln ausgeladen worden waren. Zu jener Zeit verbarg er seine Identität unter dem Namen Pieter Vanderst, denn er war zu einem Verfolgten geworden, weil er seiner Obhut anvertraute Gemeindegelder unterschlagen hatte.

Er war zweiunddreissig Jahre alt, als er den verrückten Entschluss fasste, sich im Frachtraum eines Segelschiffes zwischen den leeren Ballenhüllen zu verstecken, und so gelangte er in die Stadt Sevilla, wo er sich Pedro Vandale nannte und als treuer Untertan des Kaisers Karl ausgab, welcher damals Prinz der Niederlande, König von Spanien und Sizilien und Titelträger des Heiligen Römischen Reiches Deutscher Nation war.

Man sah ihn umherstreichen von La Lonja bis zum Tor von La Almenilla, in der Nähe vom Hospiz und bei La Alameda de Hércules, bei den Mauern des Alcázar und dem Palast von

Las Dueñas, beim Pilatushaus und Las Sierpes, vor Klostern, Kasernen und Gasthäusern, bis er sich dann nicht weit von La Giralda mit Maria Vargas anfreundete, die zu den Schützlingen des berühmten Hauses von Doña Lucinda Molina gehörte, und die er mit einer Handvoll Münzen bezirzte, welche die Seereise fest eingenäht in einer Innentache seines Wamses überstanden hatten.

Nach wochenlangem Müssiggang und allem erdenklichen Frass, und nachdem er an vielen Nachmittagen dem Treiben an den Kais und dem Einschiffen von Seide und Keramik, Seife und Schiesspulver, Fässern und Glasperlen zugesehen hatte, und den Kartenspielern auf dem Platz der Kathedrale und gelegentlich auch den Festen, bei denen man Stiere mit der Lanze stiess und zu Pferde mit ihnen in den Korralen kämpfte, fasste er in einer langen schlaflosen Nacht den Entschluss, zu den südlichen Inseln zu reisen, die damals Verbindungspunkt waren zu den jüngst er-worbenen Kolonien der Neuen Welt und wo es, so versicherten die Seeleute, Land zu günstigem Preis gab.

Maria Vargas stachelte derart seine Eifersucht an, dass er ihr die Ehe antrug, und da die Kirchendekane nicht einwilligten, ihn in aller Öffentlichkeit zu trauen, und noch viel weniger in der Kathedrale, musste es in Santa Ana geschehen, was ihn eine alte, dunkle Kirche dünkte, denn zu solch früher Morgenstunde war er nicht dazu aufgelegt, deren schönes Altarbild zu bewundern. Als Trauzeugen waren nur Doña Lucinda und sechs ihrer Freudenmädchen zugegen. Er schrieb sich als Pedro Van-dale ein und seine Frau als Josefina Aurelia Montañes, was möglich war dank der letzten Groschen, die er beiseite getan hatte, nachdem der Preis der Reise vereinbart worden war, die auf einem Schiff stattfinden sollte, das mit der nächsten Flut an einem windigen Apriltag von den Rampen des Guadalquivir auslaufen würde. Mit sich nahm er das in seinen Augen haften gebliebene Bild vom stattlichen Goldturm, von den prunkvollen

Salons der Paläste, den prächtigen Kacheln der Hauskapellen, den fröhlich plätschernden Brunnen der Innenhöfe, vom Minarett der grossen Moschee, von der Rathausfassade, den Parkanlagen und Toren auf der linken Uferseite und den neuen Gebäuden, die sich am anderen Flussufer, dem Stadtviertel von Triana erhoben, und wo der Eifer der Baumeister und das Gewimmel der Händler vom Emporstreben der Stadt zeugten.

Maria Vargas weinte, die nun Frau Josefina Aurelia war, geboren in der Ortschaft Sigüenza, in Kastilien, denn so stand es in den Trauscheinen und Registern des Syndikus beurkundet, von welchem Pieter mit seinen Dublonen und Talern die Genehmigung erhalten hatte, als reinblütige Person zu gelten, als Christenmensch aus den nördlichen Königreichen und Untertan Seiner Majestät, jetzt und für immer und für alles, was befohlen wurde zu Seiner Ehren und die der Kirche der Katholiken, deren allerliebster Sohn und erster Büsser er sich schätzte.

Und so kam es, dass Pedro Vandale, der bereits mit dem Gedanken spielte, seinen ursprünglichen Namen wieder anzunehmen, sobald die Umstände es erlauben sollten, nach siebzehn Tagen bewegter Seereise mit abwechselnden Windstillen und Stürmen den Umriss eines sandigen Landes wahrnahm, das umgeben war von kahlen Bergen, die trostlos wirkten in ihrer Leichenblässe und dem Fehlen von Bäumen. Ungefähr drei Meilen gen Süden erspähte er fruchtbarere Gefilde, mit einer kleinen, anscheinend runden Burg, die, wie er später erfuhr, das Kastell von San Pedro war, und in Richtung Norden gewahrte er eine Mauer, die einer steinernen Leinwand glich, mit Bollwerken an den Extremen, und es schien ihm ein armseliger Ort zu sein, wenn er ihn mit der Stadt Sevilla verglich, denn am Fuss der Felsen gab es wohl nicht mehr als achthundert Häuser, die nur am Rande eines spärlichen Flüsschens von Palmenflecken umgeben waren, nicht weit von der im Bau befindlichen

14

Kathedrale, die aus kaum etwas mehr als einem Gerüst bestand, denn es war noch nicht einmal das Querschiff vollendet, weil die edlen Herren nachlässig waren, wenn es darum ging, den Zehnten von der Orchille[1] zu bezahlen. Und zu den ständig drohenden Seeräubereinfällen und einer anhaltenden Trockenzeit, die die Quellen versiegen liess, kam noch die Zwietracht unter den verschiedenen Feudalherren, und eine Plage der berberischen Wanderheuschrecken, die die Zuckerrohrplantagen vernichtete.

Maria Vargas seufzte vor Kummer, als sich die Schaluppe der Landungsstelle näherte, und sie machte ihrem Herrn Gemahl Vorwürfe, sie zu so fernen Gestaden, in eine derart sandige Einöde gebracht zu haben, die eher dazu geschaffen war, dass der Maure darin hause und nicht ein Christenmensch. Don Pedro aber war schon dabei, ein paar Reittiere zu mieten, denn er wollte sich der Stadt nähern und diese gründlich in Augenschein nehmen, bevor er beschliessen würde, was ein Landesflüchtiger unternehmen könnte, der weder viele Reales besass noch Beziehungen, die ihm hätten Obdach gewähren können. Da er jedoch ein energischer Mann war, und das konnten die Knochen von Marias Liebhaber bezeugen, den er sieben Wochen zuvor in die Flucht geschlagen hatte, kam es nicht soweit, dass ihn die Niedergeschlagenheit übermannte, obschon die Helle jenes Himmels vorübergehend seine Augen blendete und ihm der Wind entgegenpeitschte, der von Osten her über eine Landschaft fegte, in der die Dünen im Sonnenlicht flimmerten. Ihm war, als würde ihn die Last des Morgens nach den Strapazen der Seereise erdrücken, aber schon war er mit den Reitknechten am Feilschen, die ihm Maultiere vorführten, die von den Fliegen zerstochen waren und Sättel trugen, deren Leder durch jahrelangen Gebrauch rissig geworden war. Nachdem er Doña Josefina aufgesetzt hatte,

---

1. Färberflechte (d. Ü.)

machte er sich auf den Weg, und bald war das Schiff nur noch ein winziges Stückchen von der Brise geschwollenes Segeltuch, das sich hinter der Landzunge von La Isleta verlor.

Man sagt, er hätte mit eigenen Augen den Wandteppich im Rathaus zu Antwerpen gesehen, auf dem der Bürgermeister der Stadt dargestellt ist, wie er die Kapitäne der ersten Schiffe willkommen heisst, die mit Ladungen von so hervorragend reinem Zucker angekommen waren,dass das Interesse der Bankiers sofort erwacht war, grössere Warenposten einzuführen und auf dem Kontinent zu verteilen, denn die Glücklichen Inseln erzeugten eine bessere Qualitat als Madeira, sobald die Rohrstangen, welche die Grossmeister aus Portugal selbst angepflanzt hatten, erntereif waren.

Also hatte Pieter die realistische Darstellung auf dem Wandteppich bewundert. Er hatte sich aufmerksam die Häuserreihen angesehen, zwischen denen die Wimpel der Schiffe hängen, und im Vordergrund, auf den Pflastersteinen am Pier, ein von den besten Leuten der Stadt gebildetes Gefolge hinter ihrem Bürgermeister, der die Hand ausgestreckt hält, um die Expeditionsleiter zu begrüssen, und als Hintergrund das Schiff mit den bis obenhin gefüllten Laderäumen.

Ob die Szene nun von Verhaert stammt oder nicht, sie wurde auf 1508 datiert, was jedoch als ungenau betrachtet werden kann, da der Zuckerhandel, der bis zu den Religionskriegen und dem Aufstand der nördlichen Provinzen dauerte, erst später gegen Mitte des Jahrhunderts seinen Höhepunkt erreicht haben dürfte.

Nur zu gut wussten es die Kaufleute von Flandern, denn sie selber begünstigten die Entsendung von Zwischenhändlern, denen man von zwanzig Fanegadas[2] erzählte statt der zwölf,

---

2. span. Feldmass (64,6 Ar) (d.Ü.)

welche La Vega von Pieter Van der Walle ausmachten, die über der Hauptschlucht von Telde lag und eine der blühendsten Zuckerfabriken der ganzen Insel war, denn laut der Eintragungen, die in den Büchern der Familie stehen, konnte er die mit Don Pedro Jaimez unterzeichnete Schuld in nur sieben Jahren tilgen, und er tat sich mit diesem noch zu neuen Unternehmen in Tenoya und in Agaete zusammen, abgesehen von weiteren zwei in der Stadt Telde, an den Orten, die als Los Picachos und San José de Las Longueras bekannt sind, so dass bei seinem Tod im Jahre 1593 das Ansehen der Familie beachtlich war.

Die Kontrollen der Treuhänder bescheinigten Jahr für Jahr die Güte des Zuckers, des ersten und zweiten Honigs, der Konfitüren und Konserven aus den Betrieben von Pieter und dessen Teilhaber Pedro Jaimez, und bald kamen Händler aus Genua, um mit jenen aus Antwerpen zu rivalisieren; die Insel war ein Netz von Zuckersiedereien, und so konnten sich die ersten Vermögen anhäufen. Nach wenigen Jahren wurde es Brauch, die Ehen zu vereinbaren, die die Grundlage der Majorate und Ältestenrechte von Tenerife, Gran Canaria und der Insel La Palma bildeten, mit den Mittelpunkten von Adeje, Güímar, Arucas, Argual, Tazacorte und Los Sauces, von denen manche noch bis weit ins 19. Jahrhundert hinein bestehen blieben, obwohl die Glücklichen Inseln, die einst die Madeira–Inseln verdrängt hatten, sich ihrerseits nun durch Kuba entthront sahen. Dort liess sich Juan de Vendoval nieder, nachdem ihn sein Vater in seinem letzten Willen dazu verurteilt hatte als Strafe für sein skandalöses Luderleben und dem Verschwenden des Familienvermögens im Kartenspiel und in unehelichen Kindern, Laster die er auch auf Kuba beibehielt, weshalb die Vendovals nach wenigen Jahrzehnten zu gewöhnlichen Leuten geworden waren.

Auf der Insel liessen sich also Familien nieder, die sogar aus eigener Tasche Männer ausrüsteten, um die Eroberung von Tenerife, die grösste der Inseln und die den stärksten Widerstand leistete, zu beenden. Auch Handwerker und Bauern aus Portugal siedelten sich an, bekehrte Juden aus Kastilien, und Maultiertreiber von Madeira zum Heranschaffen des Zuckerrohrs während der Erntezeit, wofür sie achtundvierzig Maravedis[3] pro Kessel erhielten und ausserdem zwei Mass von der Melasse und die notwendige Menge vom zweiten Saft für das Vieh.

Auch brachte man Mauren– und Negersklaven aus der Berberei und aus Guinea, um die härtesten Arbeiten zu verrichten, sowie Sudanesen, die sich vermehrten und mit Leuten niedriger Herkunft und mit Liederjanen wie Don Juan mischten, dem man unter den Sklavinnen seines Vaters bis zu neun Mulattenkinder nachzählte. Damals verfügte die Stadt Real de Las Palmas bereits über Studierte und Schreiber, einen Bischof und Kanoniker, Priore, Kantore, Schatzmeister und Erzdiakone, die die Bauarbeiten an der Kathedrale von Santa Ana beaufsichtigten, welche fortwährend von Schwierigkeiten heimgesucht waren, denn bald musste man neue Pläne aufstellen, bald Don Diego Alonso Motaude für sechzig Doblas[4] Lohn verpflichten, oder Don Juan Palacios, der die Kirche unvollendet gelassen hatte, und in solchem Zustand war sie vier Jahrhunderte hindurch geblieben, obwohl sie sich bereits mit Seitenaltären und Reliquien füllte, wie zum Beispiel der Helm von St. Joachim und die Kniescheibe von St. Pankratius, und dazu kamen noch die Gründungen von La Antigua, San Pedro, San Francisco de Paula und andere mehr, bis es zusammen elf an der Zahl waren.

Manchmal kam es vor, dass Segelschiffe mit Sklaven strandeten, die für die Antillen bestimmt waren und von Männern gesteuert wurden, die die Fallen der Riffe und Untiefen zwischen Gando und Melenara nicht kannten, und die restlichen Sklaven kaufte man den Portugiesen ab oder erwarb sie bei den Raubzügen an der Goldküste, und sie alle waren geschickt in der Zuckermühle

---

3. alte Kupfermünze (d.Ü.)
4. alte span. Goldmünze (d.Ü.)

18

beim Heranschaffen der Rohrstangen und im Umgang mit den Behältern, wo man den ersten Schaum und den Saft zum Raffinieren aufbewahrte. Sie wurden zu Christen und anlässlich der Feierlichkeiten des Fronleichnamstages getauft. Und von da an erhielten sie die Vor– und Nachnamen, die ihr Herr ihnen gab, und da sie genügsam und fleissig waren, gestattete man ihnen, trockene Kandelaberkakteen für die Scheiterhaufen der Johannisfeuer einzusammeln und auch die Laubgirlanden zum Schmuck des Gotteshauses anzufertigen und die Prozessionen mit ihren Tänzen zum Klang von Schellen zu begleiten, die mit Schnüren aus Schilf an den Beinen befestigt waren. Und an jedem ersten November liefen diese Gruppen durch die Strassen und liessen die Seelenglocke ertönen.

Es wird behauptet, dass Pedro Vandale, der nun für immer Pedro Van der Walle war, nicht mit den Nachforschungen des Inquisitionsgerichtes belästigt worden sei. Las Palmas war bereits Hauptstadt des Königreichs der Kanarischen Inseln, denn dort befand sich der Bischofssitz, das Haus vom Generalkapitän und der Gerichtshof, und das erste, was Pedro Van der Walle tat, sobald er Fuss in die Stadt gesetzt hatte, war, sich bei den obersten Würdenträgern sehen zu lassen, denen er sich als Ansiedler vornehmer Herkunft wenn auch geschmälerter Güter vorstellte, der jedoch bereit war, die Konzession einer der fruchtbaren Auen zu erlangen, die den besten Zucker der Welt hervorbrachten. Um das zu erreichen, zögere er nicht, sich bei den edlen Nachkommen der Eroberer, die im Besitz der besten Grundstücke und Bewässerungskanäle waren, zu verdingen, oder für geringes Entgelt die Anhöhen nutzbar zu machen, wo Drachenbaum, Kastanie, Nussbaum, Holunder, Aloe und Feigenbaum wachsen, denn er wusste, dass es sogar auf unbewässertem Boden möglich war, viele Arroben[5] von Früchten zu erlangen, da alle europäi-

---

5. Gewicht (11,5 kg), auch Hohlmass (d.Ü.)

schen und amerikanischen Pflanzen im Klima der Inseln gedeihen konnten. So jedenfalls hatte es sich in seiner Heimatstadt Brügge herumgesprochen. Und all das erklärte er in spanischer Sprache, in der er schon ziemlich gewandt war, denn er war ein Mensch von hellem Verstand und beharrlich im Lernen.

Es begleitete ihn auf seinen Gängen Doña Josefina Aurelia, die bei den Herren stets einen angenehmen Eindruck erweckte wegen dem hellen Grün ihrer Augen und den grosszügigen Dekolletés, was nicht üblich war bei den wenigen Damen, die im Bereich der Hauptstadt ansässig waren. Diese erstreckte sich damals knapp innerhalb des Tores von San José bis hin zu der Mauer, die von dort aus auf der Südseite zum Meer hin verlief. Am anderen Ende war die Stadt ebenfalls von einer Mauer umgeben, die von der Festung Santa Ana ausging, neben welcher man später den Damm von San Telmo errichten würde. Diese Mauer zog sich am dahinter liegenden Bergrücken, dem San Francisco–Hügel, zum Kastell von Mata hinauf, das ebenfalls mit einem Geschützstand versehen war, während das Kastell von La Luz, die Hauptfestung von La Isleta, den östlichen Teil schützte und der Festungsturm von San Pedro die Ebene im Süden bewachte.

Die edlen Herren beeilten sich, der Dame zuzulächeln und ihr zu schmeicheln, und sie wunderten sich über den Altersunterschied zwischen den Eheleuten, denn Don Pedro musste wohl ungefähr dreiunddreissig Jahre alt gewesen sein und Doña Josefina Aurelia kaum neunzehn, und sehr anmutig war ihr Gesicht obwohl sie die Angewohnheit hatte, es mit Ölen einzuschmieren. Don Pedro hatte seinen Gefallen an der Begeisterung, die Maria Vargas obendrein noch schürte, denn im stillen hegte er die Absicht, sich nötigenfalls ihrer Reize zu bedienen, sobald sie ihre Figur wieder zurückerlangen würde, nachdem sie den Erstling geboren hatte, den sie schon seit drei Monaten in ihrem Leibe trug. Und so rechnete er damit, auf diese Weise die

Schwierigkeiten zu bewältigen, die eventuell auftreten konnten, noch bevor er den Genehmigungsschein in der Tasche hatte, der ihm gestatten würde, die erste Zuckersiederei neben der grossen Schlucht zu errichten, auf den Grundstücken, die ihm Don Pedro Jaime de Sotomayor als Aufseher anvertraut hatte.

Maria Vargas brachte einen Erdenbürger zur Welt, der als Siebenmonatskind gelten musste, denn im Besitz der Amtsdiener befand sich das Datum der Eheschliessung in Sevilla, und noch war die Zeit nicht um, die eine Frau abzuwarten hat, die schwanger geworden ist. Alle staunten über den kräftigen Knaben, über seinen blonden Haarschopf und die so blauen Augen, wie sie auf der Insel nur schwerlich zu finden waren. Das Kind wurde in dem grünen Becken aus sevillanischer Keramik mit Blumenreliefen und dem doppelköpfigen Adler der Habsburger getauft, das sich, von einem Holzgitter umgeben, in der St. Johannes–Hauptkirche befand, und die Eltern gaben ihm den Namen des Täufers, um sich bei den Leuten des Ortes noch beliebter zu machen, die den Fleiss des Ehemannes und den Liebreiz seiner Frau sowieso schon schätzten, obgleich man letzteren mit gewissem Gerede in Zusammenhang brachte, das sich auf die häufigen Besuche bezog, die Don Pedro Jaimez dem Ehepaar unter dem Vorwand abstattete, die Abrechnungen des Landguts zu überprüfen.

Noch grösser war die Überraschung, als Don Pedro Van der Walle nach fünf Jahren die Kaufurkunde erhielt, die auf dreitausend Golddublonen ausgestellt war, also zwei Millionen vierhunderttausend Maravedis, die, so sagte Don Pedro Jaimez, er auf der Stelle erhalten habe, weshalb er die zwölf Fanegadas abgrenzte, die am Rand der Schlucht entlang verliefen, wozu er Holzzaun und Dorn verwendete und es La Vega nannte.

In jenem selben Jahr gebar Doña Josefina ihr zweites und letztes Kind, denn die Dame starb bei der Geburt des dritten. Man gab ihm den Namen Nicolás, und unter dem gemeinen Volk ging das Gerede um, er sei das Ebenbild seines Taufpaten Don Pedro Jaimez, Beschützer des guten Sterns der Familie. Als dann die üblen Zufälle des Lebens aus Juan einen Burschen machten, der dem Kartenspiel und den Würfeln, den Weiberröcken und dem Rum zugetan war, sah man sich gezwungen, ihm ein Drittel des Anwesens auszuzahlen und ihn zum Weggehen zu veranlassen, während die Verwaltung des Hauses Nicolás übertragen wurde. Dieser stellte sich als ein vernünftiger Mensch heraus, dem es gelang, die Nachforschungen einstellen zu lassen, die das Ketzergericht aufgrund der Verdächtigung in die Wege geleitet hatte, sein Vater hätte sich als Verbindungsmann der Hugenotten betätigt und sei Angehöriger der Lutherischen Laienbruderschaften, die man auf der Insel einzuführen versuchte, denn es war bekannt geworden, dass bereits fünfzig Anhänger der Augsburger Bekenntnisgruppe eingetroffen seien und ebenso viele vom Bund der Apologie, der Katechismen und der Eintrachtsformel. Aber Don Nicolás wusste zu beweisen, dass das alles nichts anderes war als das Ergebnis eines Lügenfeldzuges, den jene ausgeheckt hatten, die neidisch waren auf das Gedeihen von La Vega. Sogar der unermüdliche Don Pedro Ortiz de Funes und seine Kommissare und Lauscher mussten schliesslich zugeben, dass sein Vater schuldlos war bezüglich der Anklage, als Verbindungsmann für die Agenten der Handelsgesellschaften von Flandern und England tätig gewesen zu sein und weder mit Tomas Nichols noch mit Eduardo Kingsmill oder mit Juan Hilt etwas zu tun hatte, die alle streng bestraft wurden, weil sie Unwahrheiten verbreitet hatten.

So mutig war Don Nicolás, so sehr wünschte er, dem Ränkespiel ein Ende zu machen, dass er, als man ihn benachrichtigte, die niederländische Kriegsflotte von Pieter Van der Doez beabsichtige, mit neuntausend Mann Landtruppen und dreiundsiebzig Kampf– und Transportschiffen eine neue Plünderung vorzunehmen, zum Statthalter Alvaro eilte und sich zusammen mit den Leuten seines Landguts anbot, den Schlupfhafen von Santa Catalina zu verteidigen, zusammen mit dem Bischof Don Francisco Martínez, dem Klerus, den Amtsschreibern und den Inquisitoren,denn das Mitwirken aller war notwendig, um gegen die Feinde des Glaubens zu kämpfen.

So kam es, dass bei Tagesanbruch des 26. Juni 1599 Don Nicolás eine der Bürgerwehren von Freiwilligen anführte, die in den folgenden drei Tagen grosse Verluste erlitten, und da es an Schiesskugeln zu mangeln begann, sahen sich die Inselbewohner gezwungen, solche aus Blei zu giessen, die sie so stark abfeuerten, dass die Kanonen platzen. Und obgleich der Lizenziat Pamochamoso, der damals zum stellvertretenden Statthalter ernannt worden war, die Beherztheit von Don Nicolás und seinen Leuten lobte, befahl er doch, die Festung zu übergeben, denn dem Feind war es gelungen, den Hügel zu ersteigen, die Mauern zu stürzen und die Tore der Kastelle niederzureissen. Die Chroniken berichten, der Burgvogt Alfonso de Venegas hätte persönlich die Schlüssel als Geschoss auf den Feind geworfen als er sah, dass es an Artillerie mangelte, worauf die Kanarier in die oberhalb der Stadt befindlichen Mastixwälder flüchten mussten. Dorthin schickte der holländische Admiral eine Abordnung von Gefangenen mit dem Auftrag, zwecks der Auszahlung von vierhunderttausen Dukaten Lösegeld zu verhandeln und verlangte, dass die Inseln von nun an als Vasallen der Staaten Holland und Seeland anerkannt werden sollten.

Am zweiten Juli traten Don Nicolás und die anderen Fähnriche, die Vögte, die Bauern und Sklaven den feindlichen Divisionen entgegen, und es gelang ihnen, beim "Kreuz des Engländers" achtzig Mann zu schlagen, während der Rest die Flucht ergriff. Andere kamen ums Leben, weil sie von den Felsen des Dragonal abstürzten, weshalb der Admiral noch am selben Abend den Befehl zum Rückzug erteilte. Nur ein paar Geschütze, die Glocken von der Kathedrale, hundertfünfzig Fässchen Wein und mehrere Kisten Zucker konnten sie mit an Bord nehmen. Sie brachten es aber noch fertig, die Franziskanerkirche, die Mehlwaage, den öffentlichen Getreidespeicher, den Bischofspalast, Rathaus und Gerichtsgebäude, die Stadtarchive, das Gefängnis und vierzig Wohnhäuser in Schutt und Asche zu legen, sowie das Holzwerk der Kastelle von La Luz und Santa Ana, das Nonnenkloster von San Bernardo und das Kloster von Santo Domingo in Brand zu stecken. In letzterem wurde ein niederländischer Staatsbürger von der Inquisition wegen Ketzerei gefangengehalten, der als erster mit Pech und Teer die Flammen entfachte und sich zusammen mit seinen Landsleuten nach Santo Tomé einschiffte, wo das ungesunde Klima dem Admiral und einem Grossteil seiner Offiziere das Leben kostete.

All das brachte Don Nicolás die Auszeichnung eines Ehrenrittmeisters ein, und als Belohnung durfte er von nun an ein Familienwappen tragen, dem er als Verzierung einen Waffenrock mit Schwert und Rundschild hinzufügte, wie man auf der Steintafel seiner Grabstätte neben dem Taufbecken in der St.–Johanneskirche sehen kann. In dieser Kirche war er im Jahre des Herrn 1601 im Alter von 43 Jahren mit Eduvigis Mújica y Saavedra getraut worden, und aus diesem Ehebund ging der Stammhalter Jácome Teótimo hervor sowie drei Töchter, die auf den Wohnsitzen des Anwesens blieben, das durch die Kunst von Architekten aus Venedig verschönert worden war. Diese hatten Springbrunnen und Spazierwege, Statuen aus Bronze, Granitbögen und Wasserteiche aus Alabaster angebracht, denn die Geschäfte florierten weiterhin. Don Nicolás hatte La Vega um noch fünf Fanegadas vergrössert, womit es im ganzen bereits siebzehn waren, und auf einem Teil davon pflanzte er Reben und Mais. Seine Weine waren sogar am Englischen Hof berühmt und sein Zucker blieb weiterhin der beste der ganzen Insel, und er liess ihn auf Schiffe laden, die er persönlich vom Schutzhafen Gando aus eigens zu diesem Zweck flottmachen liess. Er war ein glücklicher Mann, da er sah, dass der junge Jácome gutwillig seine Lehren in der Verwaltung der Besitztümer aufnahm und dass seine drei Töchter Clarisa, Benedicta und Primitiva freiwillig in das Kloster der Barfüssigen Bernhardinernonnen eintraten, womit er ganz und gar dem Wunsch von Militär und Kirche entgegenkam wie es sich für einen Edelmann ziemte. Am 12. August 1631, im Alter von dreiundsiebzig Jahren, verschied er im Frieden des Herrn, als sein Enkel Aristeo das Licht der Welt bereits erblickt hatte, der nach Don Jácome bis zu seinem Tod im Jahre 1710 der Familiendynastie vorstand, die dann von Don Niceforo weitergeführt wurde. Da bei letzterem die Leidenschaft fürs Spiel wieder erwachte, der sein sogenannter Vizeururgrossvater Don Juan verfallen gewesen war, wurde er der Familiengeschäfte durch seinen Sohn Don Aristóbulo enthoben, dem im Jahre 1760 Don Eutiquio nachfolgte. Die Van der Walle hatten schon von jeher eine Vorliebe für Namen mit hellenischem Klang, und so wurde 1745 Don Antero, 1778 Don Edesio, 1810 Don Everar Doroteo, 1839 Don Euripides, 1872 Don Cayo Aurelio und 1905 Don Jacinto Maria geboren, und mit letzterem gehen die dreizehn Generationen der Familie zu Ende.

Nachdem in Ansite die Kapitulation vor den Truppen des aus Jerez stammenden und bereits wegen seiner Grausamkeit berühmten Pedro de Vera vollzogen war, sandte dieser seine Kompanien von Reitern und Infanteristen, um die Insel zu besetzen, wo man dem König gewidmete Ortschaften gründen würde, um dessen Ehre noch zu vermehren.

Also verfügte Pedro de Vera, dass die Männer der Heiligen Bruderschaft von Andalusien, die Leute zu Pferd waren, mit den Rittmeistern Pedro de Santi Steban und Ordoño Bermúdez nach Süden zogen.

Die Stadt entstand, als man eine Festung von rechteckigem Grundriss mit vier breiten Türmen errichtete, die mit Schiessscharten gekrönt waren, durch deren Öffnungen geschossen werden konnte, sowie einer Zugbrücke mit umlaufendem Graben, denn normalerweise war zu erwarten, wie es ja auch auf dem spanischen Festland im Kampf gegen die Mauren geschehen war, dass nach der Eroberung hie und da noch Aufstände keimten, weshalb es notwendig ist, einen solchen Wachtturm mit Zinnen und Schiessscharten zu erheben, der den überlebenden Eingeborenen wie eine Gebetsstätte vorkommen kann, denn Jahre später sollte sowieso ein Glockenturm daraus werden, der die Hauptkirche von Johannes dem Täufer krönt, mit ihrem weiten Fussboden, um Wappenträger und Feudalherren, Priester, Kirchendekane und die Besitzer der ersten Zuckersiedereien darin zu bestatten, und mit der Esplanade davor, die für die schwarzen und die maurischen Sklaven bestimmt ist und für die armen Leute, die nicht in der Lage sind, sich mit dem Zehnten das Anrecht zu erwerben, in geweihtem Boden beerdigt zu werden.

So war also dieser mit bläulichen Quadersteinen abgedeckte Turm der Wächter, von wo die Einfallversuche der Piraten entdeckt wurden, die während Jahrhunderten die Küste heimsuchten, und die Brände, welche die Plantagen zerstörten, und das Hochwasser der Schlucht in Unwetternächten, während man das Gotteshaus über Platz und Allee hin erweiterte, mit Haupt– und Nebenaltären, was ihm Kathedralenrang verlieh, und es war genauso prächtig oder gar noch mehr als die Kathedrale von Santa Ana.

Die Kirche stellte sich als ein hybrider Bau heraus, mit maurischen Reminiszenzen, die von der Kunst der Steinmetzmeister zeugen, denn zwischen den gotischen Linien des mit gewundenen Ranken verzierten Spitzbogens –Akanthusblätter und stilisierte Pflanzengebilde, die monströse Vogelkörper, Pelikane, Kaktusblüten, Minotaurus und Fledermäuse mit Menschenkopf umschlingen– bleiben romanische Elemente erhalten, wie der Bogen im Hintergrund, der auf Pfeilern und

Streben ruht und die ausgeweitete Wölbung bildet, die sich auf winzigen Säulen mit verkürzten, würfelförmigen Kapitellen stützt, und die Verzierungen von Blattwerk und Früchten, und ausserdem ist einer der Kragsteine, auf dem die Zierbogen ruhen, von einer Ausgeburt aus Menschenkopf, Drachenrumpf, dem Hinterteil eines Hundes und dem Schwanz einer jener blauen Eidechsen gebildet, wie sie die Kastilier wohl unter der Mittagssonne vorfanden.

Wenn der Besucher durch den Haupteingang eintritt, wird er den nüchternen,hellen Anblick des Inneren gewahr, der durch die Fensteröffnungen in den Mauern der Kapellen und den Seitenwänden entsteht, wo das Licht durch steinernes Spitzenwerk im Mudejarstil[6] eindringt. Man erblickt die Kassettendecke aus einheimischem Kienholz, das den uralten Pinienbeständen entrissen worden war, die ein wohlriechendes Holz liefern, das so hart ist wie Ebenholz. Dieses Deckenwerk war viele Jahre lang unter einer Schicht aus Schilfrohr und Kalk verborgen gewesen, die man mittels Ziegenhaar übertüncht hatte, weil man glaubte, der Kalk würde die Epidemien verscheuchen.

Und während die das Mittelschiff bildenden Bogen rund sind und auf kräftigen Säulen ruhen, so sind die der Seitenschiffe dreispitzig und haben an ihrer Basis Zierpfeiler. Bei jedem ist die Basis wie auch das Kapitell sichtbar, und der Fusspunkt verlängert sich bis zum Schlussstein der Bogen hinauf. In der ersten Kapelle sind sie durch Akanthusblätter zwischen zwei Gesimsen gebildet; weiter hinten sind die Kapitelle zwischen den Gesimsen konisch, und im Hauptschiff sind sie mit biblischen Motiven verziert: die Schlange mit dem Apfel, der Täufer, der dem Messias predigt. Bemerkenswert ist die Täfelung von beachtlicher Schönheit, die das Werk der maurischen Baumeister

---

6. span. Kunststil, 12.–16. Jh (d. Ü.)

ist, die die Insel nicht verliessen, als Philipp III. im Jahre 1609 die endgültige Ausweisung vom spanischen Festland anordnete, denn ihnen kam der Umstand zugute, dass sie kein Verwandtschaftsverhältnis zu den Mauren Spaniens hatten, da sie von den Ausläufern des Atlasgebirges gekommen waren. Sie bauten prächtige Gebäude, pflügten die Felder und waren sehr pflichtbewusste Christen, was sie bewiesen, als sie die Stadt gegen die Einfälle der Algerier verteidigten. Abgesehen von all dem war nach keinem von ihnen in den Bannbriefen verlangt worden.

Viele Jahre später entfachte sich die Diskussion darüber, ob es Don Pedro Van der Walle gewesen sei oder sein zweiter Sohn Nicolás, der veranlasst hatte, aus Brabant das schöne Retabel des Hochaltars bringen zu lassen, das laut namhafter Forscher das wertvollste Kleinod des Archipels darstellt. Seine komplizierte Verzierung und die Anordnung der Details, das Malerische und Liebliche in der Zusammenstellung, die reichhaltigen und feinen Ornamente der Kleidung der Figuren, die Kopfbedeckungen und Beinkleider von grosser Wirklichkeitstreue, all das deutet darauf hin, dass das Altarbild aus jener Gegend stammen muss, denn so bekunden es auch die kleinen Baldachine über den Szenen und die Art und Weise, wie die Gewänder mit ihren Falten und Kanten dargestellt sind.

Man dachte sogar, dass der verlorene Sohn Don Juan es gewesen sei, der mit neun Sklaven seines Vaters nach Kuba Verbannte, welcher zur Begleichung seiner Sünden den Kauf eines so prachtvollen Stückes befohlen hatte, wofür er gute Goldcentenen geschickt haben musste; eine Theorie, die heutzutage widerlegt zu sein scheint, denn sowohl der Studierte Don Pedro González wie auch seine Nachfolger Don Andrés Estévez Bernal, Don Francisco de Cubas und Don Diego de Flores, die zwischen 1586 und 1673 Benefiziaten der Pfarre gewesen waren, hatten Gelegenheit gehabt, von Don Juan und seinen Nachkommen die Erfüllung der Klausel zu verlangen, die der

Gründer der Familiendynastie auf seinem Sterbebett aufgestellt hatte, ohne dass ihre Mahnungen jemals beantwortet wurden, obgleich man mit dem Kirchenbann drohte.

Also ist eher anzunehmen, dass Don Nicolás es war, der das Altargemälde mit einem der Schiffe herbringen liess, die wieder zurückkehrten, nachdem sie ihre Fracht von Zucker und Wein ins feuchte Flandern gebracht hatten, von wo Wandteppiche, Stoffe und Spitzen bester Qualität kamen, und auch Kunstmaler, welche Porträts von den Herrschaften der ganzen Insel anfertigten, ein Privileg, das den Bastardenzweig, den Juan Vendoval zwanzig Meilen von der Bucht von Havanna gegründet hatte, allerdings nicht erreichte.

Experten schätzen ausserdem die Schönheit des unter dem gerippten Bogen gestalteten Ganzen, das über den dreireihigen Szenen des Diptychon zu schweben scheint und die Künstler von damals das "Loblied auf die Jungfrau Maria" nannten, das wegen der Reichhaltigkeit seiner Details eine eigenwillige Behandlung aufweist. Und man staunt angesichts der lateinischen Inschriften, die wie Füllhörner in die Marmorplatten der Grabstätten vor den Seitenaltären eingemeisselt sind, und ist überrascht über die Anordnung dieser Spruchbänder, die es den Anhängern der Wappen– und Inschriftenkunde schwer machen wegen der häufigen Wiederholung von Insignien, Sinnbildern, Wahlsprüchen und Emblemen, und die Wappenschilder, die ein Musterbuch sind von menschlicher Eitelkeit: Helme und Sturmhauben, Schilder von den Rittmeistern der Heiligen Bruderschaft und den Vögten und Feudalherren, und man steht verwundert vor den verschlüsselten Zeichen, die nur an der inneren Rundung der Gewölbeformsteine angebracht sind, welche die Rundbogen bilden. Sie stellen geradezu einen Wald dar von Sonnenzeichen und lateinischen Kreuzen, von Sternen mit fünf bis zehn Spitzen, gebrochenen Kreisen, in Ringen eingeschlossenen Kreuzen, eingeschnittenen Kreislinien, Palmen und Zirkel inmitten von Kreisen, Quadraten und Wellenlinien in Kombination mit Schiessbogen, Pfeilspitzen und Trapezen.

Dennoch war es gelungen, beinah vierzig dieser Symbole zu entziffern; die Zeichen kunden von intelligentem Verständnis zwischen Steinmetz und Geselle, der die von ersterem zugehauenen Quadersteine aufeinandersetzte, aber sie sind auch ein Hinweis auf die Verbindungen zu geheimen Bruderschaften. Diese Zeichen erscheinen aber weder an Säulenschäften oder – sockeln noch an Kapitellen, sondern nur an Quadersteinen und Bogen. Es ist die Schrift der in der Kabbala und im Rosenkreuzertum Eingeweihten, von denen es erlauchte Vertreter gab, obwohl ihre Lehren streng geheim gehalten wurden.

Man hatte auch eine der Kostbarkeiten der Familie gefunden, nämlich das Testament von Pieter Van der Walle, das Don Cayo in den Annalen des Pfarrarchivs von 1902 veröffentlichte, denn er wühlte mit demselben Vergnügen in Aktenbündeln wie er sich der Erfindung von Schöpfrädern und Laufrollen hingab, um das Wasser aus den Brunnenschächten heraufzuholen, und ebenso gerne kreuzte er Vogelarten und sammelte Muscheln und Seesterne, Steckenpferde, die er wohl aus den vom Gründer der Dynastie hinterlassenen Papieren erlernt hatte. Das Testament wurde abgedruckt, weil es teilweise Aufschluss gibt über die Persönlichkeit des jüdischen Geldverleihers, der mit Maria Vargas auf die Insel gekommen war:

"Im Jahre des Herrn fünfzehnhundertdreiundneunzig, am zwanzigsten Tag des Monats Oktober, gebe ich, Pedro Van der Walle, geboren in der Stadt Brügge in Flandern und ansässig auf der Insel von Canaria, in der Stadt Telde, vor dem Schreiber Don Jerónimo Gutiérrez diese meine letztwillige Verfügung zum Ausdruck, die ich unterzeichne während ich auf meinem Anwesen darniederliege, das man La Vega nennt und welches über dem Fluss gegenüber der Ortschaft Cendro liegt. Indem ich mich ganz und gar dem erlauchten Herrn Don Luis de la Cueva y Benavides, Statthalter und Generalkapitän dieses Königreiches unterwerfe, sage und erkläre ich als alter Christenmensch, der ich bin, dass ich, nachdem ich vom Existieren dieser Insel gehört hatte, auf den Gedanken kam, hier den Stammsitz für die Meinigen zu gründen, und indem ich mir das Handwerk von vier Grossmeistern zunutze machte, die ich von den Madeira–Inseln mitgebracht hatte, welche der portugiesischen Krone angehören und nördlich von hier liegen, liess ich eine Mühle errichten, um das Zuckerrohr zu mahlen, das hier üppig gedeiht.

Und bald danach baute ich eine Unterkunft, um während der Zeit des Ausmahlens darin zu wohnen, und errichtete eine Kapelle, um an den Feiertagen die heilige Messe zu hören, und ich widmete sie dem Herrn Sankt Joseph, den ich als meinen Fürsprecher habe, seitdem ich Doña Josefina Aurelia Montañez y Macias, gebürtig aus Sigüenza in Kastilien, heiratete.

Dieses Landgut kaufte ich den Erben des Rittmeisters Pedro de Santi Steban ab, und ich wählte es neben dem Fluss, weil dort geeigneter Boden für Wein, Weizen und die übrigen Ackerschätze vorhanden ist. Ich zog es vor, mich in Telde niederzulassen statt in der Hauptstadt Las Palmas, da es mir ein angenehmerer und lieblicherer Ort zu sein schien, mit besserem Wasser und Leuten, die die Ruhe lieben statt der Rechts-streitereien und Uneinigkeiten der Hauptstadt.

Und da ich vernommen habe, dass mein erstgeborener Sohn Juan einen Teil der Sklaven verlangt, die bei mir in Diensten stehen, weil er sich zur Insel Kuba begeben möchte, wohin man Siedler bringt, die sich dem Anbau von Zuckerrohr und Tabak widmen, möchte ich vor meinem Tod folgendes bestimmen: Diese meine Leibeigenen namens Bartolomé Gorgojo, Neger, Anton Faneque, Maure aus der Berberei, Antonia Pérez, Negerin aus Guinea, sowie auch Bartolomé, Hernando und Pedro, die ich als Stiefsöhne von ersteren betrachte, denn sie sind die Nachkommen von Santiago, meinem bereits verstorbenen Sklaven, und Julian

Garita, ebenfalls Neger, und Juan Ronquillo, der von den Kapverdischen Inseln kam, und die andere, die ich Ernesta nenne, ihnen allen genehmige ich, von meiner Ernennung Gebrauch zu machen und zum erwähnten Bestimmungsort überzusiedeln, dorthin, wo man es Bahia de Matanzas nennt.

Desgleichen verfüge ich, dass mein Ältester den dritten Teil erhalten soll vom Ertrag des Mühlhauses und von den hohen und den niederen Wohngebäuden, von den Kesselräumen und den darin stehenden Öfen, den Vorratsschuppen und den Häusern, wo der Zuckerschaum gemacht wird, von den Sklavenunterkünften und den Gebäuden, die für Vieh und Brennholz bestimmt sind, sowie von der Brotmühle, der Gemeindetrift und ihren Kanälen, von Rädern und Achsen, Pressen und Gestellen und all den anderen Dingen und Gerätschaften zusammen mit dem Kupfergeschirr und dem grossen und kleinen Arbeitszeug, das zur Herstellung des Zuckers gehört, ferner von den Gebäuden zum Läutern und Raffinieren und wo die Zuckersäfte hergestellt werden, wie auch von jenen, wo sich die Becken befinden und die Behälter für den zweiten Saft und die Kupferschüsseln, und zudem von den Giessflaschen, Laternen, Bretterschuppen und anderem Zubehör.

Ebenso bestimme ich, dass er denselben Anteil erhalten soll von den irdenen Trinkschalen und den Holztrögen, und von meinen Sammlungen von Muscheln, Meerschnecken und Kanarengirlitzen, und auch von den Lasttieren und dazu zehn Gespanne, ein jedes von den besten Tieren, die aufzutreiben sind. Ein ebensolcher Anteil ist für meinen zweiten Sohn bestimmt, und der dritte für meine Ehefrau, die die Entscheidungen von Don Nicolás befolgen soll, damit die Produktion der Ländereien nicht zurückgeht.

Und bevor sie sich mit den Expeditionen auf den Weg begeben, welche die Krone zu den Antillen schickt, soll im obengenannten Andachtsort eine Messe gehalten werden, und man verpflichte meinen ältesten Sohn Don Juan, von seinem Vermögen in der Täuferkirche, dem Hauptgotteshause der Stadt, eine Kapelle zu errichten, damit dies ihm helfe, seine Sünden abzubüssen.

Weiter verfüge ich, dass er zwei von den besten Meistern mitnehmen soll, die ich mit auf die Insel brachte, denn sie werden das Zweckmässige tun, damit die Frucht gedeiht. Andererseits verbiete ich ihm, von der persönlichen Habe Gebrauch zu machen, die meine Frau mit auf das Anwesen brachte und aus folgender Aussteuer besteht: einem gelben Kleiderrock mit drei grünen Samtstreifen, einem hellgrünen mit vier roten Samtbändern, einem anderen von ebensolcher Farbe mit rotem Spitzenjäckchen und drei karmesinfarbenen Bändern und weiteren sechs aus schwarzem Taft, einem Savoyerrock und einem Überhemd aus zartem weissen Leinen, einem anderen aus feinem golddurchwirkten Zeug mit Silberknöpfen und roten Streifen. Desgleichen einem Leibchen, einem Savoyerrock aus Seide und einem anderen glatten weissen aus Kambrikbatist, einem mit Tressen verzierten Umhang und einem Hut mit Goldband, einem solchen aus einfarbigem Samt und einem weiteren aus Filz, einem Paar samtenen Damenschuhen und zwei Paar goldenen und sechs schwarzen, sowie vier Hemden mit durchbrochenem Bruststück, einem mit Silberstücken besetzten Käppchen und einer Haube aus grün gemusterter Seide mit Goldfäden, zwei Rüschenhauben und einem Perlenkränzchen, einer Seidenhaube mit Rüschen und drei aus feinem Leinen mit Kinnband aus Perlen und Goldkügelchen mit Glasschmuck und Korallen an den Enden, einer goldenen Spange und zehn Ringen, fünf davon mit weissen Edelsteinen und die anderen viereckig mit Filigranarbeit.

Zuletzt bestimme ich, dass vor der Abreise eine Prozession stattfinden soll, an welcher die Seelenbruderschaft teilnimmt, bei der ich eingeschrieben bin, sowie auch alle meine Leute.

Und da ich mein Ende nahe fühle, sage ich, dass am Tage von Mariä Himmelfahrt der Zehnt von Stieren, Ziegen, Schafen, Käse und dazu dreihundertfünfzig Doblas zusammen mit hundert Almudes[7] Weizen und fünfzig Scheffel Zucker an die Pfarre gespendet werden sollen.

Und meine Sklaven sollen in der üblichen Form aufmarschieren, ihre Musikinstrumente spielen und ihre Tänze aufführen, mit Tamburin und Schellen, und die Messen zu meinem Gedenken sollen eingehalten werden, damit sich meine Seele zu Füssen von Jesus Christus Unserem Herrn befinde, amen."

---

7. ein Trockenmass (d. Ü.)

Kapitel drei

Ein trüber Morgen

> Es war notwendig, dass die Dinge unvergesslich bleiben sollten.
>
> *Jorge Luis Borges*

Am Sonntag dem zwölften März 1978 brach der Tag über Madrid mit einem bleiernen Schneegestöber an, der eisige Atem des Guadarrama–Gebirges, der wie ein letztes Zeichen des Winters war.

Enrique López wurde um 9.40 Uhr wach.

Für einen Augenblick empfand er dasselbe Gefühl wie an anderen Sonntagen, als ob das Pflichtbewusstsein ihn auch heute an seinem freien Tag antreiben würde, wie eine Sprungfeder hochzufahren, nachdem der Wecker um sieben geklingelt hatte, um ihn daran zu erinnern, dass er Gloria noch wecken muss und sie zwingen, die letzten Reste ihres Schlafes im Kopfkissen zu lassen, gähnend ins Bad zu gehen, mit dem Ankleiden des Kindes zu beginnen und daran zu denken, dass man drei Minuten, genau drei warten muss, bis das Wasser warm genug fliesst, um zu duschen oder vor dem Auftragen von Deodorant und Make–up noch schnell eine Notwäsche vorzunehmen. Das Kind protestiert weil die Flasche zu kalt oder zu heiss ist. Es wird angezogen während Radio–Wecker Nachrichten von sich gibt, die durch den nächtlichen Trott der Fernschreiber bereits etwas von ihrer Aktualität verloren haben; ferne Geschehnisse in grauer Stunde, zu welcher die Stadt sich plötzlich reckt und Ströme von Fahrzeugen auszuspucken beginnt, die die ersten Reibereien hervorrufen: hysterisches Gewürm einer von Abfällen übersäten Stadt. Vier Millionen kleiner Ameisen, die zu den Eingängen der Untergrundbahnen eilen, die schmutzigste und hässlichste U–Bahn der Welt, wie Ramón urteilt, der damit prahlt, einen Sommer in London verbracht zu haben, zwischen der Küche der Pizzeria und Hyde Park. Eine Schlange von Nutzfahrzeugen auf der morgendlichen Fernverkehrsstrasse M–30, von Alcalá her oder zur Avenida de América hin, über Princesa oder Recoletos, bei Delicias hinauf oder von Tetuan herunter, von den phantasmagorischen Wohnblocks von Vallecas, Aluche und San Blas nach Moncloa hinein oder auf die Landstrasse von Toledo; Scharen von Frühaufstehern, die die Untergrundbahn füllen, bevor der Leidensweg des Umsteigens und der Verspätungen beginnt, besonders dann, wenn es einen Schaden oder gar ein Unglück gibt, oder wenn aufgrund der Regengüsse ein Teil der Strecke unter Wasser steht, oder wenn sich der ganze veraltete Mechanismus an allen vier Enden de Stadt schlicht und einfach in eine Masse von Schrot, Blei– und Messingsplitter verwandelt; eine Stadt, die sich tagtäglich mehr und mehr zum Land hin öffnet und an den kahlen Hochebenen nagt, wo man Mietskasernen hinstellt, um den Zwangsumgesiedelten aus La Mancha, Andalusien und Estremadura Unterkunft zu geben, die noch immer damit beschäftigt sind, den Schlussstrich unter ihre Vergangenheit zu ziehen, um sich in das städtische Monstrum zu integrieren, von dem sie abgesondert sind, oder sie lassen

36

sich in den Randgebieten dieses Kerkers nieder, wo sie in aller Früh aufstehen müssen, wenn der Tag noch ein Rauhreifschleier ist, und so die sich fortwährend wiederholende Odyssee des Hetzens in Mantel und Schal, immer das Hetzen.

Aber nein: Die Verkrampfung seiner Gesichtsmuskeln lässt nach und er entspannt sich. Heute ist Sonntag, und obwohl im Fernsehen etwas vom Beginn eines Hochdruckgebietes nach der Hagel– und Schneewasserfront geredet worden war, so ist der Vormittag doch ein eisiger Wirbel (vier oder fünf Grad) und die Sonne eine milchige Scheibe, und Gloria liegt neben ihm und knickt das Kopfkissen auf jene ihr so eigene Art, die blonden Strähnen im Haar, die sie sich Tage zuvor hatte einfärben lassen.

Enrique verfällt in Sonntagsschläfrigkeit nach dem kurzen nächtlichen Liebesansturm am Schluss des Fernsehfilms, in welchem der Lastwagenfahrer aus Oklahoma die moralische Rechtschaffenheit derselben Mannsbilder zur Schau gestellt hatte, die sich ganz in der Nähe von Madrid befinden, auf dem gemeinsamen Militärstützpunkt von Torrejón, mit ihrem eigenen Rundfunksender, ihren Läden und ihrem Getto. Der blonde Archie, der die Autobahnen von Chicago nach Dakota und von Neu Mexiko nach Buffalo durchquert, vom Guten erleuchtet; das Nachäffen von Geschichten, die Quique[8] und Gloria sich in der Stille des Wohnzimmers angesehen hatten, bevor er in sie eingedrungen war und beide das Ritual des Wochenendes vollzogen. Er war müde gewesen von der Strapaze, die es bedeutet, bis zum Vergnügungspark zu fahren, von der Qual, die von Kinogängern übervolle Gran Vía zu durchqueren und dann nach der Cibeles auf der Alcalá weiter, um bei der Plaza de Roma abzuschwenken, die DoktorEsquerdo–Strasse hinunter, um dann dort in der Strasse Fundadores, Madrid–28, anzukommen, die eher eine Durchfahrt ist in dieser Gegend, wo sich die Stadt zum trockenen Tafelland hin verliert.

---

8. Diminutiv von Enrique (d. Ü.)

Hundeleben, dachte er beim Streicheln von Glorias Haar. Sie wälzte sich hin und her, und ihm war als würden ihre braunen Augen, ihre Stupsnase, ihre schmalen, beinah konturenlosen Lippen, die Haarsträhnen, die die Ohren verdecken, die kleinen aber festen Brüste, die schmalen Hüften, die nervösen Hände, der Schimmer ihrer Haut sich in seinen Armen drehen.

9.53 Uhr: Das Kind will sein Frühstück haben, es weint wohl schon seit Stunden vor sich hin. Gloria steht lässig auf und geht in die Küche, und Enrique auf die Toilette, um die Harnblase zu entleeren. Er betrachtet sich im Spiegel und stellt fest, dass sich die Ringe unter den Augen im Vergleich zum Vortag gebessert haben, obwohl es möglich ist, dass sie morgen wieder schlimmer sein werden. Als er in die Küche kommt, ist die Milch bereits warm, und er gibt die entsprechende Menge Zucker und Kakaopulver hinein.

"Wie spät ist es?", fragt sie schläfrig, und Enrique ruft, dass es beinah zehn ist, du weisst doch, die Landstrasse wird trotz dem Hundewetter unmöglich sein, und dein Bruder wird bald kommen.

Es ist der Bruder, der in Béjar COU[9] macht und das verlängerte Wochenende ausnützt, um mit seinen Freunden eine Spazierfahrt zu machen. Bestimmt will er alles im Nu zu sehen bekommen, von Aranjuez bis La Granja, und von El Pardo bis Toledo, um festzustellen, welchen Geschmack die Bourbonen hatten, die Nachahmungen von Versailles im Flachland errichteten: die Prinzenhäuschen, die Kapitelsäle und die chinesischen Salons, die Irrgärten zwischen Buchsbaumhecken und Springbrunnen; der Prunk des Goldenen Zeitalters, während das gewöhnliche Volk von Kastilien jegliche Lust zum Unruhestiften vergisst und das Schwert der Aufstandskämpfer bei Villalar

---

9. Vor der Universität obligatorisches Studienjahr (d. Ü.)

begraben ist, ein Dorf, das sich auf der Schattenseite von Revolten und Gegenreformen, von Schafotten und Klöstern duckt. Erinnere dich an die Hymnen auf dem Schulhof: "Es lebe Spanien / hoch die Arme, Söhne / des spanischen Volkes / das wiederaufersteht./ Ruhm dem Vaterland, / das über dem Blau des Meeres / der Sonne Bahn zu folgen wusste." Sing in der Abendkühle oder unter der Sonnenglut, denn ihr seid die Soldaten von morgen, Hüter der anbrechenden Herrschaft, die uns erleuchtet; Festungstürme der erneuerten Grandezza, Fundamente des Regimes, das sich der alte General in den fernen Tagen seiner Verbannung auf den Inseln ausgedacht hatte, von wo er ins maurische Land gezogen war, um die Leute vom Rif zu einer neuen Invasion des verlassenen Festlandes aufzuhetzen, welches Gelände des Hasses und der Dornen war, der Gekreuzigten und der armen Seelen, um in der *Finis–terrae* der westlichen Welt wieder ein definitives Mittelalter einzuführen. In der Schule von Pedraza, die an die romanische Kapelle angebaut war, sickerte die Feuchtigkeit durch die Poren der ausgebesserten Luftziegelwand, aber trotzdem müssen die Falange–Jungens[10] auf dem Hof antreten, mit erhobenem Kopf und ausgestrecktem Arm, den Blick emporgerichtet, nachdem sie sich die Schmährede des Lehrers für Nationalgeistbildung angehört haben, der sie mit dem Lied vom "neuen Hemd / das du gestern mit Rot besticktest" in Begeisterung hält. Denk daran, eine gute Ausbildung, wenn du das Stipendium haben willst.

"Wie ist das Wetter, Liebling?" fragte Gloria aus ihrer Schläfrigkeit heraus, während der Kleine gierig am Sauger zieht und vom Innenhof, um den die kaum achtzig Quadratmeter grosse Wohnung liegt, die Sonntagsgeräusche heraufdringen und das Ächzen des müden Fahrstuhls, der zu den Frühmessen rauf und

---

10. Falange = span. Staatspartei unter General Franco (d. Ü.)

runter fährt: ordentliche Leute, gottesfürchtige Leute, die sich nach erfüllter Pflicht anschicken, auf irgendeiner der Ausfahrten die Stadt zu verlassen, in der Vorfreude, wieder zum Ausgangspunkt zurückzukehren. Auf der anderen Seite von Hügel und Halden steht der Kirchturm, auf dem die Störche nisten, fliesst der Bach mit seinem klaren Wasser, dort, wo die Luft rein ist und die alten Weiber vor den Hauseingängen plaudern oder sich am heimischen Herd unterm Schieferdach wärmen und alte Geschichten von Ruinen und Gespenster in Erinnerung bringen.

Man flieht über die nationalen Fernstrassen, die ihren Kilometer Null bei der Madrider Puerta del Sol haben, nervös den Fuss auf dem Gaspedal der Fahrzeuge einheimischer Fabrikation, die man zwingt, die Grenze ihrer Motorenleistung zu überschreiten. Der Tacho kratzt am Unmöglichen, und man fühlt sich als Zugehöriger einer Rasse von Eroberern, von halbverhungerten Edelleuten, aber man ist bereit, Welten zu gewinnen für das Christentum und für rühmliche Günstlinge, die schnell gewillt sind, die Reformen durchzuführen, die die Strukturen des Landes benötigen damit es die Quote der Zweitausend–Dollarrente übertrifft und somit Einheimische und Fremde in Erstaunen versetzt, in einem neuen Kreuzzug, der den Namen des Vaterlandes respektabel machen soll nach den Jahren der Autarkie, die nach Beendigung der Feindseligkeiten des Bürgerkrieges vom Caudillo aufgezwungen worden war. Passt aber auf, denn der Feind wohnt innerhalb der Mauern: die mit Satan verbündeten Freimaurer– und Judenelemente. Seid auf der Hut, öffnet die Augen!

Die Autoschlange quert Bäche, Wiesen und Talgründe, wo man das Saatgut bei Frost und bei Trockenheit auslegt, fährt an den Steinhaufen vorbei, in denen die Krähen nisten und vom Zerfall der Dörfer profitieren, wo man einst Klöster und Abteien hingestellt hatte, damit die Töchter die Schuld der Erbsünde verbüssten und den Hochmut und die Faulheit des Plebejerlebens ihrer Väter, die durch die Wanderherden reich geworden waren und durch das Gold, das sie niemals besassen; ockerfarbene und schwarze Erde, wo faulige Rinnsale an Dorfkapellen vorbeifliessen, die sich in Scheunen verwandeln.

Erdenschoss, wo Dornen und Akazien, Lavendel, Thymian, Rosmarin, Salbei, Schwertlilien und der stachelige Kreuzdorn, Kletten und Gänseblümchen wachsen, und die Zypressen, die die Grenze des Todes markieren, dessen Kult die Hauptbeschäftigung der Urgrosseltern gewesen war. Ein Netz von tiefen Spalten, in denen die Stare vor den Brückenbogen verschwinden. Dort kommt das Kriegsvolk des Cid[11], das gen Osten zieht, von den kahlen Hochebenen herunter, an mit Zinnen gekröntem Mauerwerk und Türmen vorbei, im eng anliegenden Schuppenpanzer, mit Standarten, gefaltetem Helmkissen und hängendem Ringkragen durchs brotlose Land, und dahinter die Rosse und Lasttiere, die Kleriker und Vögte, und die Eichenwälder, die so dicht waren, dass sie den Nebel berührten– heute nur noch dürres Gehänge.

"Wie ist das Wetter, Liebling?" hatte sie gefragt, obwohl sie wusste, dass es eine unnötige Frage war, denn das Wetter ist schlecht. Die Vorhersage hatte sich geirrt. Es war kein starker Wind aufgekommen, um den feuchten Märzruss wegzufegen; bedeckter Himmel mit später eventuell auftretenden Regenschauern oder Unwetter in Form von Schnee und Hagel im Gebirge, niedrige Temperaturen mit Ausnahme von Andalusien und den Kanaren, wo es noch einen transparenten Himmel gibt, wie er auch einmal in der Hauptstadt Madrid gewesen war, die elementare Luft der Gemälde von Velazquez, die man nur mit der Reinheit der Brunnen vergleichen kann.

Man lässt Carabanchel, Villaverde, Canillas, Hortaleza, Fuencarral hinter sich: Ortschaften, deren Umrisse sich mit den

---

11. span. Nationalheld (d. Ü.)

Satellitenstädten verwischen, wo der Strom von Immigranten gelandet war, der die Einwohnerzahl im staunenswerten Jahrzehnt der sechziger Jahre verdoppelt hatte. Sie alle waren mit ihrem Bündel der Armseligkeit bei Atocha und durch den Nordbahnhof hereingekommen, ohne sich an ihr Dorf erinnern zu wollen, das einst zu Zeiten der Mauren Leuchte gewesen war und jetzt nur noch Ossarium ist, Versteck für Schlangen und Dornen, ein Beispiel jener Landstriche, wo jetzt Zistrosen wachsen und einst Eichenwälder standen; hügeliges Land und dürftiger Weizen, die Sicheln leer, die Anhöhen brach, die Richtfurchen von Hagel und Schwüle zerfallen. Adler und Falken hüten die Glockentürme und Kreuze.

"Wird dein Bruder nun kommen?" fragt Enrique, als er mit dem Rasieren fertig ist. Er spürt die Wohltat des Wassers, das die Reste von *Ice Blue* fortschwemmt, die Tupfen von Instantschaum mit Lanolin, das die Haut glatt und geschmeidig macht, aaaaah. Das Telefon läutet einmal, zweimal, sechsmal, und das Geklingel bringt Gloria schliesslich zurück zur Wirklichkeit, während er das Shampoo aufträgt, das sein Haarproblem immer noch nicht löst, trotzdem es im Werbefernsehen so überzeugend empfohlen wird von dem Anzeigenmensch in diesem Spot, in dem die Bürokollegen zu sehen sind, die sich anschicken, ihren mittäglichen Rachenputzer zu sich zu nehmen und sich mit der kritischen Beurteilung des unglaublichen Treffers von Ruben Cano und der sensationellen Ausweichbewegungen von Santillana befassen, brüllend, euphorisch, typische Exemplare einer alten Rasse, die die endlose Kreuzung ist von Ausbeutung und Invasionen; hochgewachsene, gewandte, selbstsichere Selfmademen, die glänzende Chrysler oder Citroen/Pallas zu den Wohnvierteln der Aussenstadt fahren, junge Streber, die hinauf zu den Sesseln des Verwaltungsrates drängen, eine mit IBM programmierte Generation, die fähig ist, das Wunder der Angliederung an Europa zu konsolidieren, ein Gebiet, das ebenfalls bewohnt ist von Technokraten in makellosem Kragen und blütenweissem Hemd dank der enormen Reinigungskraft des neuesten, auf dem Markt erschienenen Biowaschmittels, und vom Aroma der neuen nikotin– und teerfreien Doppelfilterzigarette genährten Bronchien. Elegant und selbstgefällig gehen sie einher in ihrer sportlichen Kleidung, ergötzen sich an den farbigen Fernsehserien Grosser Geschichten, dort im Salon, wo sie die nächste Kreuzfahrt nach Capri und Istanbul planen, um das *Mare Nostrum* der Vorfahren zu durchqueren, so wie es freitags der Fernsehfilm vorschlägt, oder zu den Stränden Tunesiens und Marokkos, von wo Mohammeds heilige Horden gekommen waren, oder auch nach Norden, ins ehemals beherrschte Flandernland; der Samen, der den Keim der brudermörderischen Zwietracht in sich trägt, New Generation der letzten Nach-kriegszeit, *die über dem Blau des Meeres / der Sonne Bahn zu folgen wusste.*

"Schatz, es war mein Bruder, er kommt schon", sagte Gloria vom Wohnzimmer her.

Endlich gingen sie in den trüben Sonntagmorgen hinaus. Der rote Seat 127 fährt die Strasse Doctor Esquerdo hinauf, um bei Alcalá abzubiegen, lässt das Stadtviertel von Salamanca hinter sich, das dabei ist, sich jenseits der heruntergelassenen Jalousien und Gardinen bald in ein Schutzgebiet der Volksmassen zu verwandeln. Sie kommen an der Plaza de Las Ventas vorbei, laut offiziellem Kommentar die grösste Stierkampfarena der Welt, aber das war wohl eine der vielen, im Verlauf der Jahre des Zweckoptimismus und der Autarkie zusammengetragenen Lügen, denn sicher gibt es in Mexiko City oder in Bogota oder in irgendeiner anderen der neuen Metropolen in Übersee grossartigere Arenen. Dann lassen sie links die Maria Eva Duarte de Peron–Gärten liegen und die Promenade mit den kahlen Platanen und Kastanienbäumen, den Ulmen und Weiden, die als blosses Gerippe dastehen, denn der Frühling kommt mit Verspätung.

Dort liegt der Park zu Ehren des befreundeten Diktators, eine der vielen goldenen Leichen, denen das Mutterland seinen Schoss darbot, Obdach und Bett, wie es dieses närrische Volk jedes Jahr dreissig Millionen armer Schlucker von jenseits der Pyrenäen zur Verfügung stellt, einer Legion von Besuchern, die mit dem ankommen, was sie auf dem Leibe tragen und achtlos an zerstörten Burgen, Brücken und Aquädukten vorüberziehen, denn das Landesinnere Spaniens, das kahle Hochland, wo dunkle, lebensverachtende Geschöpfe hausen, ist nicht gefragt. Dagegen stürzt man sich gleich einem pünktlichen Augustkreuzzug in die lauen Gewässer, während jene primitiven Kreaturen sich dem Spiel hingeben, den Episoden ihrer Inquisitionen und ihrem Kampf gegen den Muselman zu gedenken, der sie einst der mittelalterlichen Finsternis entriss, und ihrer Christenguerillas, die auf alles verzichten, um Oben einen Platz zu bekommen; ein barbarisches Volk, das nach dem Blut des unter der Sonne abge-härteten Stieres dürstet und nachts von der bittersüssen Wollust der Walküren profitiert, die sich mit der Haut von Don Pelayo und von Abderraman, und vom Juden Averroes und vom Klosterbruder Luis de Leon und vom Freischärler des Napoleon-krieges und unserem König Philipp II. brandmarken lassen und von all denen, die noch immer von den Toren des Garten Eden, von den Toren Eldorados, von den Toren des Himmels träumen.

Also begaben sich Enrique und Gloria auf die Autobahn des Todes mit den konfusen Zufahrtsschildern, den Abzweigun-gen und Beschleunigungsspuren. Hinunter geht es zwischen La Almudena und Fuente del Berro, durch Randsiedlungen und Vororte, welche die Aussenstadt bilden, die sich längs der Ave-nida del Mediterraneo verliert, immer weiter zur südlichen Elendsstufe im unteren Zentrum von Entrevias und Vallecas. Bei Las Carolinas biegen sie ab; zurück bleibt die Engstelle der

Brücke der Drei Augen, und nun entwischen sie durch die Reihen grauer Häuserblocks auf dem Weg zur Fernstrasse N–401.

Noch immer umfahren sie die Stadt, die einer Tonmulde gleicht zwischen den Abhängen, die von der Festung des Emir Muhammad I. emporsteigen, welche in den arabischen Texten als Mayrit oder Magerit bekannt ist, und von einer Schanze aus, die einst den Fluss Manzanares bewachte, heute nur noch eine Ader von stinkenden Pfützen, Kloakengerinnsel und Larvenablagerungen unter der pomphaften Königs–, Segovia–, Toledo– und Franzosenbrücke; die Quadersteine aus Granit, die Barockpavillons, die Statuennischen. Sie fahren durch die Tunnel, den richtungsweisenden Pfeilen nach in einem Labyrinth von Verkehrszeichen, die Dutzende von Opfern gefordert haben auf dieser Räumungsstrecke, die tot geboren wurde, als die Stadt eine einzige Stauung war, ein an die Spekulation verkaufter Abwässerkanal, um Schlösschen und Gehöfte dem Erdboden gleichzumachen und durch Supermärkte, unterirdische Galerien und Betondschungel zu ersetzen.

Schon sind sie auf dem Weg zwischen Leganes und Villaverde, aber zuvor lassen sie die Ortschaft Orcasitas links liegen, und in Richtung Parla und Illescas, durch bergiges Land, wo es noch Talmulden mit Wacholder und Ginster gibt, öffnet sich ein Hang, wo das Trockengras und der Olivenbaum, Baumwolle und Futterpflanzen und Nutzgärten ihr Dasein fristen, aber weiter unten ist der Horizont nur noch ein graubrauner, durch die kalkhaltige Erde getrübter Fleck: die Schwemmlandsenkungen. Dort liegt Toledo, eine Landschaft der Prophezeiungen.

Da erinnerte sich Enrique an jenen Fronleichnamstag vor vier oder fünf Jahren, in dem Labyrinth von Gassen und Stufen. Ein Lichtstrahl zwischen den mit Teppichen, wappenbestickten Behängen und Fransentüchern geschmückten Fenstern und Balkons, inmitten des sinnlichen Duftes von Thymian, Rosmarin und Lavendel. Die grosse Monstranz, auf der sich das Sonnenlicht widerspiegelte. Die lange Prozession und dann das Blut in der niedrigen, allen Winden ausgesetzten Arena, während in der Sonne die Steine flimmerten, mit denen man einmal Synagogen und maurische Burgen errichtet hatte. Fahnen, Standarten und Tücher, Reihen tanzender Kinder mit bestickten Streifen auf den Röcken und in makellosen Erstkommunionsanzügen, die Ministranten der Kathedrale, die nächtliche Anbetung, der Kinderchor mit seinen gemischten Stimmen, die mozarabischen Ritter mit ihren blau–goldenen Uniformen und die der Bruderschaft vom Heiligen Grab in rot–weiss, die Infanzonen[12] mit ihrer rosafarbigen Tunika und den Krägen, die Grüne Zunft und die Kinder, die der Monstranz von Enrique de Arfe vorausgingen, Licht und Schatten in den lautlosen Strassen, die Basilika und die Säulengänge, wo ehemals hingerichtet wurde; das ockerfarbene Ackerland am Fluss, von dem es umschlungen ist. Man schritt voran vom Scharnierentor bis zur lärmenden Zocodover, zwischen Sonnendächern und eucharistischen Laternen.

Es ist Mittag, als sie vor den Toren der auf fahler Erde stehenden Stadt ankommen, und sie gehen durch den Zypressenbestand, um die Grabstätte von hundert Rassen zu betreten.

Vom grossen Fenster der zehnten Etage aus ist die Stadt ein Meer von Dächern, Schornsteinen und Mansarden; unten kriecht der lärmende Verkehrswurm weiter, und hier oben klebt die schmutzige Luft wie Spinnweben, ein Dunst, der direkt von den Baumstämmen heraufzusteigen scheint.

Die Prachtstrasse von La Castellana ist ein unausstehliches Gemisch von isabellinischen Palästen und Aluminiumtürmen, ein Beispiel der verschandelten Stadt, als das Land den grossen Schritt tat, um sich in den Koloss zu verwandeln, den die

---

12. Infanzon = erbeingesessener Landedelmann (d. Ü.)

aufeinanderfolgenden Regierungen, Stellvertreter des Allmächtigen auf Erden, errichtet hatten; der alte General, der zu der Strategie den Anstoss gegeben hatte, die zahmen Täubchen den Mutigen der Blauen Division gegenüberzustellen, damit das Land sich motorisiere und vom Tourismus überfluten lasse und Arbeitskräfte exportiere und seine Instinkte im Sonntagskino abreagiere.

Das Schnurren des Fernschreibers und das Geklingel der Telefonapparate, der Heizkörper, der den kleinen Raum überheizt, in dem sich sechs Tische mit ihren entsprechenden Schreibmaschinen drängen; rechts der Wandschirm, hinter welchem Foto– und Zeitungsarchiv untergebracht sind, und links das Büro vom Direktor.

"Guten Tag ihr Leute", sagt Enrique, als er unter der Glastür erscheint. Er hatte den Mantel neben den Toiletten abgelegt, sein Gesicht war von der Kälte gerötet, der Blick ausdruckslos, das Haar glatt, beinah strähnig.

"Wie geht's? Eine schöne Abfuhr gestern, was?"

"Mensch, bei so einem Schiedsrichter braucht man sich nicht zu wundern!"

Er setzt sich, schliesst den Schreibtisch auf, nimmt Papier heraus, wirf einen Blick nach unten auf die Strasse.

"Also immer noch kalt."

"Das möchte ich glauben", sagt Ricardo Pereda, ein Mann aus Santander, der schon von Anfang an bei der Verlagsgesellschaft tätig ist. Er war als Botenjunge eingetreten und hatte dann an der Offiziellen Journalistenschule sein Examen gemacht. Heute taugt er ebensogut für eine Reportage über die baskische Gastronomie wie für eine Redaktionsschlussmeldung, oder um den Renault–5 zu nehmen und sich in irgendeinem Dorf aufzupflanzen, wo das "menschliche Thema" zu finden ist: die vom Schnee abgeschnittenen Berghirten, die ungewöhnlichen

Büsserszenen der Trommler von Aragonien, die in der Karwoche nächtelang die Trommel schlagen, oder der neue UFO–Feldzug in Murcia, oder die Korrektur der Druckproben des Heim-Magazins, der Parapsychologischen Zeitschrift, der Familien–Illustrierten, die jede Woche hier entbunden werden in dieser Etage mit Ausblick auf das Fussballstadion Bernabeu, eines der vielen Wunder des Regimes.

"Aber ich kenne einen, der sich bald wärmen wird. Stell dir vor, weite Strände mit herrlicher Sonne und zum Anbeissen nette Bienen!" sagt Santiago Areal, sein auf Dokumentarthemen spezialisierter Schreibtischnachbar.

"Solches Glück müsste man haben", antwortet Enrique, als er die Schublanden öffnet, die Hülle von seiner Schreibmaschine nimmt und zum Montagblatt greift, um nachzusehen, auf welchem Platz *Atletico*[13] geblieben ist. Auf dem neunten, welch ein Mist!

"Jawohl, es wird Neuigkeiten geben. Aber hör zu, ich habe dir nichts gesagt, kapiert?"

Eine halbe Stunde später wird Enrique ins Büro des Direktors gerufen.

"Komm herein, setz dich. Ich habe hier die Referate für den zweiten Kongress über Hexenkunde in San Sebastian vorliegen. Bist du schon mal auf den Kanaren gewesen?"

Enrique, der sich noch nicht von seiner Überraschung erholt hatte, verneinte nur. Natürlich war er nie dort gewesen, und in dieser Jahreszeit musste es herrlich sein.

"Du wirst also hinfliegen. Schau her: Professor Martínez del Real greift zwei sehr interessante Fälle auf, wobei er von den Urteilen des Obersten Gerichtshofes ausgeht. Der eine ist von

_____

13. Fussballmannschaft von Madrid (d. Ü.)

48

1958 und der andere von 1932. In letzterem, dem interessantesten, heisst es, dass die aus einer der angesehensten, aus verschiedenen Gründen jedoch verarmten Familie der Insel stammende Angeklagte einen bösen Geist aus dem Körper ihrer Tochter austreiben wollte, von dem diese besessen war, und während das Mädchen von anderen Leuten festgehalten wurde, wobei eine ihrer Schwestern mithalf, schlug die Mutter wiederholt mit einem Stock auf sie ein und stach sie mit einer Ahle bis die angeblich vom Teufel Besessene an einem plötzlichen Herzstillstand starb. Sie war ungefähr zwanzig Jahre alt und die hübscheste von den Töchtern. Hier heisst es, sie hätte ihren Tod selbst gewünscht, und zwar als Sühne. Was meinst du dazu?"

Grossartig, dachte Enrique.

"Die Sache hat damals ungeheures Aufsehen erregt. Anscheinend zog man Jiménez de Asúa für den Verteidigungs-bericht zu Rate", fuhr der Direktor fort, der die Pfeife auf den Aschenbecher gelegt hatte und mit den Fingern auf den Tisch trommelte. "Du sollst das alles rekonstruieren. Wir befinden uns im Zeitalter der Legenden, und das wäre eine zugkräftige Sache für mehrere Auflagen. Und du weisst doch, dass es dort, genauso wie in Galicien, eine wahrhaftige Volkskultur der Kurpfuscherei und Hexengeschichten gibt."

Enrique sollte zehn Tage lang auf der Insel bleiben, mit den Leuten reden, in der Geschichte wühlen, ohne dabei zu vergessen, dass es gegenwärtig noch andere Themen gibt, die von Interesse sein konnten: die Sache mit den von ETA[14] in Algerien geschulten Unabhängigkeitskommandos, die von der Mafia der Inder kontrollierten Basare, Rauschgift und Tourismus; vom Thema Wasser soll auch etwas berichtet werden, denn da es an diesem Element mangelt, will man es anscheinend mit

---

14. radikale baskische Untergrundorganisation (d. Ü.)

Tankschiffen zu den Inseln transportieren. Und ausserdem werden dort fast täglich Fliegende Untertassen gesichtet, und man redet davon, dass sie Unterseestützpunkte haben könnten.

"Wenn man all das mit der Theorie der sagenhaften Atlantis in Zusammenhang bringt, dann könnte was ganz Schönes dabei herauskommen, meinst du nicht auch?"

Enrique nickte nur zustimmend und dachte, dass er noch am gleichen Nachmittag die Koffer packen und sich die Flugkarten besorgen würde. Endlich war es soweit, dass er zu einem guten Artikel kommen würde.

Kapitel vier

Die Familie

Vulkanruine ist dieser Berg, von Durst abgezehrt und so kahl, dass er stumm die Trostlosigkeit dieser duldenden und einsiedlerischen Insel betrachtet.

Das Meer, barmherzig, badet mit seinem Schaum die Nägel seiner Füsse, und die kantige Kamelstute wiederkäut dort den rauhen Stachelginster, auf vier Beinen gleich einer riesenhaften Spinne.

Gofioklumpen –Brotgerippe gestaltet diese Menschen, alles andere hohle Rinne; und auf dieser kargen Schlackenerde festgewurzelt in den Steinen, grau und hager, wie der Grossvater vorüberging so auch der Enkel: ohne Blätter, nur Frucht und Blüte tragend.

Miguel de Unamuno

"Fürchtet euch nicht", sagte der Mann vom Podest her, das an einem Ende des Zimmers steht.

Da ist eine Art Baldachin, und auf dessen Behang, unter einem Lampenschirm, der trübes elektrisches Licht verbreitet, hat man das Emblem der Bruderschaft dargestellt, ein auf Seide gemaltes Symbol, in dessen oberem, dem dunkleren Teil drei Sterne mit acht Spitzen innerhalb von einem Dreieck zu sehen sind, was in Wirklichkeit das offene Auge Gottes über der Erde sein soll. Weiter unten, und in einem anderen Stern mit ebenfalls acht Spitzen –die Acht ist das Symbol des Todes, aber auch der Reinkarnation– befindet sich ein Kreis mit einer Sonne, die sich über die stillen Wasser des Meeres erhebt, und im unteren Halbkreis zwei Sternchen wieder mit acht Spitzen, denen ein Band mit den beiden Farben der Nationalflagge folgt. Das ganze Zimmer ist mit dunkelviolettem, fast schwarzen Tuch ausgelegt.

"Wiederholt mit mir das Gebet, liebe Brüder, und ihr werdet sehen, dass euch das Licht wie ein Mantel umhüllen wird."

So redete er, und dann stimmte er das Gebet an, das wie ein Klagen ertönte:

"Zerreisse deine Ketten,
dein Verstand ist dein Amboss,
der befreit oder verroht.
Klammere dich nicht an deinem Wahn fest,
denn dein Ziel ist grenzenlos.
Erkenne dich selbst
und du wirst die Welt beherrschen,

denn Alles im Weltall ist Bewegung. Für die Grosse Sache kann man nicht zur Analyse Zuflucht nehmen. Der Mensch ist Gott, denn er ist Sein Werk, aber der Gott, den du kennst, ist dein Nicht–Ich. Also sollst du von deinem Nicht–Sein ablassen und du wirst dein Sein, deinen Gott, das Ganze des Ganzen, die Einheit des Ewigen finden."

Mit seiner lauen, beharrlichen Stimme liest er das Gebet, das Jacinto wiederholt und hinter ihm seine Mutter, und auch Ariadna und Francisca, denn Cristina und Maria del Pino waren beim Spielen mit ihrer Sammlung von Gliederpuppen geblieben, da es unvernünftig gewesen wäre, ihr Gehirn in diesen ersten Sitzungen zu belasten, obgleich damit nicht ausgeschlossen war, dass später alle Familienmitglieder daran teilnehmen konnten, mit Ausnahme des einfältigen Don Cayo Aurelio, der sich tagelang in seiner Dachbude einschliesst, um an den Plänen einer Wasserpumpe zu zeichnen, mit der er eines Tages noch die Talmulde von Tenteniguada zum Überschwemmen bringen wird, wo er ein wenig karges Land erworben hatte, das kaum Feigenkakteen und Eselsdisteln erzeugte. Besagte Pumpe kopierte er von Plänen des Leonardo da Vinci und vom Maschinensaal der Befestigungsanlagen, die der italienische Ingenieur Torriani vier Jahrhunderte zuvor bei seinem Besuch in Tamaran entworfen hatte.

Er würde noch andere Lösungen finden in den mottenzerfressenen Mappen vom Archiv der Kathedrale, und dabei mischte er den Entwurf einer Taucherglocke, die er in einer Londoner Zeitschrift gesehen hatte, mit den Skizzen der Brüsseler Strassenbahn, mit denen vom lufteingespritzten Dieselmotor und der Lokomobile, sowie mit jenen vom Wasserflugzeug von Fabre, und er dachte, die Kraft des Windes zu nutzen, um die Propellerflügel des Motors in Bewegung zu setzen, mit dem er beabsichtigte, die enorme Wasserader zu Tage zu fördern, die sich genau unter der Kirche jenes hochgelegenen Ortes befand, aber weder die Benefiziaten noch die Kanoniker, die er kannte, rieten ihm zu diesem Abenteuer, denn man sollte, so sagten sie, den Kunstwert des Gotteshauses berücksichtigen, und da sie bereits an seinem Verstand zweifelten, setzten sie Doña Josefa davon in Kenntnis, die ihnen aufmerksam zuzuhören schien im Salon mit den schweren Uhren, den Rokokospiegeln und den Kameen aus Amethyst, unter dem borstigen Schnurrbart von Don Everar Doroteo, denn so hatte man ihn gemalt: mit seinem aschgrauen Gesicht und den eingefallenen Wangen mit den Mandelaugen und dem vorstehenden Kinn, mit dem nach germanischem Vorbild gezwirbelten Schnurrbart und den blassen durchsichtigen Händen als wären sie die einer Frau, und von seinem Beobachtungsstand über den italienischen Vasen spazierte er gross und kerzengerade zwischen den Schatten von Don Pieter und Don Nicolás –von Don Juan war keine Erinnerung geblieben–, und von Don Jácome Teótimo, von Don Eutiquio, von Don Antero, von Don Edesio, von Don Euripides, von Don Aristeo, von Don Nicéforo, von Don Aristóbulo, denn das Porträt vom Patriarchen Don Cayo Aurelio hatte man noch nicht in Auftrag gegeben, und es würde wohl schwerlich dazu kommen, dass er der Ehren des Trophäensalons teilhaftig würde, denn im Kasten blieb kaum noch genügend, um das Gesinde zu bezahlen, das man eher der Schicklichkeit wegen behielt als aus anderen Gründen.

Der Mann schrie und flehte in seiner Ansprache, die immer erregter wurde, und er erklärte, die Weisheit sei nichts anderes als Licht, genau wie das Leben und die Wissenschaft, denn Licht ist letzten Endes Gott und Gott ist Licht; aber seitdem Gott–Christus und Gott–Maria zum Sein zurückkehrten, leben die Menschen isoliert, aller Liebe entblösst, ohne einem möglichen Weg, sich miteinander zu verständigen. Und deswegen, meine lieben Mitbrüder, spricht hier die Wahrheit zu euch.

Ariadna glaubt, aufs neue einen unbeherrschbaren Drang zu verspüren, sich auf dem fliesenbelegten Fussboden erbrechen zu müssen, den man in aller Morgenfrüh geschrubbt hatte, denn die Stätte des Rituals muss frei sein von jeglicher Unreinheit, und deshalb hatte man ihn mit Desinfektionsmittel und wohlriechendem Wasser begossen, bevor die Räuchergefässe in den vier Ecken angezündet wurden.

Jetzt fühlt sie sich besser, und der Mann macht mit seiner Litanei weiter, die nun kaum hörbar ist, und in der er das Ich–Sünder zu beten scheint, aber zuvor hatte er eine Kompresse aus

Leinsamenmehl und Kampfer befeuchtet, um sie dem Mädchen unter die Nase zu halten. Ariadna bekommt nach und nach wieder Farbe, und schon ist sie bereit, sich die allerneueste Lehre anzuhören, die sich mit unaufhaltbarer Geschwindigkeit über alle Nationen Europas und die Neue Welt verbreitet, denn was hier erzählt wird, ist nichts anderes als das Resultat der dem Ältesten und Grossbruder zuteil gewordenen Offenbarung, der somit den bewussten und unsichtbaren göttlichen Willen vollbringt, und deswegen erleuchten ihn die Engel hier in diesem Raum, wo weder das Sonnenlicht noch sonstige Zeichen der Aussenwelt eindringen, nur die Erkenntnis, die der Hauch der Theosophie oder Gottesweisheit ist, denn gemäss den Glaubenslehren der Meister Jakob Böhme und Kerming, deren Hellsichtigkeit sich der grosse Philosoph Kant zu Nutzen machte, weist sie uns den Weg zur Erreichung des Allerhöchsten, und so wird bewiesen, dass die Menschen Übermittler eines bewussten und unsichtbaren Willens sind, der alles bestimmt und alles kann.

"Brüder", sagte der Mann, nachdem er die Symbole dreimal mit einem in Wasser und Wein getauchten Sprengwedel benetzt hatte, "alles, was ich euch sage, ist zu eurem Besten. Mein einziger Wunsch ist, dass ihr die Mysterien unseres Lebens nach und nach versteht und in euch aufnehmt, denn es sind die Mysterien des Wesens in seinen verschiedenen Entwicklungsstufen. Denkt nach und meditiert, denn davon hängt es ab, ob wir die vollständige Kommunikation erreichen, was dann möglich sein wird, wenn der Geist über die Materie herrscht."

Sie waren alle redliche Leute, gewissenhaft in der Erfüllung ihrer Pflichten Gott und der Kirche gegenüber, hatte der Pfarrer später bei den Gerichtsverhandlungen ausgesagt, und so hatte er es auch vor der angesehenen Nachbarschaft bestätigt.

Jacinto war ein aussergewöhnlicher Mensch gewesen, hatte man beim Prozess wiederholt. Nie hatte er sich betrunken oder in Streitereien eingelassen, noch hatte er ein ausschweifendes

Leben geführt. Er war einer der Gründer der "Nächtlichen Anbetung" gewesen und hatte seine Schwestern dazu angehalten, an allen Abenden des Jahres den Rosenkranz zu beten: die Mysterien von Wonne, Schmerz und Seligkeit, von der Fleischwerdung des Wortes bis zu Mariä Erscheinen vor der heiligen Elisabeth, die Geburt Jesu, die Purifikation der Jungfrau Maria, der verlorene und im Tempel wiedergefundene Knabe, um dann auf das Gebet im Garten am Ölberg, die Geisselung, die Krönung mit der Dornenkrone, den Leidensweg und die Kreuzigung überzugehen, und dann die Auferstehung und Auffahrt zum Himmel, die Ausgiessung des Heiligen Geistes und Mariä Himmelfahrt. Die Woche hatte er aufgeteilt in Montag und Donnerstag für den Jubel, da es weisse, lichterfüllte Tage sind; Dienstag und Freitag für den Schmerz, denn dies sind Tage der dunklen Mächte, und Mittwoch, Samstag und Sonntag sollten der Seligkeit gewidmet sein, und man liess die Rosenkranzperlen, Glieder der Erlösung und Kette der Vergebung, durch die Finger gleiten.

"Ein glückliches neues Jahr. Keine dunkle Seele wird mit Gott sein. Zeigt euch reumütig, wenn ihr in der Finsternis wandelt", hatte Jacinto bei der "Nächtlichen Anbetung" am letzten Abend des Jahres 1924 gesagt. Seit Mittag hatte man sich in der Sakristei eingeschlossen und bereitete sich darauf vor, genau in dem Augenblick, wenn um Mitternacht das neue Jahr anbricht, die Kommunion zu empfangen, und plötzlich stand Jacinto auf und ging auf den Platz hinaus und fing an, von einer der Bänke herab zu reden:

"Der, welcher das Licht in sich trägt, ist auf dem Weg zum Himmel. Derjenige, der im Dunkeln ist, wird dazu verdammt werden, den Geschöpfen der linken Hand zu dienen."

Er hatte es kniend mit lauter Stimme gesagt, nachdem man drinnen in der Kirche die *Via crucis* zurückgelegt hatte, die vierzehn Stationen, die man mit Bittgebeten durchläuft, indem man den leidvollen Schritten des Erlösers gedachte, vor denen ein und dieselben Litaneien heruntergebetet wurden, und nun ist man vorbereitet, das Sakrament zu empfangen und in vollkommener Reinheit ins neue Jahr einzugehen, und als Dankesbezeigung wird die eucharistische Hymne gesungen.

"Keine befleckte Seele wird das Himmelreich betreten", wiederholte Jacinto beharrlich, und so berichteten es Jahre später die Lokalzeitungen in den ersten Interviews mit den Persönlichkeiten der Stadt, für die dieser junge Mann noch immer ein höheres Wesen war, an welches sie sich mit abergläubischer Scheu erinnerten, denn seine angeborene Güte hatte ihm eine besondere Ausstrahlung der Reinheit verliehen, und sicherlich wird er Fürbitte einlegen für jene, die weiterhin die von den Sandstürmen der Wüste heimgesuchte Insel bevölkern, und sein Geist ist ein Büsser und seine Materie die Vermittlerin für diejenigen, die noch auf dieser Erde verweilen, auf der niemand für immer bleiben wird. Deswegen demütigten sie sich mit Opferungen und Gelübden, und die Wesen des Lichtes liessen sich auf Jacinto nieder wie die Schmetterlinge auf den Blumen, die ihnen den besten Nektar bieten; ein so reiner Mensch, der niemals ein hartes Wort aussprach, niemals eine Frau mit begehrendem BIick anschaute und kein Glas zuviel trank, der keine Last für seine Familie sein wollte und deswegen bei den Engländern arbeiten ging, obgleich die Van der Walle noch wohlhabend genug waren, um sich keinem Arbeitgeber unterwerfen zu müssen, aber er war imstande, die Buchhaltung eines ganzen Warenlagers, die Eintragungen vom Tomatenexport, das Umrechnen in Pfunde, Pinten, Gallonen, Meilen, Schillinge, Pennies und halbe Kronen zu führen.

Er verstand sogar in ihrer eigenen Sprache die Geschäftsführer der Bank of British West Africa Limited, die in Puerto de La Luz ihr helles Büro hatte, wo er jenen bissigen und schweigsamen jungen Mann kennenlernte, der vom selben unsichtbaren

Leiden befallen war wie es später seine eigene Schwindsucht sein sollte: der Dichter Rafael Romero Quesada, der damals Kontorist war und mit dem er hin und wieder ins Gespräch kam und ihn sagen hörte, dass er es satt habe, Bilanzen zu ziehen, die Kästchen von Soll und Haben auszufüllen, das Gespött jener fettleibigen Kerle über sich ergehen zu lassen, die ihm den Spitznamen Lord Byron gegeben hatten, und deswegen wäre es kein Wunder, wenn er seinen Sklavenposten aufgebe, um die Flucht zu ergreifen von jener Sonneninsel wo die Felsbrocken bersten, von einem Meer, das eine giftige Fläche ist, von jenen hinterhältigen Sternen über den kahlen Bergen von Tamaran. Und er war sich bewusst, dass seine Qualen nicht von Dauer sein würden, denn so hielt es jener vor der Zeit innerlich gealterte Mann in seinen heimlich im Büro geschriebenen Gedichten fest. Sein Verwesungsprozess war derart offenkundig, dass man es riechen konnte, und bei seiner Agonie am vierten November 1925 war Jacinto zugegen gewesen und hatte zusammen mit dem Dichter Saulo und einem flackernden Docht vor einem Madonnenbild der Einsamen Jungfrau gewacht.

Seitdem war Jacinto nie wieder ins Büro gegangen und kümmerte sich lieber persönlich um die Abrechnungen von La Vega, bis er deren schliesslich überdrüssig war und diese Arbeit Doña Josefa überliess.

Später dann, am 15. Oktober 1928, wurde punkt zwölf Uhr mittags in dem hundertzweiundvierzig Quadratmeter grossen Raum über der Strasse Leon y Castillo die Tätigkeit wieder aufgenommen. Damals schon war das die belebteste und geräuschvollste Verkehrsader der kleinen, kaum etwas mehr als siebzigtausend Einwohner zählenden Stadt Las Palmas.

Hin und wieder drang das gedämpfte Geräusch herauf von der regen Geschäftigkeit draussen: die Wachablösung vor der Marinekommandantur, das Vorüberfahren der zweirädrigen Pferdekutschen mit Touristen, das Quietschen der Strassenbahn, das Funkensprühen der Stromabnehmer und das Ächzen der noch ungedeckten Waggons, denn die Hitze wollte in jenem Jahr immer noch nicht abnehmen, und der Verkehr der feierlichen Mercedes–Benz, Hispano–Suiza und Panhard–Levassor und der revolutionären Peugeot und 5V–Citroen, zum grössten Teil Modelle von 1925, die auf den holperigen Wegen der Insel die Hauptrolle von so manchem Geplänkel spielten, wenn sie den dickbauchigen Stundenwagen, den Omnibussen mit einem Fassungsvermögen von sechzehn Passagieren begegneten, denn schon die Engländer hatten Fahrwege angelegt, um die Weiler und Gehöfte der Insel miteinander zu verbinden, und es gab regelmässigen Busverkehr zu den Ortschaften Telde, Arucas, Teror, Gáldar, Guia, Agaete und Las Vegas de San Mateo, und die Steinbrücke, die der Bischof Verdugo über den einstigen Fluss Guiniguada hatte anlegen lassen, war nahe daran, der Picke zum Opfer zu fallen, um einer anderen Brücke von nur einem Bogen Platz zu machen. An der Vorderseite der Kathedrale hatte man bereits die Gedenktafel für Meister Luján Pérez angebracht, dem es gelungen war, die Bauarbeiten zu vollenden, und der Stadtteil Triana verdrängte den von Vegueta, welcher in die Schatten der Vergangenheit versank, und man baute an der Hafenstrasse entlang, und das Viertel von Arenales sah dem Siedlungsexperiment der hochgelegenen Gartenstadt zu.

Es redete in seiner Zeremonienkleidung der Lehrmeister der Bruderschaft, in seiner Robe aus glänzender Seide und dem gelben Übertuch, und er beharrte darauf, Staat und Kirche zu verurteilen, denn wenn ersterer den Menschen unterjocht, so verdammt jene das Wesen. Und da wir die Sendboten sind, die Mittler der Offenbarung, bekennen wir uns zum Wesen im Menschen, und deshalb wissen wir, dass dieser bei seinem Tode das Reich der Finsternis verlässt. Und um ihm zu helfen, ins Licht einzutreten, bilden wir eine universale Verbrüderung von gleichen und freien Menschen, die einen einzigen Gott anerkennen.

Dann zeigte er das Resultat der am Vorabend nach einer Reihe von Kommunikationen mit Wesen aus dem Jenseits gemachten Proben vor. Jacinto interessierte sich für die fotografische Aufnahme, die man dadurch erhalten hatte, indem man eine Mattscheibe auf schwarzem Tuch befestigte, und auf diese Weise war sie vom Antlitz des Miguel Angel, dem Genie aller Künste, von der Silhouette seines Astralkörpers imprägniert worden, die durch den Reaktivprozess einer bestimmten Flüssigkeit haften geblieben war. Der Grossbruder teilte mit, dass sich das Wunder erst in den frühen Morgenstunden ereignet hätte, als die kleine Stadt von Las Palmas unter der Brise ruhte, die Freudenhäuser von La Isleta bereits geschlossen waren und die Matrosen in ihren Kojen schlummerten, nachdem sie ihr Verlangen in den Leibern der in der Wüste von Fuerteventura angeworbenen Dirnen gestillt hatten.

"Das ist das Zeichen dafür, dass sich die Wesen materialisieren", sagte er, "denn in den unendlichen Weiten schweifen die Heiligen und die Genies der Kunst umher, unter ihnen Victor Hugo und Beethoven, körperlose Wesen, die sich manchmal scheu verhalten und andere Male den Beweis ihrer Stärke und ihres Erfindungsgeistes hinterlassen, je nach der Konzentrationsfähigkeit derjenigen, von denen sie angerufen werden und deren Kenntnisse der theosophischen Prinzipien und der Regeln, die jeder Sitzung vorangehen."

An den letzten Abenden hatten sie Sankt Ignatius von Loyola gesehen, der ihnen den Segen gegeben und gedrängt hatte, mehr zu beten, und Johannes der Evangelist, der einen grünäugigen Adler zu seinen Füssen hatte, und auch die reumütige Magdalena, und Judas, doch in diesem Augenblick hatten sie die Verbindung unterbrochen, denn die Schattenwesen verlangen eine besonders vorsichtige Handhabung.

Am Anfang waren die Erscheinungen verschwommen und man musste sehr aufmerksam hinschauen, bis sie sich dann mit absoluter Schärfe auf dem Altartuch abzeichneten. Wie ein Aufleuchten waren jene Gesichter, die nur ein paar Sekunden lang verweilen und in Blitzesschnelle wieder verschwinden, um dann neckend wiederzukommen, und die Anwesenden verharren auf den Knien, die Neulinge auf den hintersten Plätzen, beklommen angesichts des aufregenden Wunders, das nur eine Kostprobe ist von dem, was später geschehen konnte, wenn sie erst einmal die Wahrheit kennen würden, die in dem in jeder Sitzbank eingeschnitzten Sinnspruch enthalten ist: *Post Tenebras Spero Lucem,* Inbegriff der Schriften, die man jeden Abend fieberhaft studiert, in nächtlichem Wachen, das sich bis zum Morgengrauen hinzuziehen pflegte, denn weder Ariadna noch Francisca noch Doña Josefa noch Jacinto Maria tun etwas anderes als beim Licht der Ölfunzeln und Wachskerzen studieren, und deswegen haben sie so sehr das Saubermachen und Ausschmükken der Kapelle vernachlässigt, die Pieter errichtet und Nicolás nach dem Brand mit grösserer Pracht wieder aufgebaut hatte und die nun einsam und dunkel dasteht am Zufahrtsweg nach La Vega, ohne dass man die Lilien erneuert hätte, mit denen man normalerweise den Altar bedeckte, und deshalb ist der Fussweg von Brennesseln und Unkraut überwuchert.

"Auch sollt ihr wissen, Brüder, dass es manchmal notwendig ist, das Fleisch zu züchtigen um die Seele zu retten, denn als unsterbliche Essenz hat diese den Vorrang", sagte er bevor er zeigte, was man tun muss, wenn ein böser Geist, eine umherirrende Seele in einen Unschuldigen gedrungen ist.

"Es genügt", fügte der Lehrmeister hinzu, "leicht die Wangen zu tätscheln, man kann es etwas kräftiger wiederholen, falls der Schock anhält. Man wendet nur dann härtere Gegenstände wie einen Besen, Stock oder etwas Stechendes wie eine Nadel an, wenn die Sinnesverwirrung nicht nachlässt, um den

Geist mittels der Züchtigung zu zwingen, von seiner Beute abzulassen."

Die andern hören schweigend zu. Auch erklärt er, dass ein umherwandelndes Wesen gelegentlich von einem Körper auf einen anderen übergehen kann, auf der Suche nach der für seinen destruktiven Zweck geeignetste Beute, und in solchen Fällen muss schnellstens eingegriffen werden, um grössere Übel zu verhüten, indem man mit allen Mitteln versucht, seiner Absicht entgegenzuwirken.

Er sagt, die Besessenheit pflege mit einer tiefen Mattigkeit zu beginnen, mit dem Gefühl, ein Flattern in den Adern zu haben, sowie abwechselnder Atemnot und einem Sausen, das sich im ganzen Körper ausbreitet, die Glieder einschläfert und zu einer Ohnmacht mit verhängnisvollen Folgen führen kann, weshalb man jedes beliebige Mittel gebrauchen soll, von einem Eimer kaltem Wasser bis zum Wangentätscheln und Besenhieben auf die Beine, und falls nichts anderes übrig bleibt, Einstiche mit spitzen Gegenständen, damit beim Empfinden von Schmerz und Schrecken das Opfer von den schädlichen Einflüssen befreit wird.

Das heisst, es gibt reine Geister, die in das Reich des himmlischen Vaters eingehen, und solche, die unsauber und gemein sind und sich im Verlauf der Zeit läutern müssen. Und schliesslich gibt es die ganz schwarzen und niederträchtigen; es sind die armen Seelen von Ehebrecherinnen, Erhängten und Verbrechern, die schlimmste Sorte des Menschengeschlechts. Sie sind reizbar, jähzornig und imstande, jungen Leuten Schaden zuzufügen, denn diese sind schwächer als die Erwachsenen.

So redete er und veranlasste dann, dass Ariadna sich mit dem Rücken auf den Tisch legte, der als Altar diente, um in dieser Lage der Gekreuzigten die letzten Invokationen als Beispiel zu erhalten: "Scher dich zur Hölle, verdammter Hund, dieser Körper ist nicht für dich!" schrie der Mann, damit sich die Seelen im Fegefeuer nicht diesen Neulingen zu Beginn ihrer ersten Erfahrungen näherten.

"Ihr werdet die guten Wesen von den schlechten unterscheiden können", sagte er zuletzt, "denn erstere rufen Euphorie und Wohlbehagen hervor, verleiten zum Lächeln und zu guten Taten, letztere dagegen erzeugen den negativen Zustand, von dem ich euch erzählte."

Man beendete das Tagesprogramm und verabschiedete sich nach dem üblichen Handkuss. Vor der Tür wartete das Taxi, mit dem sie jeden Nachmittag in die Stadt fuhren, jeden Tag ausser an den Sonntagen, aber manchmal auch an diesen, wenn irgend etwas Besonderes geplant war wie zum Beispiel das Kontaktaufnehmen mit Verwandten, die sich im Astralen vielleicht gewogen zeigen konnten, um auf diese Weise hinter die Geheimnisse der dreizehn Familiengenerationen zu kommen.

Im Raum ist es dunkel. Kaum dringt das Echo eines Zugtieres und der Geschäftigkeit der Knechte herein. Etwas später, punkt sechs Uhr, läutet die Glocke der St.-Gregorskirche zur Seelenmesse. Don Cayo Aurelio geht hinunter, und bevor er das Haus verlässt, bekreuzigt er sich dreimal mit dem Weihwasser, das er gestern nachmittag dem Becken vor dem Christus des Guten Todes entnommen hatte und das er durch frisches ersetzen wird, das seine Eigenschaften während weiterer vierundzwanzig Stunden beibehält, und auf diese Weise wird sich die Familie beschützt fühlen, wie Francisca geraten hatte, die ihn in den letzten Wochen mit absonderlichen Dingen beauftragt, und er muss sie zufriedenstellen, denn sonst könnte es ihr einfallen, zur Strafe seine Vogelkäfige hinauszuwerfen oder in den geheimen Plänen der Wasserpumpe zu wühlen, Benzin darübergiessen und sie anzünden, denn damit hatte sie gedroht, wenn er nicht jeden Nachmittag frisches Weihwasser brachte und nicht zu den Frühmessen in St. Gregor ging.

Francisca ist mit einem Unterrock bekleidet, der sie vom Hals bis zu den Fusssohlen bedeckt, und sie liegt auf dem Bett, an dessen vier Ecken Kerzen vor den Kruzifixen und den Rosenkränzen brennen, und vor dem Bildnis des heiligen Joseph, das den Zerfall der alten Kapelle überstanden hatte.

Das Mädchen bewegt sich unruhig hin und her und redet mit Flüsterstimme, die jetzt zu einem jähen schrillen Aufschrei wird, bis dann aus diesem wehrlosen Körper eine rauhe, brüchige Männerstimme ertönt, während sie sich wie irrsinnig herumwälzt, so dass es den Eindruck erweckt als würden sich die Dochte in den Ölschalen drehen.

"Wer bist du?" fragt man das Mädchen. Die Anwesenden umringen Francisca und bekreuzigen sich bevor sie die Kruzifixe küssen.

"Hast du Licht oder Schatten?" drängt man.

Sie krümmt sich, wälzt sich unruhig auf dem wollenen Bettsack.

"Gehörst du zur Rechten oder kommst du aus der Hölle?" wiederholt man, als im Ortsteil von Los Llanos das Totengeläut ertönt.

Sehr müde war Jacinto, er erhob sich kaum noch von seinem Bett, ausser wenn Francisca es verlangte, denn die Ärzte von Las Palmas waren nicht fähig, sein Leiden aufzuhalten, und wenn die einen ihm den Rat gaben, Kalzium mit Hydrazin einzunehmen, so verschrieben ihm die andern Lebertran, viel Ruhe, Umschläge und Einreibungen, zur noch grösseren Verzweiflung seiner Schwestern, die mitansehen mussten, wie der geliebte Bruder dahinsiechte, trotzdem Juan Camacho versichert hatte, dass mit Seebädern und mit Opfergaben an die Wesen des Lichtes die Tuberkulose nicht weiter fortschreiten würde mit den Löchern in der Lunge, die ihn abgezehrt und blass gemacht hatten, mit eingefallenen Augen und zwischen Hustenanfällen stockender Stimme.

"Bei Sankt Jakobus dem Älteren und den heiligen Aposteln befehle ich dir zu antworten, wer immer du auch sein magst!"

sagte Doña Josefa, als Jacinto, Ariadna, Cristina, Maria del Pino und sie selbst versuchten, das Mädchen an beiden Armen festzuhalten, denn so gross ist die Kraft, die das unbekannte Wesen auf Franciscas Körper überträgt, als ob ein Zyklon ihre Wirbel durchschütteln würde. Juan Camacho besprengte das Zimmer mit Lavendelwasser und verteilte Weihrauch in alle vier Ecken. Und dann bat er, man möge ihm das Messgewand, die Stola und den Schwefel bringen, für den Fall, dass es notwendig werde, diesen Teufel auszutreiben, der in das Mädchen eingedrungen ist. Man rückt das Standbild des heiligen Joseph in seinem Schrein heran, und er stellt das Fläschchen mit dem Weihwasser davor, zündet vier grosse Altarkerzen an und befiehlt, das Mädchen auszukleiden und mit Alkohol abzureiben. Auch verlangt er nach dem Nähkorb mit den Nadeln und den Ahlen, für den Fall, dass man dies brauchen würde, und nach einem Besen mit Rohrstiel, um dem Mädchen damit auf die Beine zu schlagen. Unterdessen stellt er sich ans Kopfende vom Bett und windet Franciscas Haarschopf, während sie einen zähflüssigen Schleim ausspuckt.

"Komm heraus, verdammter Hund! Verschwinde!" sagte Juan Camacho, nachdem er vor den halbgeschlossenen Augen des Mädchens, das nur mit einem Musselinhemd bedeckt ist, magnetisierende Handbewegungen gemacht hatte. Dann befahl er, ihr die Arme wie eine Gekreuzigte auszubreiten, das Elfenbeinkruzifix auf die Brust zu legen und eine Öllampe in die rechte Hand zu geben, und dann segnete er sie im Namen des Vaters, des Sohnes und des Heiligen Geistes, und bespritzte sie mit Weihwasser indem er betete: "Böse Geister, böse Verführer, entfernt euch zweihundert Meilen von dieser Gegend", was die Anwesenden mehrere Male wiederholten bis sich Francisca zu beruhigen scheint. Sie verdreht die Augen, der Unbekannte entfernt sich von ihrer Zunge, man säubert ihr den Mund vom Speichel und Jacinto sagt, Gott sei gelobt, der sie befreit hat.

Dann wird das Glaubensbekenntnis gebetet, und schliesslich öffnet das Mädchen die Augen, wird von den andern geküsst und sie lachen mit ihr. "Sie ist frei, weil das böse Wesen vor unserem Glauben erschreckte", versicherte Juan Camacho, "deswegen hat es sich davongemacht, um sich irgendwo weit entfernt in einem anderen Körper niederzulassen."

Kapitel fünf

Die Suche

> Denn unser Kampf richtet sich nicht gegen Menschen,
> sondern gegen verborgene geistige Mächte, die in
> dieser Welt unsichtbar für menschliche Augen herr-
> schen, gegen allen bösen Geist, der auf dieser Erde
> umgeht.
>
> *St. Paulus (Epheserbrief VI, 12)*

Die DC–9 schaukelte leicht, nachdem der Pilot die
Maschine zur Seite geneigt hatte. Dort unten ist das Marschland
von Huelva und der Rand von Portugal zu sehen. Aus
zehntausend Meter Höhe blickt man auf den Atlantik hinunter,
zwischen Turbulenzen und den Sonnenreflexen auf dem
Flugzeugrumpf, während man die Wolkendecke durchstösst und
die Stewardess daran erinnert, als zusätzliche Vorsichtsmass-
nahme in den folgenden Minuten vom Sicherheitsgurt Gebrauch
zu machen. Es kann weitergeraucht werden, und anschliessend
ist die Stimme von Flugkapitän Requena zu hören, die

bekanntgibt, dass die Temperatur dort zweiundzwanzig Grad Celsius beträgt. Die Wettervorhersage verspricht für die nächsten Tage einen vollen Strandgenuss, wie es Tradition ist auf den Glücklichen Inseln von Grund ihrer Geschichte an. Jetzt werden wir mit dem Kontrollzentrum von Casablanca Kontakt aufnehmen und am marokkanischen Küstenstreifen entlangfliegen, bis wir die Felsen der Wilden Inseln hinter uns haben, um in einer Stunde fünfundzwanzig Minuten zu landen.

Das erste was Enrique empfand, als die Motoren zum Schweigen kamen und endlich die Treppe herangefahren wurde, war ein Schwaden warmer schwammiger Luft, der ihm in einem hellen Aufleuchten entgegenschlug. Zuerst hatte man die Wohnanlagen überflogen, die blitzenden Swimmingpools, die Bungalowgruppen, die aussahen wie kleine weisse Kästchen, den Golfplatz und eine Schaumlinie, die sich dicht an einem langen Küstenrand dahinzog. Er war eben bei seinem zweiten Whisky gewesen, als er grüne Flecken auf den Berghöhen erblickt hatte, und ein paar Palmen der beinah abgeholzten Oase neben den Wassertümpeln, die einst Kreuzpunkt der Zugvögel waren, während er beinah erstickte in dem unbequemen, bis auf den letzten Platz besetzten Flugzeug und den Effekt der Druckverminderung ohne ein bisschen frische Luft ertragen musste.

Sechs Uhr fünfunddreissig nachmittags, nachdem er seine Uhr eine Stunde zurückgestellt hatte. Der Honda Civic, den man ihm im Autoverleih gegeben hatte, tauchte in die Landstrasse ein, durch Brachland hindurch, wo es kein Menschenleben zu geben schien, nur Agaven und Stoppelgras; die hageren Windfänge, die Schutzhüllen der Treibhäuser und die Stützmauern unbebauter Abhänge, die Schluchten mit den Disteln, die Hügel mit der Spreu, die vom Wind durchschüttelten Bananenplantagen an diesem Meer, das vielleicht die zyklopischen Mauern eines versunkenen Kontinents hütet, wie Enrique selber in der Novemberausgabe angedeutet hatte, wobei er sich auf die

Angaben der russischen Tiefseeforscher bezog, die sogar in der überregionalen Zeitung EL PAIS veröffentlicht worden waren.

Er sah auch Plastikfetzen, leere Flaschen, Pappe und sonstige Abfälle, und dann die am Fels klebenden, schreiend bunten Häuschen und die Mietskasernen von San Cristobal, die versuchen, erstere zu vertuschen.

Beim Aufwachen war ihm als hätte er eine feuchte Zange auf den Augenlidern. Er ging ans Fenster, zog die Vorhänge zurück und erblickte vor sich ein Stück aschgraues Wasser, das von der starken Windbö gekräuselt war, die es gegen die Stützpfeiler der Küstenpromenade schlug. Der Dunst von Dieselöl drang von den Reeden herüber, und unter sich vor dem Hotel sah er bis zu zwölf Schiffe von verschiedener Kiellänge liegen, aber er erblickte weder Möwen noch andere Seevögel.

Er stellte fest, dass die Stadt ein langgezogenes Band zwischen Steilhängen und Wasser ist, der Geschäftigkeit der längs den Kais dicht nebeneinander liegenden Fischdampfern zuge-kehrt, wahre Labyrinthe aus Eisen und rostzerfressenen Decks, und dass sie über Sandhügel klettert und sich von der Helle ihres Himmels blenden lässt, wenn sie nicht gerade von der Landzunge bis zum Rande, wo man die Königliche Hauptstadt der Eroberung gegründet hatte, von einer Wolkendecke verhangen ist.

Nachdem Enrique munter geworden war, machte er sich daran, die Liste der Mitbringsel durchzugehen, die er bei seiner Rückkehr durch die Zollkontrolle von Barajas[15] zu schleussen hatte:den Plattenspieler, einen Radiorecorder, die unvermeidli-chen Figürchen, die er den Senegalesen auf der Strandpromenade von Las Canteras abhandeln würde, seine Ladung von Ebenholz-elefanten und Wiederkäuern aus Rosenholz, all jener Kram, den sich der Schacherhandel des Freihafens verschafft, die Flasche

---

15. Flughafen von Madrid (d. Ü.)

Whisky, Pfeifentabak, die in Hong–Kong nachgeahmten Hohlsaumstickereien und den echten Rum aus Kuba. Daran denkt er während er sich rasiert und die Lotion aufträgt, um dann den Lift zu betreten, wo vom Tonband Musik ertönt. Sechs, fünf, vier leuchtet das Licht auf, das die Reihenfolge der Etagen vom Hotel Iberia anzeigt, und Enrique schickt sich an, der Stille des Morgens entgegenzutreten, um seine Fühler auszustrecken und die Telefonanrufe zu machen, auf der Suche nach Spuren jener Geschichte, die mit einer glatten Schlagzeile auf dem Titelblatt und weiteren sechs oder sieben Seiten mit literarischem und fotografischem Material in der Mainummer erscheinen wird, die effektvollste Wiedergabe jener Ereignisse vom April 1930, die in einem skandalösen Prozess endeten und in einem noch aufsehenerregenderen Urteil für die mutmasslichen Quälerinnen eines unberührter jungen Mädchens von 20 Jahren. Eine verkaufbare Schilderung, die das Prestige des Redakteurs Enrique López erhöhen wird, sein erster relevanter Beitrag seitdem er das Staatsexamen in Informationswissenschaft abgelegt hatte; es bedeutete die Chance, minderwertigere Arbeiten über UFOs, Parapsychologie oder Sonderberichte zu überbieten, wie auch die Tätigkeit, den Stil der den ausländischen Presseagenturen abgekauften Reportagen verbessern zu müssen, die stets miserabel übersetzt sind.

Jetzt erinnerte er sich an seinen letzten Artikel, der wie üblich ohne seinem Namen erschienen war. Er handelte von den Persönlichkeitsveränderungen und Besessenheitsphänomen, was –unglaublicher Zufall– ein Ausgangspunkt sein konnte, um Francisca anhand der Analyse zu studieren, die Anselme Ribot von dem Fall Felida Connor gemacht hatte, sowie auch mittels der von Dr. Morton Price bezüglich der vier abwechselnd auftretenden Charaktertypen der Marta Beauchamp, oder vielleicht wäre es logischer, sich auf die von Allan Kardec zitierten neun Mediumtypen zu beziehen, das heisst, auf die Ausarbeitung von

Hipolyte Leon Denizart, der im Jahre 1854 das Prinzip aufstellte, dass sich die Geister durch folgende Kategorien von Personen mit den Lebenden in Verbindung setzen: 1. Solche von physischem Effekt, weil sie Gegenstände in Bewegung setzen; 2. Die sensitiven, die die Gegenwart der Geisterwesen spüren; 3. Die, welche deren Stimmen vernehmen; 4. Solche, die den Geistern ihre Sprechfähigkeit leihen, damit sie sich äussern können; 5. Jene Menschen, die die Geister sehen; 6. Die Schlafwandler; 7. Die, die Heilungen vornehmen; 8. Solche, die automatisch schreiben und zeichnen, und schliesslich jene, die in fremden Zungen reden, denn sie tun es auf Befehl des Geisterwesens.

Enrique selbst hatte den Bericht bearbeitet, den er mit dem Titel GIBT ES EIN ANDERES LEBEN? überschrieben hatte und den er damit begann, an die Kommunikation der Schwestern Fox im Jahre 1847 zu erinnern, und dann sagte er, dass man schon von alters her an die Dualität von Körper und Seele und an das Existieren eines dritten Prinzips glaubte, von den Ägyptern Ka genannt, von den Theosophen Astralkörper und von den modernen Spezialisten Perispirit, womit man wieder auf die Theorie zurückkommt, dass die Seele oder unvergänglicher Teil an der göttlichen Essenz teilnimmt, und das dritte Element ist eine Art elektromagnetisches Fluidum, dessen Aufgabe darin besteht, die Seele im Körper zu halten, um sie dann nach dem Tod mit ins Weltall zu nehmen, und da, bei diesem Umherirren, besitzt sie die Fähigkeit, sich zu offenbaren.

Er schrieb, dass das Gläserrücken auf dem magischen Brett bereits zu einem Zeitvertreib geworden sei, denn es gestattet nicht nur, von vor Jahrhunderten Verstorbenen Antworten zu erhalten, sondern bietet sogar Gelegenheit, mit den Ausserirdischen Kontakt aufzunehmen. Ist das alles der geistigen Energie des "Spielenden" zuzuschreiben? fragte er sich.

Ist es etwa so, dass der Mensch, der sich von einer in ständigem Chaos befindlichen Welt bedrängt sieht, das Bedürfnis hat, an reinere Welten zu glauben, an verlorene Paradiese, oder vielleicht gibt es nicht nur eine vierte sondern verschiedene Dimensionen, die dem Begriffsvermögen unseres Gehirns entgehen, von dessen Kapazität wir nur fünfzehn Prozent benützen?

Er schrieb auch, dass der Schwede Friedrich Jürgenson über sechshundert Psychophonien auf Tonband aufgenommen hatte. Andererseits hatte der nordamerikanische Arzt Raymond Moody mehr als hundertfünfzig Menschen studiert, die für klinisch tot galten. In seinen Forschungen ist von einem strahlenden Licht die Rede, in dessen Gegenwart der Sterbende seine Vergangenheit noch einmal erlebt. Aber die Russen sind der Ansicht, dass es sich hierbei nur um Halluzinationen eines schwach durchbluteten Gehirns handelt. Dagegen hat die Psychologin Edith Fiore mittels Regressivhypnose bewiesen, dass sich ihre Patienten an frühere Existenzen erinnern können.

Schlicht und einfach Betrug? fragte sich Enrique. Bedenken wir, dass aus dem streng aufgebauten und hierarchisierten Spiritismus eine Religion entstand, der noch heute Millionen von Menschen angehören, vor allem in Vietnam. Diese Religion preist die universale Brüderlichkeit, macht sich die Struktur der katholischen Kirche zu eigen –Papst, Kardinäle, Erzbischöfe– und feiert Kultzeremonien, bei denen das Medium Buddha und selbst Christus anruft.

Und weiter versicherte Enrique, die Geschichte der Wissenschaft zeige, dass nicht immer der gesunde Menschenverstand, der kartesianische Geist genügt, um die Realität erfassen zu können. Wenn es aber darum geht, zugeben zu müssen, dass der Mensch selbst es ist, der das Ektoplasma und das Entstehen körperhafter Gebilde erzeugt, dann ist die Sache schon komplizierter. Was die als Sender dienende Person anbetrifft, so taucht die Frage auf, ob der Trancezustand dem Unterbewusstsein zuzuschreiben ist. Anscheinend können die hervorgerufenen Phänomen durch Hellsehen oder paranormales Wissen eines Menschen erklärt werden. Als bemerkenswertes Beispiel soll auf den von Kant zitierten Fall betreffs der Vision des Mystikers Swedenborg hingewiesen werden, der, während er sich 1759 in Göteborg aufhielt, die Feuersbrunst sah und schilderte, die dreihundert Kilometer entfernt die Stadt Stockholm verheerte. Drei Jahre später war in Amsterdam derselbe Swedenborg erschüttert gewesen, als er sah, wie Zar Peter III. in seiner Kerkerzelle erdrosselt wurde. All das bestätigt, dass der Mensch unbekannte Energien auslösen kann, wie zum Beispiel solche, die das Erscheinen der Wundmale Christi an Therese Neumann hervorriefen.

Zusammengefasst sei gesagt, dass die westliche Zivilisation auf dem Rationalismus gründet, der den Glauben an das Magische ersetzt, ohne jedoch ganz von diesem abzulassen, weil der Mensch das Mysterium braucht, denn sein eigenes Dasein ist ein unergründliches Rätsel.

So hatte der Artikel geendet, der auf dem mittleren Doppelblatt erschienen war. Seine Freunde hatten ihn zu der leicht verständlichen Darstellung beglückwünscht, und nun marschiert Enrique Lopez sauber und wohlriechend dem Morgen entgegen, der in seinen fünfundzwanzig Grad erstrahlt, lässt das Auto an, begibt sich auf die Avenida del Mar und sieht, wie sich vor der aus riesigen Zementblöcken bestehenden Mole der glatte Ozean ausbreitet, und am Ende dieser bläulichgrauen Fläche ziehen die Tankschiffe vorbei.

Der Honda Civic blieb unter der am Glanz seines Deckbleches nagenden Sonne an der Einfahrt stehen, auf dem steinigen Weg, auf dem Enrique Lopez gefahren war, mit seiner in einem indischen Basar gerade gekauften Minolta und seinem Tonbandgerät. Er schreitet wie ein Steppenwolf voran, zwischen den Umzäunungen der Bananenplantagen und den Resten der Wassergräben, welche einst die Zuckerrohrmühlen versorgten.

Er sieht nur Gestrüpp zwischen den Steinen, Greiskraut auf den Türschwellen der verlassenen Gehöfte, vom abgebröckelten Kalk verbliebene kahle Flecken, rissige Balken, Löcher in den Dächern.

Auf der anderen Seite stehen die Reste vom Franziskanerkloster, das seit der Schuldentilgung nicht mehr bewohnt worden war, mit seinen unbrauchbar gewordenen Gemüsegärten, und die in den abschüssigen Strassen von Carreñas, Ines Chemida und Huertas gekennzeichneten Gebetsstationen, Gassen und Durchgänge, wo anscheinend nur Eulen und Mauerschwalben hausen.

"Ein bisschen weiter steht das Haus der Herrschaften. Und womit kann man Ihnen dort dienen?" Der Mann, der auf einem Stein am Wege hockt, schaut Enrique ungläubig an und dreht seine Zigarette weiter, die Jäthacke neben sich, das Messer mit dem verzierten Heft am Gürtel, seine misstrauischen Augen unter dem Hut.

"Seien Sie vorsichtig, Mann, denn hier in dieser Gegend fressen die Toten die Lebenden, und die Lebenden fressen sich gegenseitig auf".

Enrique war über den eigenartigen Wortschwall des Bauern verblüfft, der trotz des anfänglichen Argwohns bereit zu sein schien, ihm zwischen Steinmauern und Ecksteinen alle vertraulichen Mitteilungen der Welt zu machen.

"Haben Sie Lust auf eine Pfeife, mein Freund?" Er hielt Enrique seinen Beutel mit Virginiatabak entgegen. Sie befanden sich dort, wo die Wasserverteilungsrinnen verlaufen, die das kostbare Element in armseligen Mengen messen –pro Furche, pro Stunde, pro Schicht–, und er redete gelassen, mit derselben Trägheit, die in der Luft liegt.

"Ich kann Ihnen sagen, dass Sie dort kaum was Gutes finden werden." Enrique sah den von wilden Feigenkakteen verstopften Boden der Zisterne neben der ausgeplünderten Kapelle, deren geschnitzte flämische Figuren sich wahrscheinlich zum Teil in Händen der Londoner Antiquitätenhändler befanden, genauso wie der dreiteilige Altaraufsatz, den man Van Dyck zuschreibt, weil das Jesuskind, das Maria an der Brust hat, so sehr jenem gleicht, das auf der "Jungfrau mit den Rebhühnern" dargestellt ist, obwohl die Kritiker die Meinung vertreten, dass derartige künstlerische Nachahmungen zu jener Zeit häufig vorkamen, weil die Modell stehenden Kinder so unruhig waren. Auch die Weihwasserkessel und Sanduhren, die Messkelche und Hostiengefässe, die Monstranz aus getriebenem Silber, die Weihrauchkessel und Lampen, die Altarleuchter, die mehr als zwanzig Silberpfund zu fünf Unzen wogen, die Messkännchen und die goldenen Altartäfelchen aus dem 17. Jahrhundert, das Kruzifix mit seinen in Form der spanischen Lilie endenden Balken, das Glöckchen und die Kerzenleuchter aus demselben Material, sowie der heilige Joseph und das kleine Bildnis der bräutlichen Muttergottes, dessen Autor wohl ein von der zu Zeiten von Philipp II. in den Niederlanden herrschenden spanischen Atmosphäre beeinflusster Holzschnitzer gewesen sein musste, denn so beweist es das ovale Antlitz und die weite freie Stirn der Jungfrau, die beinah wie eine Zigeunerin aussieht.

"Sehen Sie, seitdem das Unglück geschah, taugt diese Erde nicht einmal für Lupinen", und der Mann erzählt, dass in einer Hochwassernacht die Überschwemmung so weit vorgedrungen war, dass sie das Haus vom Majordomus niederriss und das Wasserrad von Don Cayo Aurelio, dessen Reste auf dem freien Platz umherliegen, die Schöpfkübel vom Rost zerfressen, genauso wie die Kettenteile und das Räderwerk, das die Windetrommel bewegte, dort neben der Araukarie und den indischen Lorbeerbäumen, die in der Mitte des Gartens stehen, und am anderen Ende die Stallungen, wo es zu Zeiten der Ernte und des Umfüllens sehr lebhaft zugegangen sein musste, Enrique jetzt aber nur Bruchstücke vom Geländer sah, das den Busch roter Kamelien vom einstigen Rosengarten trennte. Er fand Zinnober und Grünspan an einem Stück Bronze, das vielleicht einmal zu dem kunstvollen Sockel einer der Fontänen gehört hatte. Fünfhundert Meter gegen Osten hatten sich die Hütten der Neger– und Maurensklaven und die Unterstände für Kamele und Maultiere befunden. Ihm war als sehe er die Sicheln zum Jäten und Ernten, die grossen Tragsäcke, mit denen die Zuckerrohrstangen zum Ausmahlen herangeschafft wurden, das knisternde Brennholz, um das Feuer unter den Kesseln in Brand zu halten, und die Frauen, die Waschlauge zubereiten, am Spinnen sind oder Sättel herstellen und ihre Kinder stillen, die zur Hälfte das Blut von Don Nicolás, von Don Jácome und von Don Aristeo haben, denn zweifellos gründeten sie Dynastien von Mischlingen, wie es sich ihrem Rang und Stand geziemte in den guten Zeiten von La Vega, als das Anwesen ein für die Beamten der Justiz schwer zugänglicher Schlupfwinkel war, denn innerhalb seiner Mauern herrschte die Regel der schmeichelnden Gefälligkeiten: Stoffe und Teppiche aus Rouen, London und Holland, kunstvoll bearbeitete Kästen und Salzfleisch dienten bestens dazu, damit die Strafverfahren wegen irgendwelchem skandalösen Vorfall der jungen Erben, ihren Rüpeleien in den Tavernen und ihren Herausforderungen gegenüber beleidigten Ehemännern eingestellt wurden.

"Nicht einmal für Lupinen. Sehen Sie, sogar die Vögel bauen hier keine Nester", fuhr der Mann fort und spuckte einen trüben Speichel mit den letzten Tabakkrumen aus, die Arme auf einer Grenzmauer ausgestreckt und den Blick verloren auf irgendeinen fernen Punkt gerichtet. Dabei sah er seinen Gesprächspartner kaum an, beobachtete ihn aber verstohlen aus der Augenwinkeln, während Enrique López dastand und nicht wusste, was er tun sollte.

Der Bauer bekreuzigte sich, als sie durch die Mauern der Kapelle traten. "Nie kommt jemand hierher. Wissen Sie, man sagt, das hier sei verhext, um Mitternacht würde man Lichter sehen und Seufzen hören, und eines ist gewiss: das Gras, das hier wächst, taugt nicht einmals fürs Gewürm, das Wasser ist nur eine salzige Kruste, die die Pflanzen tötet, die angrenzenden Bananenstauden erzeugen nur Abfallfrüchte, die Kürbisse erstarren, die Bohnen werden schwarz und der Mais ist vom Wurm befallen. Das sagt der Pächter, in dessen Adern vielleicht das Blut fliesst, das die Erben unter den in ihren Diensten stehenden Frauen verbreitet hatten, und er könnte sogar eines der Findelkinder sein, die man aufgenommen hatte, bis die Familie dann im Jahre 1917 beim Tod von Don Euripides die Hospize schliessen liess, die man bis dahin als erbliches Vermächtnis unterhalten hatte, wie Don Edesio 1852 in seinem Testament bestimmte und somit seinen Willen noch weitere neun Jahre über die fünfzig hinaus erfüllte, die er vorgeschrieben hatte.

"Gift, es gibt nur Gift", sagte der Mann, und wer weiss ob sein eigener Vater nicht noch die Missgeschicke des ehrwürdigen Gründers der beiden Waisenhäuser mit angesehen hatte, seine Bussübungen bei der Bruderschaft der Nazarener und der von den Sklaven des Göttlichen Karfreitagblutes, das Büsserhemd und die Ketten, die er in den frühen Morgenstunden der Passionswoche durch die Gassen von San Francisco schleppte, seine vom Sühnen der eigenen Vergehen und der seiner Vorfahren wundgelaufenen Füsse. Gift, nichts als Gift, das die Ruinen des seit vielen Jahren ausgeplünderten Hauses umgibt, dort am Rande der Schlucht, die heute ein ausgetrocknetes Flussbett aus glatten, von einstigen Fluten polierten Steinen ist.

Enrique ist beeindruckt vom schleppenden Dahinströmen der Luft, von dieser lastenden Trägheit, die sich eingestellt hatte, seitdem er am Flugplatz von Gando aus der Maschine gestiegen war und die in dem bleiernen "Eselswanst" liegt, in der grauen Wolkendecke, die sich wie Spinngewebe längs dem Küstenstreifen bildet, und sie liegt auch in den Geste der Autofahrer und in denen der Fussgänger, die an jeder beliebigen Stelle die Strasse überqueren, und in der Schlaffheit der Kellner und schliesslich in diesem vermaledeiten Phlegma eines Volkes, das gleichgültig zu sein scheint gegenüber den immer häufiger an Küsten und Bergstrassen erscheinenden Aufschriften der kanarischen Unabhängigkeitsbewegung, womit man die spärlichen Verkehrszeichen an den Kreuzungen, die Halteschilder und die steilen Fahrwege besudelt, die zu Los Pechos hinaufführen, zu der sich am stärksten abhebenden Höhe, zum Aussichtspunkt, von wo man feststellt, dass die Insel ein von einstigen Sturzbächen zerklüftetes und von Bergspitzen durchzogenes Halbrund ist, wo weder der Codeso noch die Tagasastestaude, der Sauerampfer oder der Sadebaum, Linden oder Natterkopf, noch die Buche oder andere der ursprünglichen einheimischen Pflanzen mehr wachsen, denn Tamaran ist verflucht, und der Regengott bringt die schwarzbauchigen Wolken nicht, die statt dessen draussen über dem Meer platzen, und deswegen kümmert der Pinienwald der Aufforstungen dahin, mit denen man versucht, den Saharacharakter der Steppen zu verwischen, wo einst die Laurisilva[16] blühte.

---

16. Baumbestand aus Lorbeer, Heide und Buche (d. Ü.)

Kapitel sechs

Die Rituale

> Da ist ein Mensch von einer finsteren Macht bewohnt.
> Nun wird der Dämon vertrieben und treibt sich fern
> von ihm in der Wüste umher, sucht einen Rastplatz
> und findet ihn nicht. Da sagt er sich: Am besten wird
> sein, ich kehre in meine frühere Wohnung zurück, die
> ich verliess. Wenn er nun hinkommt, findet er sie
> gekehrt und geschmückt. Wunderbar! denkt er, geht
> hin und holt sieben andere Dämonen, die schlimmer
> als er sind. Die brechen miteinander ein und lassen
> sich häuslich nieder. Mit dem Menschen aber steht es
> am Ende schrecklicher als am Anfang.
>
> *Lukas–Evangelium, XI, 24–26*

So sprach er und fügte dann hinzu, dass die Materie sich
freimache vom Geist durch die Wiedervereinigung des Seins und
des Nicht–Seins mit dem Nicht–Sein. Das geschieht beim
Sterben, aber da alle menschlichen Wesen nach Vorbild des

höchsten Wesens, dem Schöpfer, aus zwei Hälften eines Ganzen bestehen, welche getrennt den Namen Zwillingsseele erhalten und vereint das eigentliche Wesen bilden, so bedeutet das, dass, während sich die eine Hälfte im Fleisch verkörpert, die andere im Astralen lebt, und beide möchten sich durch einen Weg der Vervollkommnung ergänzen, was in der Erkenntnis der Wahrheit geschieht.

"Brüder, das Doppel–Ich warnt und macht seinen Schutzengel aufmerksam, denn gemäss den Gelehrten unserer Wissenschaft, die die authentische ist um die Erlösung zu erlangen, hat jeder Mensch seinen Schutzgeist. Und dank dieser Zusammenhänge erhebt sich das fleischgewordene Wesen mittels einer sublimen Kommunikation, nämlich dem Fluidumsfaden, aus dem Abgrund der körperlichen Leidenschaften, die es gefangenhalten.

"Und warum sind wir Gefangene und eingesperrte Seelen?" fragte Jacinto lebhaft interessiert, obgleich ihm anzusehen war, wie sehr ihm die Schwindsucht zusetzte. Der geschlossene Raum und der anhaltende Weihrauchgeruch verursachten ihm Atembeschwerden, er ist von der Appetitlosigkeit der letzten Wochen geschwächt; jetzt hält er sich mit weissem Fisch, Melissentee und mexikanischem Teekraut auf den Beinen, denn nichts anderes bekommt dem Magen und der gequälten Brust, und es kommen die Auswürfe, er siedet im Fieber und erstickt am Husten. Trotzdem unterzieht er seine sterbliche Materie der Tortur, um seinen Geist zu erhöhen, denn im Sommer hatte er am Strand von Salinetas zusammen mit Juan Camacho bereits bedeutsame Offenbarungen gehabt, und deswegen fühlt er sich dazu berufen, sich über seine Krankheit hinwegzusetzen, über das Stechen im Brustkorb, über die Atemnot und den Eiter, den er mit dem morgendlichen Schleim ausstösst. Er nimmt die Unannehmlichkeiten auf sich, wenn er nur der Lehre der Gemeinschaft nahekommt und so zu einem ihrer bedeutendsten Mitglieder wird, trotz dem Asthma, an dem er zu leiden glaubt, wie Juan Camacho gesagt hatte, und obschon es lästige Beschwerden sind, so wird man trotzdem nicht nachgeben und sich noch viel weniger vom Weg der Vollkommenheit abbringen lassen.

"Mein Sohn, das Wissen bringt Licht in deine Zweifel. Siehe: Das Wesen ist lichtvolle Seele, aber die Vereinigung von Körper und Geist bedeutet Licht mit Schatten, denn wenn auch der Geist zum Allerhöchsten emporschaut, so wendet sich die Materie den irdischen Dingen zu."

"Was soll ich dann tun?"

"Schau dir diese Wachsflamme an: Sie ist dein eigenes Leben, das sich im Nu aufzehrt. Aber ein neues Licht wird aufgehen, wenn du das Wissen vor dem Tode erlangst."

Ariadna spürte wie ihr ein Schauder über die Schläfen lief; sie dachte, dass das Unheil über die Familie hereinbrechen wird trotz der Fürsorge, die Juan Camacho ihr anvertraut hatte: die langen Spaziergänge des Bruders, die aromatischen Kräutertees und das Ausschwitzen mit Eukalyptusblättern vor der Glutpfanne. Sie selbst war von den monatlichen Blutungen und den diese begleitenden heftigen Unterleibskrämpfen geschwächt. Deshalb zuckte sie zusammen, als der Lehrmeister erklärte, die irdische Verkörperung sei für manche Menschen die von Gott dem Geschöpf auferlegte Strafe, obgleich das nicht stimme, denn das Wesen, das sich mit uns in Verbindung setzt, ist nicht entkörpert, und das Medium ist eine dazu auserwählte Kreatur, um uns mit dem Knistern und Knarren zum Vibrieren zu bringen, was Zeichen und Hinweise sind, welche uns die Astralwesen senden. Du selbst wirst Geräusche und Klopfen von festen Körpern hören können, ohne dass es ein sichtbares Anstossen gibt, und du wirst sogar Dinge zu sehen bekommen, die für die Leute im allgemeinen nicht wahrnehmbar sind. Du wirst dich mit körperhaften Wesen unterhalten, die bis zu ihrer Befreiung in den Kerkern des Fegefeuers leiden, und sie werden dir von ihren Erfahrungen berichten und so wirst du weiser werden."

Der Mann war mit einem violetten Umhang bekleidet, auf dem eine Menge achtspitziger Sterne zu sehen waren, und vorne trug er eine Art Schurz, der im Schein der Kerzen glänzte. In regelmässigen Abständen nahm er den Sprengwedel aus einem Kübel, in den man Regenwasser, Essig, Salz und Thymian getan hatte, und damit benetzte er die Ecken des Raumes, während er die Namen der Höllischen hersagte, die man in diesen ersten Phasen der Initiation in Schranken halten muss, und so rief er nach dem Vernichter Abaddon, nach dem Maya–Teufel Ahpuch, nach dem Mazdeisten Ahriman, nach Bafomet vom Templerorden, nach dem Beelzebub der Fliegen, nach Damballa von der Schlange, nach Hécate der Abgründe, nach dem Guanchenteufel Guayot, nach Faust's Mephistopheles, nach der Aztekin Metzli, nach dem Phönizier Moloch, nach der rachsüchtigen Ägypterin Sekhmet, nach dem Inder Shiva, nach dem Russen Tchort, nach dem Sumerer Thamuz, nach dem Magier Thot und zuletzt nach Yen–lo Wang aus China. Und dann nannte er die vier Höllenfürsten: Satan, Herr des Südens und des Feuers, Luzifer des Ostens und der Luft, Belial des Nordens und schliesslich Leviatan, der über den Westen herrscht und eine aus den Meerestiefen emporgestiegene Schlange ist. Sie alle sind Götter der linken Hand, die ruhen müssen bis sie gerufen werden.

Vom Podest her redete er weiter mit ernster Feierlichkeit. Der Zweite Bruder segnet eine Stola und legt sie ihm über die Schultern. Auf jener ist ein umgekehrtes Kreuz gezeichnet, genauer gesagt ein Symbol, das aus der Vereinigung zweier übereinandergelegter Kreuze besteht, das obere mit kürzeren Balken als das untere, und beide befinden sich über einem Zeichen, das einer liegenden Acht oder vielleicht einer Gesichtslarve gleicht, und dieses Zeichen hebt sich von einem Untergrund ab, auf dem das Wort "Fides" in grüner Umrandung zu lesen ist.

Der Lehrmeister verkündet, dass es mit dem Kult des Wortes weitergehen wird und dazu sollen die Katechumenen ihren

Verstand empfänglich machen, ihren Platz auf den Betstühlen einnehmen und dort knien bleiben, mit dem Licht in der Hand und den Blick auf jenes Flämmlein geheftet, das deine Existenz darstellt. Und so wirst du begreifen, dass Gott durch dich spricht, denn um zu Ihm zu gelangen, wirst du diese ganze nutzlose und faulige Last, die die Materie ist, ablegen und erkennen, dass Kirche und Staat darauf aus sind, den Menschen auszunützen, denn sie fördern die Dunkelheit.

Durch die Bananenpflanzung schimmerte ein schmaler Streifen Mondlicht und im Teich quakten die Frösche. Francisca war wach als eine Nebelschicht die Lichter von Cendro verhüllte.

Viel später würde sich Maria del Pino gleich einer Halluzination an jenen Augenblick erinnern, als das erste Tier die Hebelvorrichtung berührte und sein Aufschrei sich ihr in die Schläfen bohrte. Die Ratte hatte die Falle von weitem in Augenschein genommen, ohne der Sache recht zu trauen, als hätte sie ihre Zweifel, dass man ihr so ohne weiteres den Rahmkäse darbot, der in den Berggegenden hergestellt wird, wo man der geronnenen Milch Distelessenz beigibt. Das Schnäutzchen beschnüffelt die Beute und die Äuglein suchen im Dunkeln, während Francisca in Dämmerschlaf verfällt, bis ein reissendes Geräusch sie aufhorchen lässt. Die bräunliche Ratte speit Blut, den Rücken vom Draht halbiert, der ihr die Rippen bricht und die Eingeweide öffnet. Jetzt schreit das Tier, und das Mädchen nähert sich mit der hochgehobenen Ölfunzel, wie ein Gespenst in ihrem Unterrock, das Tier im letzten Röcheln, auf den Fliesen ein dünner Blutfaden.

"Raus mit dir, verdammtes Biest!" ruft sie und schlägt wiederholt mit dem Besenstiel zu; das Tier ist nur noch ein Bündel, graufarben und rot, aber das Mädchen zwingt es aufzustehen und durch den Türflügel zu entwischen, den sie sperrangelweit geöffnet hatte, als Maria del Pino sie zum zweitenmal schreien hört: "Raus, du Biest!"

Wohl oder übel musste sie sich an jene Nächte erinnern, in denen sie ein, drei und sogar bis zu fünf Stück in die Fallen bekam, die sie in den verlassensten Winkeln des Dachbodens aufgestellt hatte. Manche waren ausgemergelte, erst wenige Monate alte Tiere, andere so dick wie Kaninchen, und sie alle sind Verkörperungen des Bösen, der zweifellos das Verderben in dieses geweihte Haus bringen will, weshalb es gerecht ist, Satan zu bezwingen, ihn in allen seinen Personifizierungen zu demütigen, ihn tausendmal unter den dünnen Drähten der Fallen leiden zu lassen, in welche diese Bestien immer wieder fallen, als ob sie nicht imstande wären zu lernen, welches die verbotene Frucht ist; eine Nacht um die andere füllen sie den Raum mit ihrem Huschen und ihrem Geschrei, und das Mädchen spuckt nach ihnen und bittet sie, das Wunder zu vollbringen, unversehrt aufzustehen und zu fliehen.

"Schwestern, heute nacht habe ich dreimal den Verdammten eingefangen. Danken wir Jesus Christus und dem heiligen Jakobus und St. Johannes, damit uns ihre himmlischen Kräfte nicht verlassen und wir diese Plage ausrotten können", sagt das Mädchen als es die Schwestern weckt. Diese gähnen, schütteln den Schlaf ab: Sie haben nichts gehört, antworten, dass sie die folgende Nacht wachen werden und dieses Opfer zur Gesundung ihres Bruders bringen wollen, damit das Gotteskind ihn uns geheilt zurückgibt und ihm die Engelchen vom Predigtstuhl und die durch die Gnade der bis heute der Pfarre vorgestandenen heiligen Würdenträger geläuterten Knochen seinem Schmerz beistehen.

"Lasst uns beten", sagt Francisca und macht sich auf den Weg zur Wallfahrtskapelle, der Schlüsselbund an ihrer Taille klirrend. Sie betreten das Heiligtum, dessen Fenster man mit schwarzem Tuch verdunkelt hatte und deshalb in die Finsternis des Ostersamstag getaucht ist, sogar die Heiligenfiguren sind verdeckt. Sie zünden Dutzende von Kerzen in doppelter Reihe an, die auf der linken Seite, um die Mächte des Bösen zu beschwören, die rechte Seite als Opfergabe für die des Guten.

Francisca legt ihr Mieder ab und geht, nur mit dünner Gaze bekleidet, zum Tabernakel, wo man den grossen Kelch aufbewahrt. Sie macht eine dreifache Kniebeuge und steigt bedächtig die Stufen hinunter. Dann befiehlt sie ihren Schwestern, aufzustehen und sich bereit zu machen, um die Eucharistie in Empfang zu nehmen, falls sie in Gottes Gnade seien. Sie hat das Messkännchen vergessen und geht nach erneutem Kniebeugen zurück, befeuchtet die Oblaten, die den aus Silber und Gold gearbeiteten Kelch füllen und schickt sich zur Darbietung an.

Die Schwestern legen ebenfalls ihre Kleider ab: Frei soll dein Fleisch sein, ohne Einschnürungen, ohne etwas Drückendem, ohne Fremdkörper oder Metalle, um das erhellende Pochen besser empfangen zu können, das den Wunsch verkörpert, die Grenzen der törichten Hülle des Fleisches zu transzendieren.

"Der Unbefleckte steigt zu uns herab."

"Amen."

"Jakobus der Ältere beschütze uns."

"So sei es."

Jedes der Mädchen erhält eine in Essig getränkte Hostie. Dann geht Francisca in den Beichtstuhl hinein. Cristina und Maria del Pino legen ihrer Schwester die Stola um und setzen ihr ein rotes Birett auf.

Dann greift Francisca zum Sprengwedel, taucht ihn in eine Schüssel, schwenkt ihn darin hin und her und deutet die vier Himmelsrichtungen an, wobei sie sich auf die Evangelisten beruft, damit sie Satan des Südens, Luzifer des Ostens, Belial des Nordens und Leviatan des Westens vertreiben.

Ariadna schwenkt das Glöckchen, um zur inneren Sammlung zu mahnen; sie geht hin und macht die Kerzen auf der linken Seite aus. Nun nimmt Francisca ein sorgfältig zusammengebundenes Pergament und liest vor:

"Im Namen Christi, König der Erde, befehle ich den Mächten der Finsternis, uns am heutigen Tag von ihrem Einfluss zu befreien!"

"Amen", antworten die andern, die Kerzen in schützendem Kreis aufgestellt, den sie umringen.

Francisca verlangt nach Weihwasser aus dem Becken am Eingang. Man bringt ihr das Gewünschte und sie hinterlässt eine Wasserspur von Kreuzen auf dem Fussboden. Dann stellt sie sich vor einer jeden ihrer Schwestern auf und zeichnet ihnen enorme Kreuze vom Hals bis zum Schamteil. Bei den Brüsten hält sie inne, sagt mit leiser Stimme Gebete her, Formeln, die kaum etwas mehr als ein Seufzen auf ihren Lippen sind.

"Bedeckt euch!" sagt sie plötzlich, und dann führt sie singend die Prozession durch das Innere der Kapelle.

> Veni, Creator Spiritus,
> Mentes tuorum visita:
> Imple superna gratia,
> Quae tu creasti pectora,

denn dank der Waschungen sind sie nun frei von Unreinheiten, der Heilige Geist hat die Seelen seiner Dienerinnen mit himmlischer Glückseligkeit erfüllt, denn man nennt Euch Tröster, Gabe des Allerhöchsten, lebendiger Quell, Feuer, Barmherzigkeit und Einigkeit; Ihr, der die sieben Gaben verleiht, seid der hinweisende Finger zur Festung des Vaters, der Verheissene, der uns das Wahre eingibt. Entzündet mit Eurem Licht unsere Sinne, giesst Eure Liebe in unsere Herzen und stärkt mit immerwährender Hilfe die Schwäche unseres Fleisches. Francisca führt ihre Schwestern an wie in einem düsteren Umzug.

Plötzlich hält sie inne.

"Ariadna, warum singst du nicht?" wird diese in einem Ton gefragt, der ein liebevoller Tadel sein soll. "Glaubst du, wir hätten nicht bemerkt, dass du kaum an den Ritualen teilnimmst?"

Das Mädchen erblasst als es die starren, kohlschwarzen Augen auf sich ruhen spürt. Sie bringt kaum ein Wort hervor.

"Verzeihung, Schwestern, mir ist schwindelig. Es muss wohl daher kommen, weil wir gestern abend kaum etwas gegessen haben", ist die Antwort.

"Heuchlerin!" sagt Francisca mit spitzer Stimme und fährt fort, ihrer Schwester Vorwürfe zu machen, bohrt ihre stählernen Pupillen in sie hinein. "Du bist anders als wir, du hast einen unreinen Namen, du selbst bist unrein." Man hat innegehalten mit der Prozession, und jetzt umringen sie das Mädchen und tadeln es, schieben das Gefäss heran, in welchem sie die Urine aufbewahren und schütten den Inhalt in einen irdenen Topf, spucken die Schwester an und giessen ihr die ätzende Flüssigkeit über den Kopf; dann befehlen sie ihr, den Fussboden zu säubern. Sie wird ihren Körper in der Viehtränke reinigen müssen.

Francisca, Cristina und Maria del Pino waren an die Schlafstätte der Mutter getreten, wecken sie und berichten von Ariadnas Aufsässigkeit, wie sie die Frühmette unterbrochen habe und wie es dazu gekommen war, dass sie nun nicht mehr wohlgefällig sei in den Augen des Herrn, erzählen von ihrer Frechheit, das *Veni Creator* nicht weitersingen zu wollen und von ihrer Gotteslästerung, die Eucharistie empfangen zu haben ohne mit sich in Frieden zu sein, und dass es deswegen ratsam wäre, sie während drei Nächten allein zu lassen, vielleicht im Kellergeschoss, in der alten Zisterne oder in einer der Höhlen, in denen die Ureinwohner auf der anderen Seite der Schlucht gewohnt haben, wo man immer noch Reste von grob behauenen Altaren und Opfersteinen der Fruchtbarkeit finden kann, sowie Knochennadeln, Spatel, Pfrieme, Speere, Angelhaken, Tierfiguren, Muschelschalen, durchlöcherte Samenkerne, die man als Schmuck benützte, und Federn für den Kopfputz, polierte Steine, Mörser, Schaber, Handmühlen, Tonsiegel und Kleidung aus Palmzweigen und Tierfellen, die man mit Ziegensehnen und

Naturfasern zusammennähte, denn es gibt ein Netz von Höhlen, die mit Zickzackstreifen, Kreisen und farbigen Rhomben bemalt sind und mit Dreiecken, wie man sie zu festlichen Anlässen auf den Körper aufzudrucken pflegte, vielleicht, um am Fest des Beñesmén[17] teilzunehmen, das im Sommer stattfand, wenn die Sonne das Tierkreiszeichen des Krebses betritt.

"Tut, was notwendig ist, damit sie wieder wohlgefällig wird in den Augen des Herrn", sagte die Mutter, während die Mädchen um das Bett stehen und im Zimmer am Ende des Korridors Don Cayo Aurelio sich räuspert. Man hatte ihn zu vollständiger Abgeschlossenheit verurteilt, wozu noch die Embolie kam, die ihn halb gelähmt liess; Überbleibsel einer Familie, die nun keine Nachkommen mehr haben wird, es sei denn, Jacinto überstehe seine Leiden, von denen er kaum eine Besserung verspürt trotz der Heilmittel, die Juan Camacho in den Nachtwachen am Bett des Kranken verordnet, ein täglich abgehärmterer Jacinto, vom Fieber aufgezehrt, von Auswürfen erstickt, die Haut fahl, die Atmung von Geräuschen und Pfeiftönen begleitet, die Glieder schlaff und die Stimme heiser, wenn er überhaupt in der Lage ist, ein Wort hervorzubringen. Die Schwindsucht setzt dem Erstgeborenen zu, der dazu bestimmt ist, durch die Heirat mit der Erbin des Marquis de la Cebada oder mit der Nichte des Herrn Grafen oder zumindest mit einer der Töchter aus den besten Häusern, die damals von englischen Erzieherinnen unterrichtet wurden, Stolz und Ehre der Familie zu retten, denn Jacinto ist zweifellos ein aussergewöhnlicher Mensch mit braungetönter Haut, hellen Augen, wohlgeformten Augenbrauen, kräftigen Schultern, unfähig, dem Hang zu erliegen, den die Inselbewohner zum Zuckerrohrschnaps haben, und ebensowenig war er den Hahnenkämpfen und anderen Neigungen zugetan, die seinem

17. eine Art Erntefest der Urbewohner (d. Ü.)

Alter entsprochen hätten. Dagegen hat er sich im Studium der Theosophie vertieft, zusammen mit namhaften Ärzten, Rechtsanwälten, Offizieren von Rang und Damen der frommen Zünfte, denn sie alle besuchten die Zusammenkünfte von "Glaube, Hoffnung und Brüderlichkeit", seitdem diese von der Regierung Seiner Majestät anerkannte Meditationsgesellschaft ihre Türen geöffnet hatte.

"Meine Töchter, tut was angebracht ist."

Die Frau wiederholte es vom Bett aus. Dann wandte sie das Gesicht dem Standbild des Herzen Jesu zu, das den Raum mit dem grossen Mahagonibett, den schweren Gardinen und dem Tisch aus Zedernholz beherrscht, auf dem in kostbaren Reliquienkästchen zehn Rosenkränze liegen, die mit irgendwelchen wichtigen Gedenktagen der Familie in Zusammenhang stehen.

Die Frau heftet den Blick an die Zimmerdecke, auf den Lüster aus geschliffenem Kristall, der von Fliegen und Ungezieferschwärmen geschwärzt ist, die durch Ritzen und Spalten hereinkommen, und manchmal ist sogar ein Mauergecko dabei, der an den Weinlauben im Innenhof und an den Käfigen mit den Vögeln und ihrer Brut, an den Tropfgefässen der irdenen Wasserfilter mit ihren Büscheln von Mauerraute und an den Hibiskusstauden hochklettert.

"Mutter, es ist möglich, dass sie von einem Heer negativer Wesen befallen ist."

Franciscas Stimme ist es, die aus dem beistimmenden Schweigen ihrer regungslos wie Statuen dastehenden Schwestern erklingt.

Wie immer überlassen sie es ihr, die Initiative zu ergreifen, die Rituale anzuführen und zu beenden, in den Kommunikationszeremonien mit dem Jenseits die Priesterin zu spielen, das Medium zu sein, das die Fähigkeit besitzt, die Botschaften und Anliegen derjenigen weiterzugeben, die die Erleuchtung noch nicht erlangt haben, der armen Seelen, die im Limbus des Nichts umherirren, die sich vor Melancholie verzehren und an den Grenzen der Hölle weilen, da sie der Gegenwart des Allerhöchsten entbehren; gequälte Geschöpfe, die ihre Hülle und die Helle ihrer Augen verloren haben und dazu verurteilt sind, in den unendlichen Regionen des Äthers umherzuschweifen, bis sie gerufen werden zum göttlichen Gericht des Vaters, zur Vergebung des Sohnes, zum Wohlgefallen des Heiligen Geistes, der wie ein Widerschein von Vater und Sohn ist.

"Ja, mein Kind, ich weiss es. Und mir ist als hätte man mir einen Dolchstich in die Seite versetzt, einen Alaunstachel wie der der Schmerzensmutter, denn das ist das Leiden, das mich ans Bett gefesselt hält, blind und taub gegenüber dem Weltgeschehen", sagte die Frau beinah jammernd zu den Mädchen, die Stirn von Schweiss bedeckt, das weisse Haar lose, die Arme über der Brust verschränkt.

Dieses Flüstern: Tut etwas, meine Kinder, tut etwas.

Kapitel sieben

Die Missgeschicke

> Die Engel paarten sich mit den Weibern, und aus diesen Verbindungen gingen Teufel hervor. Diese Teufel brachten das Verderbliche in den Geist der Menschen, nicht nur die Wollust, sondern auch Mord, Krieg und alle anderen Laster.
>
> *St. Justinus (105–165 n.Chr.)*

Man läutet zu Grabe, dachte Don Cayo Aurelio, als er die tiefen, langgezogenen Schläge der Glocke vernahm, die für die Leichenfeiern vorbehalten war, sowohl in der abendlichen Dämmerung als auch in der Morgenfrühe, denn die Beerdigungen fanden zu verschiedenen Zeiten statt, vor allem für diejenigen, die den vom Rathaus aus Barmherzigkeit geliehenen Sarg benutzen mussten oder von weit her auf der Totenbahre gebracht wurden.

Er richtete sich ein wenig auf, bekam aber keine Bestätigung für das Stöhnen, das er zu hören glaubte. Dann hob er seine Schultern mit Hilfe des Stockes mit dem Marmorknauf, der ihm sein Vater Don Euripides hinterlassen hatte, eines der wenigen Dinge, die nicht seiner Leidenschaft fürs Kartenspiel zum Opfer gefallen waren, bei welchem er die Pferde aus den Stallungen, die Truhen aus Flandern, die Knechte, die Hühner und die Käfige mit den Finken und Kanarienvögeln verspielte, nachdem ihm die Kumpanen das Geld ausgesäckelt hatten, das er bei sich trug. Damals kam La Vega um einen Gutteil der Schätze aus vergangenen Zeiten und hätte sogar noch die Grundmauern verloren, wenn Doña Amalia nicht mit solchem Eifer darauf bedacht gewesen wäre, die Gemälde, den Schmuck und die Wandteppiche zu verstecken. Aber kaum gelang es ihr, mit ihrem Geschimpfe den Haushalt im rechten Gleis zu halten, und noch viel weniger die Grossknechte zur Arbeit anzutreiben, um bessere Erträge vom Tabak und von der Koschenille[18] zu erzielen, was in jenen Jahren die Haupteinnahmequellen des Landguts waren, während Don Euripides vollkommen umnebelt dahinlebte und die Nächte von Sonnenuntergang bis Sonnenaufgang bei endlosen Zechgelagen verbrachte; man musste ihm sogar das Essen an den Spieltisch bringen, und wenn er nach Hause kam, roch er nach Alkohol und Weibern, wie seine Ehefrau behauptete. Kummer und Sorgen nahmen dermassen zu, dass sowohl Cayo Aurelio wie auch seine Geschwister Timoteo, Maria Eduvigis und Marcelino sich zeitweise bei den Bauern auf den Gehöften im Bergland aufhalten mussten, wo es Suppe aus Rübenkraut und geröstetem Mehl, Schafskäse, Speck vom Geschlachteten und an der Sonne getrocknete Wildfeigen zu essen gab. Nur der Älteste kehrte zurück, denn Marcelino starb an den Pocken, Timoteo schiffte sich, bevor ihn die Landpolizei holte, nach Amerika ein, und Maria Eduvigis heiratete einen Notar aus

---

18. Schildlaus zur Gewinnung von rotem Farbstoff (d. Ü.)

Barcelona, der seine Amtsstube in jener Stadt eröffnete, und nach einiger Zeit hatte sie dort ihre Wohnung und setzte niemals wieder Fuss auf die Insel.

Don Cayo Aurelio wusch sich in der Waschschüssel und befeuchtete die Schläfen mit etwas Duftwasser. Man läutet zu Grabe, dachte er, als er erneut den Klang der grossen Glocke hörte, die ein Geschenk seines Urgrossvaters Don Edesio anlässlich der Choleraepidemie gewesen war, die jener ein paar Monate überlebt hatte, bis sich bei ihm im Alter von vierundsiebzig Jahren die Angina pectoris wiederholte, als die Insel der Epidemie erlag und der Ackerbau, die Künste, der Handel und die Industrie erloschen, denn die Schiffe wurden einer strengen Quarantäne unterzogen. Niemand wagte es, sich einem derartigen Fluch zu nähern, und die Familie schlug sich damit durch, dass sie dem Herrn Grafen den geerbten Wasserlauf verkaufte, der auf nur dreieinhalb Hackenmass pro Tag zurückgegangen war, und widmete La Vega dem Trockenanbau von Kichererbsen, Wicken, Platterbsen und Flachs, den die Frauen zu Leinen verarbeiteten, um die Nachbarschaft einzukleiden. Indes fielen die Opfer der Epidemie unter allgemeiner Erschöpfung und Schwächegefühlen im ganzen Körper, mit von Schwindelanfällen begleiteten heftigen Kopfschmerzen, getrübtem Sehvermögen, aufgedunsenem und schmerzendem Leib, Erbrechen und schwierigem Stuhlgang sowie Auswürfen, die den Körper verkrampften und Finger und Gelenke zu Krallen versteiften, die Haut in eine bläuliche Hülle verwandelten und den Atem zu einem Keuchen machten; die Kopfschmerzen wuchsen wie eine Hydra, die Backenknochen traten hervor, der Blick war abgestumpft und trübe, die vom Durst gepeinigten Körper erschöpften sich zwischen Abgängen von penetrantem Geruch und Darmkoliken, und das Herz war unfähig, die zähflüssige schwärzliche Masse zu pumpen, in die sich das Blut verwandelt hatte, ohne dass weder Bittgebete noch Arzneigebräu oder

Kräuteraufgüsse imstande gewesen wären, die Plage aufzuhalten, die, so wird versichert, mit einer Brigantine von Havanna gekommen war.

Man läutet zu Grabe, und Don Cayo Aurelio dachte, dass die Missgeschicke schon von alters her kommen, und dabei erinnerte er sich an andere traurige Ereignisse von damals, als man die Strassen noch mit Petroleum beleuchtete, das anstelle des Paraffin getreten war und dieses seinerseits die Öllampen ersetzt hatte, um an den Kreuzungen ein blasses Licht auszustrahlen. Ein Unglück kommt selten allein, hatte seine Mutter gesagt, wenn sie ihm vom Unheil der berberischen Wanderheuschrecken erzählte: unübersehbare Insektenwolken, die in wenigen Tagen keinen grünen Grashalm stehen liessen, keine Malvasiertraube an den Rebstöcken und keinen Acker verschonten, und sie fielen sogar über die Palmblätter und die Agavenrinde her, so dass man an einem Novembertag mittels Sturmgeläut von den Glockentürmen der Täuferskirche und der von St. Gregor die Einwohnerschaft zusammenrief, und man erinnert sich, dass Expeditionen auszogen, um die Insekten zu verfolgen und Wächter mit Kienfackeln aufgestellt wurden, die über den Zug der Tiere informierten, und überall wurde Werg angezündet, während man das Ungeziefer mit Blechbüchsenlärm und Stöcken verfolgte und Gruben aushob, um ihre verbrannten Deckflügel hineinzutun.

Aber während man sie vernichtete, kamen mehr und mehr hinzu, weil mit jedem Tagesanbruch in La Garita riesige, rotgefärbte Kugeln angeschwemmt wurden, denn auf diese Weise liessen sich die Tiere von der afrikanischen Wüstenküste her von den Strömungen treiben, und im blinden Eifer, sie zu bekämpfen, geriet der Pinienwald von Cazadores in Brand, wurden die bestellten Felder zerstört, so dass weder Maiskolben noch Blumenkohlstrunke noch die bittere Lupine oder der Kresse, der an den Quellen wuchs, übrigblieben, um sich ernähren zu können, und auch keine Kleie, die man den Ziegen wegnahm, und mit all dem war die Hekatombe so gross, dass man es am Stephanstag Ihrer Majestät Königin Isabella mitteilte und sie davon unterrichtete, dass seit fünf Jahren kein Regen mehr das Brachland und die Weiden erfrischte und deswegen die Arbeitstiere und das Schlachtvieh, die Hühner und die Maulesel verendeten, und dass sich die überlebenden Bewohner von den fleischigen Blättern der Feigenkakteen und von geröstetem Mehl, das man aus den Samen des Mocanbaumes herstellte, ernähren mussten, und die wohlhabendsten Leute handelten mit der in den Getreidekästen aufbewahrten Kleie, und es war soweit gekommen, dass man in den staubigen Gassen viele Menschen betteln sah, die sich dereinst dadurch ausgezeichnet hatten, dass sie den Notleidenden beistanden, und im März und im April gab es Tage, an denen man bis zu zwanzig Tote bestattete, weshalb am westlichen Ende vom Kirchhof eine Grube ausgehoben werden musste, in welcher auch der siebenundsechzigjährige Juan der Rothaarige endete, der in seinen Burschenjahren Maultiertreiber beim Herrn Grafen gewesen war und wegen seiner Gliederlähmung nicht mehr gebraucht werden konnte, und Chana die lustige Witwe, die ihre Günste in der Koboldgasse anbot, und Jacinto Vera, der Neffe des Apothekers von El Ejido, und Pedro der Kropfige, der in der Kaldaunenniederung wohnte und den man hingestreckt aufgefunden hatte, und der sechsjährige Tomas Marante, Ururgrossenkel von Mauren, der an dem Ort starb, den man El Gamonal nennt, und Juana das Nackte Gerippe aus La Mareta, und ebenso Roberto der Missratene aus der Ortschaft Guanarirague, und andere Leute, die aus ihren Heimatorten geflohen waren und man verwest entdeckte, ohne ihre Identität feststellen zu können, weshalb sie der Sakristan als Fremde im Totenbuch eintrug; insgesamt zählte man dreihundertneunundfünfzig Tote.

Da die vom königlichen Hof erhoffte Hilfeleistung auf sich warten liess, gestattete Don Edesio den Zutritt zu La Vega, damit die Leute ihre Hand– und Tragkörbe mit den von den Aufsehern zugeteilten Rationen Saubohnen füllten. Die Not war so gross, dass die darunter leidenden Burschen sich nach den Antillen einschifften, auf denselben Frachtern, auf denen sich, so behauptet man, Kisten voller Geld für die Londoner Banken befanden.

Jahre später begann man wieder mit der Seidenraupenzucht, und zu diesem Zweck wurden bei der Quelle drei Fanegadas mit Maulbeerbäumen bepflanzt, und Dutzende von Frauen jeden Alters gingen jeden Morgen über die Grenzen des Anwesens, um die Handarbeiten anzufertigen, die in den Häfen der Levante und in Barcelona wegen ihrer Feinheit so geschätzt waren. Und die Cholera war nur noch eine schlechte Erinnerung.

Man erzählt, dass damals die heiratsfähigen Mädchen noch immer Don Edesio das Recht der ersten Nacht anboten und dieser aus Reuegründen vor seinem Tode die beiden Findelhäuser gründete und zudem sein österliches Bussgeld verdoppelte. Eines dieser Häuser befand sich an dem Ort, der heute noch als El Goro bekannt ist und in Erinnerung an die Urbewohner so genannt wird, denn in kreisförmigen, mit Steinen abgedeckten Höhlungen sperrte man die untreuen Frauen ein, die ohne jegliche Nahrung unweigerlich sterben mussten, wobei ihnen nur die Wiedehopfe und die Aasgeier Gesellschaft leisteten. Das zweite Haus stand bei La Gavia, ebenfalls ein Höhlendorf, das einst von den Guanchen bewohnt wurde und mit Gräben versehen war, um den Winterregen aufzufangen. Beide Waisenhäuser waren weit genug vom Stadtzentrum entfernt, um nicht den Zorn der Kurie zu erwecken, denn da war ein Benefiziat, der in den sonntäglichen Ermahnungen seinen Hirteneifer mit besonderer Strenge zum Ausdruck brachte, wenn er sich auf gewisse Ausschweifungen und Freiheiten bezog, die sich die Herren mit den jungen Mädchen aus den verschiedenen Ortschaften erlaubten, was der Grund ist, weshalb sich der Familienname Expósito[19] und seine

---

19. wörtliche Bedeutung: ausgesetzt (d. Ü.)

Varianten Santana, Santiago und Concepción so stark vermehrt hatten.

Man läutet zu Grabe, dachte der letzte Patrizier der Familiendynastie, während er dahinschritt und gegen die Steine und über die Löcher im Weg stolperte und wie ein Flüchtender kurz vor sechs Uhr morgens die kleine Stadt durchquerte. Er kämpfte gerade gegen seine Gliederlähmung als das in Nebel gehüllte Klagen der Choleraglocke zu ihm drang.

Die Glocke der Kapelle auf dem Anwesen hatte Sturm geläutet an jenem Tag, an dem Jacinto mit dunkelviolettem Gesicht erwachte und so geschwächt war, dass er kaum noch atmete. Die Knechte kamen gelaufen und schickten nach Juan Camacho, aber gegen zehn Uhr verfiel Jacinto in ein aus Husten und Auswürfen bestehendes Röcheln.

Man befeuchtete ihm die Stirn mit Weihwasser, man strich ihm das Schienbein des heiligen Amarus über die Brust, das man als kostbaren Schatz für den Augenblick der Agonie aufbewahrt hatte, man schlang die Sammlung von Doña Josefas Rosenkränzen um seine Finger, man sagte das Kredo, das Ich–Sünder, das Salve und den ganzen Psalm des Miserere her, während Francisca Weihrauch in den vier Ecken des Zimmers brennen lies und rief: "Verdammter, verschwinde aus diesem Haus des Guten!"

Aber Jacinto starb dahin, ohne dass Juan Camacho mit seinen lindernden Umschlägen erschien, und auch nicht Don Julián und Don Leodegario, die besten Ärzte, die dem zarten Kranken ihre Kuren hatten aufzwingen wollen, bevor die Familie ihre Hilfe abgelehnt hatte, um sich in die Hände des Kubaners zu geben. Gegen Mittag befahl Francisca, den Bruder auf eine Tragbahre zu legen, und man brachte den bereits toten Mann zur Kapelle, und während einige von den Arbeitern die Nachricht verbreiteten, machten andere sich daran, Stiefmütterchen, Kamelien, Hibiskusblüten, Dahlien und Narzissen zu pflücken, die sie als Blumenteppich auf den Mittelgang des Gotteshauses streuten, denn Francisca sagte, dass sich zur Beerdigung das ganze Dorf mit Blüten und Laubwerk schmücken solle, genauso wie am Fronleichnamstag, und dass der Bischof tausend Ablasstage für diejenigen erteile, die dem Körper jenes Reinen unter den Reinen, jenes Frommen unter den Frommen, jenes Engels unter den Himmelshütern das letzte Geleit gaben.

Als dann schliesslich der Wachtmeister der Landpolizei zusammen mit dem Pfarrer von San Juan, dem Präsidenten vom Klubhaus und drei Stadträten das Anwesen von La Vega betraten, fiel Francisca in eine Ohnmacht, aus der man sie vergebens zu wecken versuchte, indem man ihr Arnika und Ammoniak zu riechen gab. Nach einer Weile begann sie zu zittern und die Lippen zu bewegen, und Ariadna überredete die Anwesenden, das Mädchen in ihr Zimmer zu bringen, denn so gross ist ihr Kummer um den Bruder, dass wir jetzt auf ihre Gesundheit achten müssen, damit nicht auch sie in den Himmel aufsteigt. Ariadna redete so beherrscht, dass man sich darüber wundern musste in jenem Haus, wo alles drunter und drüber ging, denn Doña Josefa hatte sich mit ihren anderen Töchtern auf den Dachboden geflüchtet und drohte, nicht eher herunterzukommen bis alle weggegangen seien, und Don Cayo Aurelio sperrte sich in seinem Arbeitszimmer ein, um die Entwürfe seiner Erfindungen vor jener lärmenden Schar in Sicherheit zu bringen, die er über die Korridore laufen hörte, die im Salon der Familienporträte am Tuscheln war, die in die Gärten hinunterrannte und zur Kapelle ging, wo der Tote aufgebahrt war, den man in ein Franziskanergewand gehüllt hatte.

Francisca kam schreiend gelaufen, man möge einen weissen, mit Perlmutter ausgelegten Sarg besorgen, und wenn es in Las Palmas keinen gäbe, dann soll man ihn mit dem Schiff bestellen, das nach Barcelona fährt, denn Jacinto muss als unbefleckter Christenmensch begraben werden, als fromme

Seele; in Träumen hatte sie ihn auf einer gläsernen Wolke zur Rechten von St. Johannes gesehen, auf einem mit Rubinen verzierten Thron, und die Beerdigung soll am Sonntagmorgen um elf nach dem Hochamt stattfinden, denn zwischen zwölf und eins geht das Unglück umher, und man muss die Geister abhalten, die noch immer tief unten in den Schluchthöhlen, in den untersten und unzugänglichsten Lavaschlünden schlummern, denn sonst würde er sich in das Licht von Mafasca verwandeln, das um Mitternacht von der Hexenebene zum Friedhof wandelt. Solche Dinge sagte Francisca, während sie gleichzeitig der Köchin Hilaria Anweisungen gab, denn vom nächsten Tag an soll gefastet werden und man wird Läuterungen vornehmen, bis sich Jacintos Geist im Himmelreich offenbare, und die alte Frau war dermassen erschrocken, dass wenig fehlte und sie hätte ihre Sachen gepackt, um für immer zu verschwinden, wenn sich nicht die Obrigkeit eingeschaltet und ihr geraten hätte, auf La Vega zu bleiben und täglichen Bericht darüber zu erstatten, was dort vor sich ging.

Am siebten April wurde Jacinto bestattet, und die Menschenmenge war so gross, dass die Polizei den Weg bahnen musste. Man brauchte zwei Stunden, um die Strecke zurückzulegen, und der Bürgermeister in Person nahm den Platz der Familie ein, denn Don Cayo Aurelio war nicht in der Verfassung, der Zeremonie vorzustehen, und die Frauen erschöpften sich im Gejammer in den Salons, wo niemand vom Volk einzutreten wagte, denn sogar die Knechte vom Landgut hatten sich verabschiedet und nur Hilaria war noch da, um Hühnerbrühe, heisse Schokolade und Eierspeise zuzubereiten, was nur Cristina und Maria del Pino zu sich nahmen, denn Ariadna war damit beschäftigt, Francisca zu geisseln und ihr die Gürtelschnur vom liturgischen Karfreitagsgewand umzubinden, so wie es die Schwester verlangt hatte, um zum Seelenheil unseres Wegweisers, Blut des Vaters, Bruder Christi, Licht aller Lichter beizutragen.

Es war das Schicksal, so sagte man; vielleicht das dunkle Fatum, das die Alten auf die Steinplatten und an die Eingänge der Höhlen zeichneten, in denen sie ihre Könige und Edlen bestatteten, wo die Tibicenas –die Dämonen– umhergehen, die die wechselnden Formen von Guayot sind, dem Gott der Dunkelheit, Herr der Guanchenfriedhöfe und der Hexenschluchten.

Das Schicksal wollte es, dass ihnen zwanzig Tage, nachdem sich Jacintos Seele von der körperlichen Hülle befreit hatte, ein so deutliches Zeichen offenbart werden sollte. Ihr nächtliches Wachen und die Kasteiungen, denen sich die ganze Familie unterzogen hatte, waren erhört worden, nur Don Cayo Aurelio hatte daran nicht teilgenommen, denn er bestand nur noch aus einem leeren Körper, ein vegetierendes Sediment, ein Zweig ohne Wurzel, kurz bevor er beschloss, mit Schiesspulver das Mausergewehr zu laden, das Don Euripides aus Deutschland hatte kommen lassen, um die Erfolge des Marokko–Feldzuges zu feiern.

Francisca liegt da, verdreht die Augen, lässt den Unbekannten sich durch ihre Materie äussern, zuerst stammelnd, dann mit bemerkenswerter Klarheit: jene Stimme, bei deren Klang sich die Körper der Anwesenden sträuben. Das Mädchen ist jetzt ruhig, beinah bewusstlos, etwas Speichel kommt über ihre Lippen, die Arme sind verschränkt, auf der Brust das Kruzifix und eine Öllampe in der rechten Hand.

"Beruhige dich, sei nicht unwillig."

So redete sie mit einer hohlen fernen und doch gleichzeitig nahen Stimme, und die andern bekreuzigen sich, schreien, umarmen sich, während Francisca in die vollkommenste Ermattung verfällt. Man muss Weihwasser aus der Kirche bringen, um ihr Stirn, Brust und den Leib abzureiben, damit kein Schattenwesen in sie eindringe; man legt ihr Umschläge aufs Gesicht, um den kalten Schweiss zu entfernen.

"Ich bin's. Ich habe etwas auf mich warten lassen, denn es ist ein umherirrender Geist dazwischengekommen. Es ist der von Juanito Falcon aus Las Huesas gewesen, welcher sich im vergangenen Jahr auf der Tenne erhängte, denn er hat immer noch keine Ruhe gefunden", liess sich durch Francisca die Stimme von Jacinto vernehmen.

Man jubelt vor Freude: Endlich hatten die Tage der inneren Einkehr, das Fasten und die Enthaltsamkeit des Fleisches den gewünschten Erfolg gebracht und sie in einen der Seele des Bruders gefälligen Zustand der Reinheit versetzt. Endlich war seine Stimme zu hören in dieser nächtlichen Stunde des Sonntags, dem siebenundzwanzigsten April.

"Beruhige dich und sei nicht unwillig, Francisca. Ich bin's", sagt diese hohle Flüsterstimme.

"Bruder, geht es dir gut?" fragt man ihn einfältig.

"Bruder, hast du Licht?" drängen sie unter Seufzern und weinen vor unermesslicher Freude, weil er nun endlich da ist.

"Der Friede Gottes sei mit euch und mit eurem Geist", sagt die ergriffene aber deutlich wahrnehmbare Stimme, jetzt, wo in der Ferne die Hähne zu hören sind und die Hunde, die auf den Feldwegen umherstreunen.

"Geliebte Schwestern und Mutter der Materie, die ihr mir zuhört: Lebet in Ruhe, denn der Materie wird nichts geschehen." "Hab Dank, Bruder", sagen alle, wie sie da um das Bett knien, auf dem Francisca liegt, die man nun nicht mehr festzuhalten braucht, denn sie ist von einem Schein umgeben, der wie strahlendes, durchsichtiges Glas ist.

"Bruder, brauchst du etwas?" fragen sie. Und die Stimme antwortet: "Der Vater ist mit mir, er hat sich meiner Fehler erbarmt, bald wird er mich von den unteren Schichten des Himmels zum Höchsten erheben, wo die heiligen Apostel weilen." "Jacintos Lichtgeist strömt aus Franciscas Haut, lässt sich auf unseren unwürdigen Körpern nieder", sagt Ariadna, kurz bevor sich der Gesandte verabschiedet.

"Lebe wohl, Mutter, lebt wohl, Schwestern, ein anderes Wesen ruft nach mir und ich will ihm zu Hilfe eilen."

"Bleibe!" flehen sie ihn an, und er entgegnet, es kann nicht sein, denn er hat nicht die Erlaubnis des himmlischen Vaters, vielleicht käme er später wieder. Er sagt ihnen auf Wiedersehen, segnet sie aus ganzem Herzen, im Namen des Vaters, des Sohnes und des Heiligen Geistes, denn er liebt sie mit unendlicher Liebe. Francisca verfällt in tiefste Erschöpfung und die andern danken und stehen ihr bei, damit kein böser Geist Besitz von ihr ergreife, jetzt, wo sie wehrlos ist. Dann erhebt sie sich mit klappernden Zähnen.

"Der Bruder hat mir, bevor er verschwand, ein furchtbares Zeichen hinterlassen", sagt Francisca, und ein jäher Schrecken durchfährt die Frauen: Es ist das Omen jenes dunklen Rufes aus den Höhlen der Alten, der losgelassenen Teufel in der undurchdringlichen Nacht, des Staubes unter den Kreuzen am Weg und der Hexenklüfte, die nichts anderes sind als mit dem Meer verbundene Vulkanadern, wo jene sich in Sirenen verwandeln, zu Vögel mit Salzflügeln werden, zu Muscheln und zu Fischen mit grauenvollem Rachen, die in der Tiefe des Ozeans verweilen bis sich der Regenbogen über den Felsen erhebt, auf denen man Alcorac einst Milch und Eingeweide vom Schaf darbot, damit das Meer seine Tränen zu schwarzbärtigen Wolken verdichte, die das Korn gedeihen und die Jungtiere überleben lassen.

"Eine von uns wird sterben müssen, damit er sich von seinen Fesseln befreie", sagte Francisca und sah Ariadna an, den Blick fest auf die Schwester geheftet, die nicht bei den Ritualen mitmacht, die nicht wohlgefällig ist in den Augen des Herrn –tut etwas, meine Töchter–, die mit Don Cayo Aurelio tuschelt, die die Abende damit verbringt, dem Grammophon zu lauschen während wir beten, damit die Gnade über die Familie komme;

Ariadna in der Mitte der Gruppe, tut etwas, meine Töchter, tut was notwendig ist, damit die Finsternis dieses Haus für immer meide.

"Nur so wird er zur Rechten des Vaters aufsteigen", wiederholt das Mädchen, und ihr durchdringender Blick bestätigt es. "Eine von uns muss sterben, damit die Mächte des Bösen ihn freigeben", sagt sie, und ihre Augen heften sich auf Ariadnas Leichenblässe, auf Ariadnas Resignation. Ariadna muss sterben.

Am 29. April 1930, nachdem man die Autopsie der Leiche vorgenommen hatte, stellte Dr. Leopoldo O'Daly Artiles, der in der Strafsache wegen dem Tod von Ariadna Van der Walle Calderin ernannte Arzt im gerichtsmedizinischen Institut das vorschriftsmässige Gutachten aus.

Er bescheinigt,
dass er auf dem Obduktionstisch den Körper einer jungen, etwa zwanzigjährigen Frau von normalem Aussehen und ohne Deformationen untersucht hat.

Sie ist in weisses Seidentuch gehüllt und hält ein Kruzifix aus Perlmutt und einen Rosenkranz in den Händen, dessen Perlen Smaragde zu sein scheinen. Um ihre Taille ist eine gelbe Kordel geschlungen ähnlich denen, wie sie auf dieser Insel diejenigen tragen, die religiöse Gelübde ablegen.

Als man die Leiche entblösst hat, stellt er fest, dass sie zahlreiche Blutergüsse aufweist, das heisst, das Zellgewebe ist durch Ruptur der Gefässe von Blut durchdrungen. Die Ursache scheint auf Quetschungen zu beruhen, die das Platzen der feinen Blutgefässe zur Folge hatten, wodurch sich Blut in das Zellgewebe ergoss.

Die Blutergüsse und Quetschungen sind in der ganzen Gesichtsregion vorhanden und treten auf beiden Händen, am Rücken, an Schenkeln, Beinen und am Gesäss stärker hervor; sie sind ebenfalls an den unteren Extremitäten wahrzunehmen wie auch an Fussrücken und –sohlen, wo sie eine stärkere Konzentration aufweisen.

Die Schürfungen sind von Wunden begleitet, als wären sie durch Abreissen von Hautstreifen verursacht worden. Im Gesicht sind ausserdem Kratzer mit Hautablösungen vorhanden.

Der Arzt stellt unzählige, mit einem spitzen Gegenstand beigebrachte Stiche oder Einschnitte fest, die durchschnittlich ein Zentimeter tief sind, obgleich einige weiter eindringen, andere dagegen kaum fünf Millimeter erreichen. Sie sind auf der linken Körperseite zahlreicher vorhanden und mit geronnenem Blut bedeckt, woraus zu schliessen ist, dass sie am lebenden Körper verursacht wurden.

In Anbetracht der Todesstarre musste der Tod vor etwa vierundzwanzig Stunden eingetreten sein.

Die Extremen vom Thorax weisen eine bläulich–violette Färbung auf, deren Pigmentation auf dem ganzen Brustkorb stärker hervortritt, und ausserdem sind grosse Flächen von Oberhautverlust festzustellen.

Die Quetschungen, mit Ausnahme derer an beiden Brüsten und in der Scheidegegend, die wegen ihrer schwachen Tönung nicht genauer bestimmt werden können, wurden dem lebenden Körper zugefügt.

Als Ergänzung zu Vorstehendem sei erwähnt, dass die Einstiche an den Brüsten, am Geschlechtsteil und um die Schamhaare aufgrund ihrer Charakteristik dem Opfer vermutlich in sitzender Haltung beigebracht wurden.

Man stellt keine Fesselfragmente fest, obwohl an Armen und Beinen Anzeichen vorhanden sind, die darauf schliessen lassen, dass das Opfer im Verlauf der Folterung festgebunden war.

Es ist darauf hinzuweisen, dass man nach Öffnen der Luftröhre in deren Kanal einen weisslichen, nach und nach zäher werdenden Schaum feststellt, der bis in die Mundhöhle aufsteigt.

Nach Einschnitt in den Brustkorb stellt man fest, dass das Herz nur im Perikardium eine gewisse Menge Flüssigkeit enthält; der Rest des Organs ist vollkommen leer, ohne aussergewöhnliche Anzeichen.

Was den Magen anbetrifft, so erscheint er etwas verlängert und leer. Dasselbe gilt für den Verdauungsapparat, woraus zu schliessen ist, dass das Opfer in den achtundvierzig Stunden vor dem Tod keine Nahrung zu sich genommen hatte.

Im Geschlechtsteil weist das Mädchen normale, der erwachsenen, nicht deflorierten Frau entsprechende Organe vor, mit intaktem Hymen und drei kleinen Öffnungen in demselben.

An den Eierstöcken bestehen Schäden zystischer Degeneration.

In der Schädelhöhle ist die Gehirnmasse geballt. An der Schädelbasis besteht geringer Verlust der grauen Substanz des verlängerten Markes.

In den Quetschwunden ist geronnenes Blut vorhanden. Die Einstiche sind aufgerissen.

Erweiterung des Gutachtens:

Es soll darauf hingewiesen werden, dass keine der Verletzungen allein genügt hätte, den Tod herbeizuführen, denn sie sind oberflächlich und nur einige davon erreichen das Muskelgewebe, vor allem an den Fusssohlen.

Der Tod erfolgte durch Erschöpfung und nachfolgendem Herzstillstand, die Agonie musste etwa drei bis vier Stunden gedauert haben.

Das Hinscheiden ereignete sich nach Verlust der hauteigenen Funktionen in einer Ausdehnung, die zwei Dritteln des Körpers entspricht.

Die Muskelanstrengungen müssen aufgrund des geschwächten Organismus sehr schmerzhaft gewesen sein.

Während dieser Anstrengungen lösten sich Toxine, die die Selbstvergiftung des Organismus bewirkten und auf irreversible Weise zum Tode führten.

Aus den vorgenannten Untersuchungen geht hervor, dass die Folterinstrumente aus Stöcken, Rohrstangen –vielleicht Besenstiele– und Ahlen oder ähnlichem, wie man sie bei Näharbeiten verwendet, bestanden haben müssen.

Anhang:

Hiermit wird bestätigt, dass dem Unterzeichnenden nach Abfassung dieses Gutachtens und dessen Erweiterung ein Lederetui überreicht worden ist, das zwei Knochenpfrieme von verschiedener Grösse enthält, deren Spitzen mit den Dimensionen der Stichwunden übereinstimmen. Folglich ist anzunehmen, dass es dieselben sein könnten, die bei der Tat angewendet wurden. Gegenwärtig sind daran keine Blutflecken festzustellen, obgleich sie nach Äther riechen.

(Am obengenannten Ort und am gleichen Tag unterschrieben).

Kapitel acht

Das Gedächtnis ist ein Strom, der von weither kommt

> Wenn die Zeit um ist und alle Fesseln gesprengt sind, wenn diese Seelen ihre ursprüngliche Reinheit und die Schlichtheit ihres Wesens wiedererlangt haben, dann wird ein Gott sie nach einigen tausend Jahren zu den Ufern des Lethe führen, dem Fluss des Vergessens, damit sie erneut ins Erdendasein zurückkehren, und er wird sie gemäss ihren Wünschen einem neuen Körper einverleiben.
>
> *Vergil*

Niemals sollte Enrique Lopez erfahren, dass Don Nicolás Van der Walle y Montañes von Don Jácome den Eid abverlangte, für sich und die Seinen eine unverletzbare Regel einzuhalten, die ein Jahrhundert lang aufrechterhalten werden musste.

Auf seinem Sterbebett hatte er nach einem Kruzifix und den Evangelien verlangt, um dem Akt seiner letztwilligen

Verfügung die gebührende Feierlichkeit zu verleihen, und dann musste der Notar das Versprechen beurkunden, laut welchem die Nachkommen von Don Jácome in den folgenden hundert Jahren keine Frau ausserhalb der Sippe ehelichen durften,mit der einzigen Ausnahme, dass Don Jácome selber und seine zukünftigen Söhne in die besten ausländischen Familien einheiraten durften, die sich bereits auf der Insel niedergelassen hatten, wie die Van Damme und die Artils, die beide aus Flandern stammten, die McKean aus Schottland und die Proudhomme aus Frankreich, deren Namen sich im Verlauf der Zeit in Bandama, Artiles, Machin und Perdomo verwandeln würden, denn diese wurden zu einheimischen Grossfamilien mit vielfachen Verzweigungen auf der ganzen Insel. Der Überschuss an Frauen in heiratsfähigem Alter und der allgemeine Mangel an Männern –sei es wegen des Aufbruchs zu den Abenteuern des Imperiums, wegen des gelben Fiebers, wegen der Auswanderung in die Neue Welt, oder den Expeditionen ins maurische Land oder weil sie den Korsaren zum Opfer fielen– riet zu einer Politik strikter Verteidigung des väterlichen Erbguts, damit das Geschlecht nicht damit endete, sich in Zweige abgewerteter Familiennamen aufzulösen. Don Jácome gab sein feierliches Jawort im Alter von dreiunddreissig Jahren, als die vertraulichen Mitteilungen und das Gemunkel ihn mit geheimen Junggesellenbruderschaften, die Konkubinen und Kupplerinnen ablehnten, in Zusammenhang brachten.

Ein Jahr später blieb ihm jedoch nichts anderes übrig, als die Eheschliessung mit Doña Prisca Van Damme bekanntzugeben, der jüngsten Enkelin von Terencio Van Damme, dem Gründer der Zuckerfabriken von Gáldar, und die Hochzeit wurde mit dem üblichen Prunk im Kloster von Santa Clara gefeiert, wo die ältere Schwester der Braut Äbtissin war. Vier Jahre musste man abwarten, bis Doña Prisca eine Schwangerschaft vortäuschte, als deren Frucht sie ein Siebenmonatskind ankündete, das im selben Kloster des Klarissenordens geboren wurde, und so kam Don Aristeo zur Welt.

Seine Mutter war die Äbtissin in Person, eine von den durch die Dreistigkeit des Predigers Don Justo de Saavedra entehrten Nonnen, der sich als deren Beichtvater betätigte, und Schwester Nieves del Sacramento war eine seiner begehrtesten Geliebten.

Viel wurde in der Stadt geredet über die Skandale, die sich hinter den Klostermauern abspielten: furchtbare Züchtigungen und Vergeltungen, gotteslästerliche wilde Ehen, Geburten und durch die Drehtür hinausgeworfene Säuglinge, weshalb der Erzdiakon Don Javier de Alarcon, Generalvikar der Diözese, einen Brief erhielt, den eine Nonne heimlich abgesandt hatte, um ihm mitzuteilen, dass man sie seit dem Aschermittwoch am Fussblock gefangenhielt, ohne sie zur Beichte zu lassen, und sie befürchte die Rache der Äbtissin und der Mitschwestern, wenn niemand für sie eintrat.

Nachdem der Generalvikar den Brief erhalten hatte, stellte er sich an der für die Aussenwelt bestimmten Tür auf, zusammen mit dem Lizentiaten Don Sancho Herrera, der Erzdiakon von Lanzarote war, und dem Kanonikus Garci–Ossorio sowie mit Pedro Suris, der dasselbe Amt innehatte, und dem Schreiber Jacinto San Martin, und angesichts ihrer Gegenwart befal die Äbtissin, die grossen Riegel am Haupteingang vorzuschieben, denn in die Klausurhäuser konnte nicht eintreten wer nicht den entsprechenden Befehl mitbrachte, und während die Abgewiesenen den Herrn Bischof zwecks diesbezüglichem Beschluss darüber in Kenntnis setzten, unterrichtete die Äbtissin ihre Gefährtinnen, was sie zu antworten hatten. Als der Bischof dann eigens den Anwalt und Pfründner der Kathedrale, Don Alonso Pacheco mit dem Vorgang beauftragte, wurde vom Kantor Don Diego Botello, der sich als Beauftragter der Inquisition betätigte, mit dem Verhör begonnen.

Es konnte geklärt werden, dass Don Justo derart enge Freundschaft mit der Äbtissin und den ihr Anbefohlenen geschlossen hatte, dass sie mit nacktem Oberkörper bei ihm die Generalbeichte ablegten und sich anschliessend gegenseitig mit Bussgeisseln auspeitschten. Hinterher empfing Don Bernardo persönlich und im Vertrauen Schwester Nieves und die Nonnen Maria del Espiritu Santo und Clara de Santa Fé, welche Haube und Umhang ablegten, damit er sie in Augenschein nehmen konnte und ihnen dann später in ihren Zellen die entsprechenden Ratschläge gab. Abgesehen davon verbrachte der Beichtvater selbst den grössten Teil der Nächte in den Räumen der Klostervorsteherin, denn er brach das Klausurgebot mittels eines Durchgangs im Mauerwerk, der wegen den im inneren Teil ausgeführten Bauarbeiten entstanden war.

All das wurde bekannt, weil die Priorin und die Nonnen, die bei diesen Rivalitäten nicht mehr mitmachten, ihre Verwandten davon benachrichtigten, und so kam man dahinter, dass es durch gewisse Gebräue ausgelöste Abtreibungen gab, und dass Kinder geboren wurden, die man vor den Mauern des Gemüsegartens im Stadtviertel von Vegueta aussetzte.

Aber niemals konnten die Lauscher und Kirchenbeamten nachweisen, das eines von jenen Geschöpfen Don Aristeo war, der als einziger und legitimer Sohn von Don Jácome Teótimo und Doña Prisca galt und grosse Ungezwungenheit sowie einen wachen Verstand an den Tag legte, wie es der Eifer im Erlernen der landwirtschaftlichen Arbeiten bewies. Er wurde auf La Vega mit viel Liebe erzogen, war verspielt und dem Züchten der verschiedensten Vogelarten zugetan, und er hielt sich gern bei den Vorarbeitern und den Töchtern der Sklavinnen aus Guinea auf, mit denen er sich im Verlauf der Zeit so eng anfreundete, dass er vor der Heirat mit seiner Base Doña Clementina wohl schon acht oder zehn Kinder hatte, deren Haut mehr weiss war als schwarz, worüber man sich nicht zu wundern braucht, wenn man bedenkt, dass die Töchter der Leibeigenen das Ergebnis früherer Paarungen mit den Aufsehern und Oberknechten des

Landguts waren, die als Paten der Kleinen auftraten, wenn diese das Taufwasser in der Kapelle von San José erhielten, in der sich schon damals ein guter Teil der Dinge angesammelt hatte, die 1932 in London versteigert wurden.

Dagegen entdeckten die Lokalhistoriker, dass Schwester Nieves del Sacramento durch hinterlistiges Nachstellen ihrer Genossinnen verraten worden war, und dem Beichtvater allein gelang es nicht, die Verschwörung von sich abzuwälzen. So bezeugten es die im Kloster aufgenommenen Mädchen, die im Alter zwischen elf und fünfzehn Jahren waren, denn sie wurden gerufen, um im Prozess auszusagen. Sie berichteten, man habe die Nonne Benedicta de la Santa Cruz einen Monat lang am Fussblock gehalten, und danach hatte sie eine Reihe von Züchtigungen erhalten und man liess sie nackt weil sie am prophetischen Geist von Schwester Nieves gezweifelt habe. Nachdem sie gebüsst hatte, wurde auf dem Hof ein grosses Feuer angezündet, die Nonne mit schwelenden Scheiten geschlagen und nackt mit einem Strick am Hals im Prozessionszug rund um den Scheiterhaufen getragen, wobei man sie glauben liess, dass man sie lebend verbrennen werde, damit sie als abschreckendes Beispiel diene, was sie in derartiges Entsetzen versetzte, dass sie für den Rest ihres Lebens verstummte und somit nicht imstande war, auf die Fragen des Ermittlungsverfahrens zu antworten, denn sie stammelte nur unzusammenhängende Laute.

Schliesslich wurde die Strafe des Beichtvaters herabgesetzt und man sperrte ihn im Franziskanerkloster ein. Er behielt aber weiterhin seine Dreistigkeit bei und trieb es sogar so weit, dass er während dem Gerichtsverfahren versuchte, auf das Festland zu fliehen, um den Rücktritt der Richter zu verlangen, die ihn, so behauptete er, mit Voreingenommenheit verurteilten, weil er zugegeben hatte, dass eine Novize im Kloster entbunden habe, er aber, um keinen Skandal heraufzubeschwören, das Kind zu seinem Vater brachte, denn das Mädchen sei bereits schwanger ins Kloster eingetreten, um seine Sünde abzubüssen. Und er fügte hinzu, er habe sich seit seinem dreiundzwanzigsten Lebensjahr keiner Frau mehr genähert, und obgleich er einige seiner Schulden laut vor den Nonnen eingestand, so war er doch beispielgebend gewesen.

Er wurde zu Andachtsübungen und zur Meditation verurteilt, und der Schiedsspruch war ihm hinter verschlossener Tür vorgelesen worden, wie es bei Geistlichen üblich war. Die Nonnen schloss man im Kloster von San Bernardo ein, was zweifellos von Vorteil für sie war wegen der Geräumigkeit und besseren Lage des Gebäudes, der höheren Einnahmen, Geschenken und weniger strengen Regeln.

Damals hatte Don Aristeo bereits die Erste Kommunion erhalten. Er war ein Junge, der seine Familienangehörigen und die Landarbeiter des Anwesens bewunderte, und später heiratete er, wie bereits gesagt, seine Base und bekam zwei Söhne von ihr, welche die Namen Nicéforo und Cristóbal erhielten. Dass man von letzterem keinen Hinweis im Familienalbum findet, beruht darauf, dass er 1723 im Alter von siebenunddreissig Jahren gezwungen wurde, sich für die Expedition anwerben zu lassen, welche die Stadt San Antonio von Texas gründen würde, denn so wollte es sein Vater und Gebieter, dem zu Gehör gekommen war, dass der Junge der Sohn vom Stallknecht Policarpo Diaz war und nicht von ihm; als der Knabe zur Welt kam, war Don Aristeo nämlich schon dreiundfünfzig Jahre alt und seine Frau erst zweiunddreissig, und sie stand in der Blüte ihrer Schönheit.

Die Sonne dringt durch die Fensterscheiben der Bibliothek, in dem grossen Haus, das eines der Stammsitze der Strasse Real ist und das an der Vorderfront noch das Wappen der León y Castillo trägt, eine Familie, der man in Büsten, auf Promenaden und mit häufigen blumigen Huldigungen gedachte. In seinem Inneren findet man Insignien, Feldherrnstäbe und Medaillen, ein Wasserbecken, eine Galerie aus den edlen Hölzern der Pinienwälder, eine Küche, in der man Feueranfacher aus Palmblatt und eine Glutpfanne aus Bronze aufbewahrt. In der Stille des Nachmittags flattern die Tauben über den Kronen der Lorbeerbäume, lassen sich auf den Türmen der Hauptkirche nieder, nehmen ihren Flug wieder auf durch die unregelmässig angelegte Stadt mit von Hühnerverschlägen gekrönten Flachdächern und mit Gebäuden, die die gradlinig ausgerichteten Häuserblocks unterbrechen; ein Labyrinth von Strassen und Passagen, die oft nur Sackgassen sind und einst Zugänge zu Bewässerungskanälen waren und von den armen Leuten dazu benutzt wurden, um ihre Behausung in unwahrscheinlichen Winkeln zu errichten.

"Du sagst das doch nicht etwa im Ernst! Komm mir nicht damit, dass du um zehn zurückmusst", sagte Enrique, als er das Auto anliess. Er steuert durch die stille Strasse, wendet und kommt nun auf die Landstrasse von Jinamar, das man seit den Ereignissen des Bürgerkrieges noch immer "das kleine Russland" nennt wegen der Dutzende durch die Falangistenhorden Hingerichteten. Von den Kurven hinter der Brücke der Sieben Augen aus gesehen gleicht die Stadt einer Oase von Palmen und Bananenpflanzungen zwischen den Abhängen aus Lapilli, die von inzwischen abgestumpften Kratern ausgeworfen wurden, und dort ist die Strasse, die durch schwarze Erde und furchige, terrassierte Felder führt.

"Na, das geht ja schnell bei dir! Ich habe dich doch eben erst kennengelernt", sagt Raquel. "Was willst du eigentlich von mir?"

"Zunächst, dass du meine Fremdenführerin sein sollst. Was meinst du dazu?" antwortete Enrique, als er eine Böschung hinauffuhr. Seine Hand tastete nach ihrem linken so nahen Schenkel und blieb wie zufällig etwas oberhalb des Knies liegen, schob sich dann streichelnd über die Jeanshose zur Leistengegend hoch.

"Was machst du denn da?" sagt das Mädchen und fängt an zu lachen. Jetzt lachen sie beide und ordnen sich in die Schnellstrasse ein, und statt in Richtung Las Palmas zu fahren lässt Enrique das rechte Blinklicht aufleuchten. Er beschleunigt die Geschwindigkeit, und die durch das Wagenfenster hereinströmende Luft ist wie ein salziger Peitschenhieb, der vom leicht gekräuselten Meer heraufkommt, das mit regelmässiger Gewalt gegen die Basaltsohlen der Steilküste schlägt.

Den ganzen Nachmittag hatte er damit verbracht, in Karteien und Bibliographien, im Buch des Priesters Hernández Benítez, in den Werken von Viera und in den Beschreibungen von Torriani über die Geschichte der Inseln nachzuschlagen; er verglich seine Notizen mit denen, die er dem Kanarischen Museum entnommen hatte, bis sich die Stimme seiner Begleiterin vernehmen liess, die ihm sagte, dass sie noch am selben Nachmittag um sieben nach Las Palmas müsse. Da packte Enrique sofort die Gelegenheit beim Schopf und erzählte dem Mädchen, dass er sich in die Welt der Van der Walle vertiefen möchte, um ihre dreihundertfünfzigjährige Familiensage, die Geschicke ihres Zuckers, ihrer Weine, ihres Tabaks und ihrer Seide verstehen zu können und das amerikanische Abenteuer, zu dem sich einige Zweige der Familie wie durch mysteriöse Vorbestimmungen gezwungen sahen, um dann zu Don Cayo Aurelios Extravaganzen überzugehen und auf den Einfluss, den Juan Camacho auf die letzten Angehörigen der Dynastie ausgeübt hatte. Raquel verspricht, ihm dabei behilflich zu sein, den Umständen des Verbrechens von 1930 nachzugehen, während Enrique seine Pfeife mit Amphoraschnitt stopft und sieht, wie draussen vor den Fenstern schwarzgekleidete Frauen vorübergehen, die auf dem Weg zur Kirche sind.

Mit voller Geschwindigkeit überholend fahren sie durch die Dörfer der Teilpächter: Häuserdolden auf der einen und der anderen Seite, die Fassaden vom Staub geschwärzt, den die Brise über die Treibhäuser weht und gegen die ungetünchten Wände schleudert in der rötlichen Trostlosigkeit der späten Nachmittagsstunden. Der Wind wirbelt Unrat gen Süden zu den programmierten Urlauben, sieben oder vierzehn in bequemen Raten abzahlbare Tage, für Büroangestellte aus Frankfurt und Kopenhagen erschwinglich. Der Wind beugt die trockenen Büsche unter seiner heissen Keule.

Sie konnten das Grab nicht finden. Der Totengräber hörte ihnen zu während er den Schlauch hielt, mit dem er die Geranienbüsche besprengte.

"Nein, mein Herr, aus jener Zeit bleibt nichts mehr. Die Reste werden wahrscheinlich im Beinhaus sein."

Also sind ihre Knochen ein Fasergewirr in der gemeinschaftlichen Faulkammer, denn nach fünfzig Jahren ist dieser Friedhof ein anderer geworden, genauso wie die Stadt selber, die ihre mit Kalk getünchten Mauern, ihre Gärten und ihre Viertel vergrössert hat. Umsonst gingen Enrique und Raquel durch die Galeriengräber, hielten vor den auffallendsten Gruften inne, kratzten an bereits verwischten Initialen: Nichts.

Nichts als staubiges Gestrüpp. Wohin wohl die Steintafel geraten sein mochte, die die Nachbarn damals stifteten? Vielleicht hatten die Falangisten sie mitgenommen, um sie in den Abgrund zu werfen, denn sie war ein Objekt des Teufels, ein Beweis der Perversion, in welche das Volk unter der republikanischen Regierung geraten war, als die Mitglieder der "Nächtlichen Anbetung" den Freimaurerlogen und den Kreisen der Rosenkreuzler beigetreten waren, und das alles, weil eine energische Autorität fehlte, die dafür sorgte, dass man die Ideale des Vaterlandes respektierte, wie die Kleriker Jahre zuvor von der Kanzel heruntergepredigt hatten und all jenen mit dem Kirchenbann drohten, die es wagen sollten, am Fastnachtsdienstag zum Tanz im Klubhaus zu gehen. Trotz allem verkleideten sich die Leute, und die ganze Nacht über läuteten die Armsünderglocken zur Wiedergutmachung der Schwächen des Fleisches. Am Sonntag der Piñata[20] wurde von der Landpolizei Verstärkung geschickt, die auf den Strassen patrouillierte, und erst gegen Abend gingen einige Pärchen aus, die von einem Hauseingang zum andern schlüpften, und dennoch gab es siebzehn Verhaftete, die in der Morgenfrüh wieder auf freien Fuss gesetzt werden mussten, denn sie waren vom Rum besoffen und veranstalteten einen derartigen Lärm, dass die Leute, die in der Nähe vom Stadtgefängnis wohnten, nicht schlafen konnten.

"Und nichts ist geblieben. Es ist als würden wir die Geschichte erfinden", sagte Raquel, als sie an der Grabkapelle vorüberkamen und an dem kleinen Obduktionssaal, wo die Schädel und die Leiber der Selbstmörder aus dem Süden geöffnet werden, und die der Erhängten und Geisteskranken, die sich in die Vulkanschächte voller Schwefel und Salpeter stürzen. Zerfall über Zerfall auf dem Friedhof, der vom Vorhang dieses Dunstes verhangen ist, der vorüberziehen wird um sich in einen anderen, wasserlosen zu verwandeln.

Die Knochen: Ein Volk, das auf der ständigen Suche ist nach seiner Vergangenheit. Enrique erzählte dem Mädchen von seiner Überraschung am vorigen Nachmittag, als er dabeigewesen war, im Archiv des Kanarischen Museums die alten Zeitungen durchzusehen. In drei Stunden waren fünf Personen erschienen, um die Liste der Namen der Urbewohner zu verlangen, Vokabeln, die einst vielleicht dazu gedient hatten, die Steine, das Feuer, den Mond, die guten und die bösen Geister zu bezeichnen und von fernen Chronisten übertragen wurden, wobei der eigentliche Sinn dieser Wörter höchstwahrscheinlich verlorenging, heute nur noch Fetzen von Federwolken, zerrinnende Formen, die sich von den Passatwinden treiben lassen.

---

20. erster Fastensonntag mit trad. Maskenball (d. Ü.)

Der Mann sammelt Zigarettenstummel zwischen den Gräbern auf. Er macht mit dem Giessen weiter, damit der Staub hart bleibt und nicht von diesem Wind aufgewirbelt wird, der in den nächsten Tagen womöglich Wüstensand bringt, falls das Wetter nicht nach Norden umschlägt, denn wissen Sie, alles ist möglich, das Wetter ist genauso wechselhaft wie eine Fran. Da beginnt der Tag windstill, und dann ändert er sich plötzlich im Handumdrehen. Und wenn man diese Erde bewässern würde, dann könnten wir uns selbst versorgen, denn es ist dankbare Erde, in den guten Jahren erntet man von einem Quintal[21] Saatkartoffeln fünfzehn Sack. Und die lieben Engländer exportieren sie, und die Kartoffeln vom Festland kommen nicht hierher weil sie Ungeziefer haben, und die meinen, die pflanze ich selber auf einem Acker, den ich im *Tal der Neune* habe; rote Erde, die hundert zu eins abgibt.

Er redete mit dem erloschenen Zigarettenstummel im Mundwinkel, und auf seinem länglichen Schädel trug er den schwarzen Filzhut der Bauern, das Gesicht von tiefen Falten durchzogen; seine Hände waren kräftig.

"Ja, mein Herr, die Geschichte habe ich gehört, dass es eine Familie war mit vier Töchtern, und der Sohn war ungefähr fünfundzwanzig und sehr gut zu den armen Leuten. Er war bekannt wegen seiner wohltätigen Werke und man sagt, die Familie hätte sich deswegen ruiniert. Er glich einem Heiligen, so gut war er. Dann wurde er von einem Leiden befallen und starb. Die Eltern waren derart verzweifelt, dass sie Juana Salomé aufsuchten, die eine der Hellseherinnen von Ingenio war, und die sagte ihnen, die jüngste der Schwestern sei schuld daran, sie habe ihren Bruder aus Eifersucht verhext und müsse dafür zahlen. Jeden Abend beteten sie und brachten Opfergaben, damit der Verstorbene ihnen verzeihe."

---

21. span. Zentner = 46 Kilo (d. Ü.)

Der Mann machte eine Pause, um den Stummel anzuzünden. "Die jüngere Tochter war verhext, und um ihr das Übel auszutreiben stachen sie sie mit Scheren und Nadeln bis sie starb; ihre Augen waren wie geronnene Blutklumpen. Die älteste Schwester, die potthässlich war, zog sich eine Soutane über; alle waren verrückt, spielten auf dem Klavier und tanzten, während sie das Mädchen an einem Stuhl festgebunden hatten und mit dem Besenstiel auf sie einschlugen, damit sie den bösen Geist loslasse."

Er erzählte, dass sie wegen dem Kummer, an dem sie litten, nur beteten und nichts assen und deswegen den Verstand verloren, und vom Dorf aus hörte man den Lärm, den sie machten; dass mehr als vier Nachbarn sich aus Neugier dem Haus genähert hatten, und sogar die Landpolizisten, die auf dem Weg, der zur Landstrasse führt, ihre Runde machten, waren bis zur Einzäunung des Anwesens gegangen, aber da es sich um so geachtete Herrschaften handelte, wagte niemand sich einzumischen. So ging es bis das Mädchen starb, und dann legten sie sie geschwind in einen Sarg und nagelten den Deckel fest, damit niemand die Wahrheit erfahre, aber der Pfarrer von San Juan begann Verdacht zu schöpfen, da man ihn nicht einmal zur letzten Ölung gerufen hatte. Er verständigte das Gericht und es wurden Untersuchungen angestellt. Als dann alles herauskam, wurde die Mutter mit ihren Töchtern ins Gefängnis gebracht, alle ausser der Ältesten, die man ins Irrenhaus sperrte.

"Dann kam die Republik, und da zu jenen Zeiten alles ziemlich durcheinander war, wurden sie freigesprochen, und eines Abends schiffte man sie nach Havanna ein, und seitdem weiss niemand von diesen Leuten, die wahrscheinlich gestorben sind, oder vielleicht lebt noch eine der Töchter, die nun schon um die siebzig sein müsste. Niemand geht allein bei dem Haus vorbei und diejenigen, die mit dem Auto fahren, geben Gas und hupen, um die bösen Geister zu verscheuchen."

Es geschah also, dass der Vizekönig der weiten Gebiete von Neuspanien beschloss, einen Brief an den Monarchen zu senden, um ihn davon in Kenntnis zu setzen, dass die wiederholten Einfälle, welche die Franzosen von Lousiana aus vornahmen, eine ständige Gefahr bedeuteten.

Nach langem Überlegen erteilte der König dann den Befehl, vierhundert Familien zu versammeln, um das ausgedehnte Land des Staates zu kolonisieren, wo sich bis dahin ausser den Indianern nur Militärgarnisonen und Missionare befanden, die gezwungen waren, ständig den Wohnsitz zu wechseln und deswegen nicht als Dauersiedler betrachtet werden konnten.

Die bürokratischen Hindernisse verzögerten das Dekret von Philipp V., aber schliesslich schickte man Vorboten zu den Inseln, nach Havanna und nach Vera Cruz, damit die Expeditionsteilnehmer beschützt wurden und man ihnen das Notwendige beschaffe, um das Unternehmen erfolgreich zu Ende führen zu können. Dabei gab es viele Zwischenfälle: während der Überfahrt wurden drei Kinder geboren, manche Leute ergriffen beim Anlegen in San Juan de Puerto Rico die Flucht, andere starben am Typhus, und infolge der Hungersnot kamen neunzehn Freiwillige ums Leben, nur die sechsundfünfzig Überlebenden gelangten am neunten März siebzehnhundertdreizehn um elf Uhr morgens an ihrem Ziel an.

Man gab ihnen etwas Kleidung, Geräte, Pferde und fünfzig Centavos pro Tag während sie die Bewässerungsarbeiten und das Pflügen der Erde verrichteten, und in Erwartung der Ernte erhielt jeder Mann eine Ausstattung von Hemden, Unterhosen, Halstüchern, Hosen mit ledernem Beinteil, Strümpfen, Stiefeln, Bettlaken, zwei Pferden, sowie einem Mantel, einer kurzen Reitjacke, einer Weste, einem breitkrempigen Hut, Matratze, Kopfkissen mit Überzug, Feder– und Wolldecken, einem Sattel mit dem dazugehörenden Geschirr, einem kurzen Degen, Gürtel, Messer, einer Feuerwaffe im Futteral, einem Gurt mit Pulvertäschchen und einem Quersack, denn Seine Majestät wollte gleichzeitig Bauern und Soldaten haben, eine Bürgerwehr, die den Feind zurückschlägt während sie die Saat verteidigt. Und die Frauen versorgte man ebenfalls mit Hemden, Unterröcken, langärmeligen Jacken, Schuhen, zwirnenen Strümpfen, einem kurzen Rock und einem warmen gegen die Kälte, einem Flanellmantel, zwei Pferden, einem Reitsattel mit Zubehör, zwei Schaffellen, einer Matratze, zwei Bettlaken, einem Kopfkissen und einem Quersack, denn der König brauchte Weiber, die der Erde Kinder schenken und das Heim hüten. Und nachdem die Obliegenheiten eines jeden festgesetzt waren, fügte man auf Kosten der Schatzkammer noch einen Posten von Gegenständen hinzu, die für den allgemeinen Gebrauch bestimmt waren: zehn bronzene Kochkessel mit Deckel, dieselbe Anzahl von grossen Platten aus gebranntem Ton, Zelte, Beile, Schaufeln, Buschmesser, Eisenstangen, zehn Sägen, ebensoviele Joche und zwanzig Pflüge mit Stahlspitzen.

Das war die Ausrüstung, die Don Cristóbal für die Ansiedler ausgehändigt bekam, denn sie hatten ihn, sobald sie das Festland betraten, zu ihrem Anführer ernannt und waren bereit, sich unter Sandstürmen und sengender Sonne auf den Marsch zu begeben, den Rio Grande hinauf bis sie in die Sümpfe gelangten. Sie setzten den Weg von Matamoros und Corpus Christi fort, um ein elendes Nest zu gründen, das fünfzig Jahre später nur zweihundert Seelen zählte, die von Trockenheit und Epidemien, von Skorpionen und Stechmückenplagen heimgesucht wurden und von den französischen Heeresgruppen und den Raubzügen der Eingeborenen, die zu den Reisfeldern herunterkamen, um sich ihren jährlichen Tribut von den Weidegründen zu holen, die man ihnen weggenommen hatte.

"Ein echter spanischer Held, dieser Cristóbal Van der Walle", sagte Raquel. "Ich habe ihn in drei Textstellen ausfindig gemacht, die sich auf damals beziehen. Das Amüsanteste an der

Sache ist, dass sich sein angebetetes Mädchen Amanda in die Galonen eines französischen Leutnants verliebte und mit ihm nach New Orleans ging, und der arme Cristóbal verwünschte alle Frauen der Welt."

"So. Und wie kommt es dann, dass er Nachkommenschaft hatte?" wollte Enrique wissen.

"Von einer Indianerin namens Teresa Chipanec, die ihm fünf Söhne gebar, von denen drei aufgrund der harten Lebensbedingungen vor dem zweiten Lebensjahr starben."

Daher stammen also die Walley, die Wanderck und die Wanny im Südosten der Vereinigten Staaten, von denen es der eine oder andere zum Senator oder Grossviehzüchter gebracht hat. Wir können sogar Veronica Walley in Erinnerung bringen, die ein Weizenfeld von hundertzwanzig Morgen besass, auf dem 1928 sieben Erdölquellen bester Qualität angebohrt wurden. Die alte Veronica, die einen verteufelten Charakter hatte, klagte zum Himmel, weil man ihr das schöne reife Korn jenes Sommers zerstörte, aber trotz allem Gejammer zwang man sie zum Verkauf, wodurch sie zur Millionärin wurde, und nach ihrem Tod ging alles an eine Stiftung über, die sich damit befasste, junge Pianisten des Staates zu fördern. Die alte Veronica war glücklich, wenn sie sich die Nokturnen von Chopin und die Adagios von Liszt anhörte, die man auf dem Wohnsitz ihrer Grosseltern spielte, wohin sich im März 1836 die Garnison von El Alamo geflüchtet hatte.

Es ist bekannt, dass die Farmer Grossvieh kreuzten bis sie die berühmten Longhorns hatten und trotzdem den Gebrauch ihrer Waffen nicht vergassen. Die Curbelo, Umpiérrez, Niz, Acosta, Sanabria, Robayna, Melián und die Van der Walle erbten die Trostlosigkeit, die Sümpfe und die sandigen Niederungen voller grosser Fliegen, ungebändigter Wasserläufe und anderer Übel, eine Gegend, wo giftiges Unkraut den Tabak und den Mais befiel.

Aber trotz allem blieb die Franziskanermission und das Gefängnis bestehen, deren Ruinen heutzutage Sehenswürdigkeiten sind, die von den Mächtigen des Erdöls sorgfältig gehütet werden, denn sie müssen den Ort verherrlichen, wo sich der Kampf um die Unabhängigkeit und die Angliederung der Südstaatler abgespielt hatte. Das Blut aller hatte bei den Sklavenaufständen, bei den föderalen Scharmützeln, bei der Abwehrschlacht von General Arredondo gegen die Einwanderer vom Norden (der Bösewicht, der die Waffen niederlegte, um mit heiler Haut davonzukommen) und im Kampf von El Alamo die Ebenen von Texas getränkt. Dort, am 28. Grad nördlicher Breite, wie die Kanarischen Inseln, liessen sie ihr Leben. Die ungesunden Sümpfe, das steile Gelände und die Weite der Ebenen hatten ihren Blick getrübt, daher meinten sie, eine grosse flache Insel entdeckt zu haben mit rötlichen Horizonten, wo der Regen rauscht und der Orkan eindringt, ein Gebiet, wo die Baumwolle Wurzeln schlägt und dessen Tümpel voller Leguane und tropischer Echsen sind. Sie waren die Küste heraufgekommen und auf Adern von Brom, Helium und Mangan getreten und auf Pech– und Braun-kohlevorkommen, aber vor allem waren sie über Erdöl und Naturgas gegangen, was einige Generationen später ihre Länder mit ungeahntem Reichtum überfluten sollte, als die Vorkämpfer ihr Blut bereits mit der angelsächsischen Bevölkerung vermischt hatten und somit eine neue Rasse hervorbrachten, die wehmütig der Herkunft ihrer Sippe gedachte, weshalb viele Jahre später auf der Insel von Gran Canaria ein paar Gelehrte mit dem Auftrag erschienen, die Vergangenheit jener einst verlorengegangenen Geschlechter zu rekonstruieren, eine Handvoll Entwurzelter, die ihren Stammbaum verloren und sich eines Tages für das düstere Dasein ihrer Artgenossen zu interessieren begannen, um die Enttäuschung erleben zu müssen, dass es nicht einmal eine mi-serable Burg mehr gab, die man Stein für Stein hätte mitnehmen können: nur die Ruinen der ehemaligen Landgüter, die Reste der Kapellen, wo man die Leichen nach der Cholera und der Gelbfieberepidemie einmauerte, der steinumgrenzten Plätze, wo sich einst der Ältestenrat der Urbewohner versammelte, um Gerechtigkeit walten zu lassen; der Friedhöfe und der Getreidespeicher, wo sie das Korn versteckten, der heiligen, zum Gebet bestimmten Felsen und der mit eigenartigen Runen behauenen Steinplatten, der in Sackleinen gehüllten Mumien, der Viehpferche und der Schluchten, wo der Stachelginster wächst.

Enrique Lopez musste daran denken, dass fünfzig Jahre zuvor der Letzte der Van der Walle bei Tagesanbruch unter den Qualen seiner halbseitigen Lähmung das Haus verliess, um den Familienbetschemel bei den Frühmessen einzunehmen, ob diese nun der Lobpreisung oder dem Requiem galten. Er war ins Tal gegangen, wo das Wasser besonders gut war, zur grossen dreischiffigen Kirche mit dem Silberschmuck und den Ornamenten aus Brüssel und aus Spanischamerika, zum Kloster, das bis Anfang des 19. Jahrhunderts noch sechsundzwanzig Ordensbrüder zählte, die Kultgebäude und Nutzgärten pflegten, und zum St. Petrus–Martyrer–Hospital und den vom Historiker Viera beschriebenen sechs Wallfahrtskapellen; die kleine Stadt der dreihundert Familien, die in der Nähe eines Flusses und in geringer Entfernung von den antiken Ansiedlungen Tara und Cendro steht, welche es bis auf vierzehntausend Einwohner gebracht hatten. Ein Teil davon bestand aus über der Erde gebauten und durch schmale Gänge getrennten Rundhäusern für das gewöhnliche Volk und die Armen, während man mittels Steinwerkzeug andere, unterirdische Behausungen für die Edlen ausgegraben hatte; eine Ortschaft, die sich fünf Meilen von der Hauptstadt befindet, mit ein paar wenig gefährlichen Abhängen, und hinter ihr, auf der Südseite, steht ihr in geringer Entfernung ein Berg gegenüber, der mit seinem klaren und ruhigen Panorama einen reizvollen Anblick bietet. Von hier kommt ein milder Westwind, der dieser Erde Reinheit und Frieden schenkt wovon die Alten sangen, und was in dieser Erde angebaut wird bringt reichliche Ernten. So erklärte Raquel, als sie Enrique die beiden bereits halb eingestürzten Säulen aus Stein und Kalk zeigte, deren Zweck es einst gewesen war, das in Rinnen herbeigeleitete Wasser zu heben, damit es beim Hinunterfliessen den Mechanismus der Zuckerrohrmühle in Bewegung setzte und somit das Rohr zermalmte, wie man es bei Los Picachos sehen kann, nicht weit von der Täuferkirche mit ihrem flämischen Retabel, das der Stolz der Umgebung ist und dazu beitrug, dass die Familie nicht mit Hugenotten und Calvinisten in Zusammenhang gebracht wurde. Solche Prozesse wurden oft mit grosser Härte geführt; einmal hatte man sogar elf Menschen lebend verbrannt. Hundertsieben wurden symbolisch als Puppen ins Feuer geworfen, vierhundertachtundneunzig wurden unter entwürdigenden Strafen Vergebung gewährt und eintausendsechshundertsiebenundvierzig nach Abbüssungen und Drangsalen freigesprochen.

Die Stadt dehnt sich nicht nur bei San Juan aus, sondern in noch grösserem Mass im hochgelegenen Teil von San Gregorio, bei der Kirche, die den Geflügelmarkt, den öffentlichen Kornspeicher und den Getreidemarkt hatte entstehen sehen, und auch das Berberviertel, wie Enrique López erfuhr, als er der Spur jenes Ereignisses nachging, das damals die ganze Insel in Aufruhr versetzte, denn es hatte grösseres Echo gefunden als die triumphale Machtergreifung am 14. April, und es besteht im Kollektivgedächtnis dieses Volkes fort, das noch immer nach seinen Ahnen, nach seinem Ursprung sucht, was oft durch Dazwischenschieben hinterlistiger Absichten und durch die Unwahrheiten manipuliert wird, die die Schreiber hinzufügten, welche von ehemaligen Zuchthäuslern und Verschwendern bezahlt wurden, denn aus solchen setzten sich die angeworbenen Soldaten der Eroberung zusammen.

Die Wut verbreitete sich wie der Wind den Sand ausstreut, denn *Las Palmas ist verseucht von diesen Kreisen, wo man dem*

Spiritismus, der Nekromantie, dem Kartenlegen huldigt, dieser
ganzen Betrügerei, die von Rücksichtslosen ausgebeutet wird,
die in solch verbotenen Schlichen ihre Einkommensquelle finden,
wie die Tageszeitung *La Provincia* schreibt. *Denn die eigentlichen*
Schuldigen dieses abscheulichen Verbrechens sind die Anstifter,
die Ausbeuter der schwachen Wissenschaften und der kränk-
lichen Temperamente und sie haben es dazu gebracht, das
harmonische Zusammenleben und die Ehrenhaftigkeit dieser
musterhaften Familie zu zerstören, Inbegriff der guten Gesell-
schaft der Insel, und wir alle stehen befangen vor einem Drama
solchen Ausmasses und sind besorgt darüber, dass die
Möglichkeit, die Missetäter könnten straffrei ausgehen, noch
weitere, ähnliche Fälle zur Folge haben könnte, wiederholten
die Nachmittagszeitungen. Und *La Crónica* meinte, *dass man*
bei der Beurteilung dieses Falles die Ruhe bewahren sollte, denn
es ist das Werk von Menschen, die vollkommen unbewusst handeln
und unter dem Einfluss eines Irrglaubens stehen, der nichts mit
wissenschaftlichen Doktrinen zu tun hat; die Aufgabe wahrer
Christen bestehe darin, zu verzeihen und Mitleid zu fühlen statt
Vergeltungsabsichten zu hegen.

Nach und nach nahm das Thema gefährliche Ausmasse
an, und schuld daran waren die Kommentare der Presse, die sich
auf das Missgeschick dieser südlichen Völker berief, die keine
Bildung haben und derartigem Glauben zum Opfer fallen, der
sich nur in der Unwissenheit und Armut entwickelt. Man bat um
Barmherzigkeit und Nachsicht diesen Leuten gegenüber, die von
einer teuflischen, verstandverwirrenden Epidemie angesteckt
sind, von einer Plage von Spiritisten, von Individuen, die
angeblich alle Leiden heilen, von Hellseherinnen die vorgeben,
alles zu sehen und zu entdecken, um den Betrogenen das Geld
aus der Tasche zu ziehen und ihren schwachen Geist zu verwirren.

"DAS OPFER WAR JUNGFRÄULICH. IHR KÖRPER
WAR VON BLUT GEFÄRBT. ALLE IHRE ORGANE

WURDEN DURCH EINEN GRAUENVOLLEN EXORZIS-
MUS VERLETZT. DAS VON EINEM WESEN AUS DEM
JENSEITS BEFOHLENE VERBRECHEN. 'LA VEGA' WAR
EIN IRRENHAUS", hiess es in den Lokalzeitungen. Es war gar
nicht notwendig, die Auflagen auszurufen, denn in den frühen
Morgenstunden und um die Mittagszeit bildeten sich dichtge-
drängte Gruppen vor den Druckereien. Von aussen sah man dem
geschäftigen Hin und Her der Arbeiter zu, die darum bemüht
waren, das Beste aus den Druckmaschinen herauszuholen, und
dennoch gelang es nicht, die Nachfrage zu befriedigen obgleich
die Auflagen um das Zehnfache erhöht worden waren um zu
erklären, dass der "Spirituelle Verein des Glaubens, der Hoffnung
und der Brüderlichkeit" mit der ausdrücklichen Genehmigung
der Zivilverwaltung im Oktober 1924 gegründet worden war,
und von da an hatten hunderte von Zusammenkünften
stattgefunden, mit einer Teilnahme, die von Tag zu Tag wuchs,
denn nicht nur Witwen, Verschrobene und romantisch
angehauchte Jugendliche waren gekommen, sondern auch
Rechtsanwälte, Uniformträger höheren Ranges, Ärzte,
Grossgrundbesitzer von Vegueta und distinguierte Mitglieder der
merkantilen, nautischen und literarischen Gesellschaften.

Die Engländer hatten damit nichts zu tun. Man sagt, sie
hätten ihre eigenen Versammlungen gegenüber von ihren Banken,
ihren Schiffahrtsbüros und ihren Hotels. DAS UNGEWÖHNLI_
CHE VERBRECHEN VON TELDE wuchs und stieg ins
Masslose, und zwar durch die Interviews mit den führenden Persönlichkeiten der Stadt, durch den Bericht des Pfarrers von San
Gregorio, wohin Don Cayo Aurelio zu gehen pflegte, um der
Frühmesse beizuwohnen und den Christus des Guten Todes zu
verehren; durch die Aussagen des Priesters von San Juan, der
bei besonderen Anlässen nach La Vega gekommen war, um in
der St.–Josephs–Kapelle den Gottesdienst abzuhalten. Und es
redeten die Nachbarn, die das Anwesen von ihren Flachdächern

aus sehen konnten, und der Barbier, der seine Stube nicht weit vom Wege hatte, und die Polizisten, die von der Nachbarschaft herbeigerufen worden waren, als man das Gejammer und Wehklagen vernahm, das nach Jacintos Tod aus jenem Haus gekommen war, und die Chronisten griffen den Mangel an Bildung an, unter dem die Insel wegen fehlender Schulen leidet; Tamaran so abgeschieden wie unverstanden, obwohl von diesen Ufern die Eroberung der Neuen Welt begann und ihre Männer unzählige Städte zu noch grösseren Ehren des königlichen Hofes gründeten.

Man sagte auch, dass trotz des Wohlwollens und der nachweislichen Treue, die sie im Verlauf der Jahrhunderte durch Dutzende von Kämpfen gegen die Freibeuter zur Schau gestellt hatte, es doch die britische Krone sei, die damit drohe, ihr Lager auf diesen Inseln aufzuschlagen, denn es ist allgemein bekannt, dass die Hafenanlagen, das Elektrizitätswerk, die besten Hospitale, das Strassennetz, das Kanalisationssystem und die Hotels, der Entwurf der Gartenstadt und die Strassenbahn, dass all das von den Londoner Geschäftsleuten angeregt worden war, weswegen dieser Archipel, falls sich eines Tages der grosse Krieg von 1914 wiederholen sollte, sicherlich dazu bestimmt sein wird, das Imperium des Commonwealth zu vergrössern, denn britisch sind die Dampfer, die in unserem Hafen anlegen, britisch sind die Geschäftsleute, die die Bananen und die Tomaten exportieren, und unsere talentiertesten Leute stehen bei britischen Banken und britischen Vertretungen im Dienst. Und da es so nicht weitergehen kann, möchten wir Madrid höflich aber energisch zum Nachdenken auffordern, damit sich das Mutterland um dieses sein hilflosestes Kind kümmert und für neue Quellen des Wissens, der Wirtschaft und der Arbeit sorgt und sich die Wellen der Auswanderung nicht wiederholen, als unsere Leute sich gezwungen sahen, nach Kuba, La Guaira, London oder Rotterdam zu gehen, als Landarbeiter, Handelsvertreter, Hilfsarbeiter oder

Geschäftsvermittler, denn dieser Umstand ist ja die direkte Ursache dieser Tragödie; daraus entstand der religiöse Fanatismus, ein Produkt des Aberglaubens und der Unwissenheit, zu der diese Menschen verurteilt sind.

Deswegen müssen diejenigen streng bestraft werden, die schwache Gemüter und krankhaft Veranlagte dazu verleiten, solchermassen zu handeln. Auch die zentralistische, apathische Regierung gehört bestraft, da sie zulässt, dass unser Volk in Armut lebt. Von den tausenden von Kindern, die die Grundschule besuchen müssten, wird nur ein geringer Teil unterrichtet; die meisten von ihnen helfen den Eltern bei der Landarbeit, gehen mit den Fischern auf Fang oder treiben sich in Gesellschaft von Bettlern und anderem Gesindel herum.

"Du glaubst also an die symbolische Rolle: Da der Familienname am Aussterben war, musste das hübscheste der Mädchen geopfert werden, das dazu bestimmt war, irgendeinem jener Hohlköpfe des örtlichen Spiessbürgertums Söhne zu gebären, damit er seinen Familiennamen vor den ihren setzte", sagte Enrique, während Raquel die Zeitungen des Monats Februar einordnete.

"Mag sein. Da Don Cayo Aurelio beschränkt und sein Gehirn wegen dem Irrsinn seiner Erfindungen nicht zu gebrauchen war, übte Doña Josefa ihre letzte Vergeltung gegenüber der schäbigen Gesellschaft aus, die ihre Sippe ausgerottet hatte." Raquel blätterte weiter in den Karteikarten. Sie waren allein in dem von einer Doppelreihe von Neonröhren beleuchteten Salon, neben den Medaillen, den Kommandostöken und den Galauniformen des Diplomaten in den gläsernen Schaukästen neben seiner Bibliothek; eine Sammlung von Fotografien und Plänen, auf denen man sehen konnte, wie die Insel einmal gewesen war: der Verwandlungsprozess von Puerto de la Luz, die Strasse, die über die Brücke der Sieben Augen führte, und die Überschwemmungen, die im Januar das Flussbett von Ufer zu Ufer deckten.

"Ausserdem sind da die Daten von den verlorenen Söhnen", sagte Enrique und steckte eine Zigarette an. "Anscheinend war ein sogenannter Agapito Vendoval einer der grössten Besitzer von Bordellen und Spielhöllen in Batistas Kuba gewesen. Dann zog er nach Miami und begann Kaffeemaschinen zu erfinden. Die Amerikaner kauften ihm die Patente für ein paar Groschen ab, und als er starb, mussten seine Freunde eine Spendeaktion für die Beerdigung veranstalten. Zweifellos floss das Blut von Don Juan in seinen Adern."

Enrique und Raquel schauten durch die vom Nebel beschlagenen Scheiben,oben in El Helechal, auf der Höhe des Berges, von wo man die Talmulde von Valsequillo sieht und die Felswand von Tenteniguada, die Aue der Obstbäume, der tiefe Einschnitt der Schlucht und die von den steilen Felskanten immer senkrecht abfallende Insel.

Enrique gab Miguel de Unamuno[22] recht, der während seiner Verbannung auf der Insel Fuerteventura zu dem Beschluss kam, dass die Inselschläfrigkeit und der streitsüchtige Zustand, in dem diese ozeangesättigten Geschöpfe leben, durch schnellere und intensivere Kommunikationen mit dem spanischen Festland, dem übrigen Europa und mit Amerika geheilt werden könnten, denn dadurch würden sie ihre engstirnigen Rivalitäten und ihre Geistesträgheit etwas vergessen.

"Ihr seid Inseln inmitten von Inseln", sagte Enrique und spürte ganz nah den Atem seiner Begleiterin, als würde der feine Regen, der auf die Scheiben fällt, sie beide einander näher bringen gegenüber jenem trüben Meer, über welches die Verdammten flohen, um in einem der rauhesten Staaten der Union Ortschaften zu gründen, zwei Jahrhunderte bevor mancher ihrer Nachkommen

---

22. span. Schriftsteller, Denker und Dichter (1864-1936) (d. Ü.)

Polizeichef in Dallas und in Memphis sein würde, wo John Fitzgerald Kennedy und Martin Luther King ermordet wurden, oder vielleicht in den Nachbarstädten Montgomery und Birmingham im Staat von Alabama, wo die grausamsten Kämpfe um die Zivilrechte ausgefochten wurden. Wer weiss!

Enrique war frühzeitig gekommen, um Raquel den Vorschlag zu machen, ihn zu den Tonbandaufnahmen in den Ruinen zu begleiten. Es war mehr als wahrscheinlich, dass sie wertvolle Psychophonien erhalten könnten. "Wenn wir ein paar Geräte aufstellen, dann werden wir bestimmt etwas ernten."

Stell dir vor: Ariadna in ihrem Todeskampf, die näselnde Stimme des von seinem Leiden aufgezehrten Cayo Aurelio und sein Aufschrei, bevor er sich mit dem Mauser Modell 1869 den Schädel in die Luft sprengt, drei Tage nachdem der Richter Doña Josefa und Francisca ins Gefängnis sperrte, das Geschrei des Entsetzens von Cristina und Maria del Pino, als sie den Schuss hörten, als sie den Patriarchen mit geplatztem Gehirn entdeckten, heiliger Himmel! Don Cayo Aurelio mit dem Lieblingskarabiner von Don Eurípides in der Hand, mit dem sein Vater im Jahre 1913, als er von der Besetzung von Tetuan erfuhr, in der Basilika von Teror erschienen war. Er war an den Türen des Gotteshauses angekommen, nachdem er die ganze Nacht auf seiner Stute geritten war, um den Erfolg der spanischen Waffen in der Hauptstadt des Protektorats zu feiern; Don Eurípides, der zu Füssen der Muttergottes die Waffe darbot, die man ihm aus Deutschland gebracht hatte. Auf den Knien war er hereingekommen, um sich vor dem Altarbild niederzuwerfen, das Haupt im Namen der ganzen Sippe zum Zeichen der Ehrfurcht und der Unterwürfigkeit vor den himmlischen Mächten beugend; Don Eurípides voller Ruhm und Ehren, ohne dass er Zeit gehabt hätte, die Telegramme zu lesen, die vom Aufstand des Abd el–Krim berichteten und dem darauffolgenden Desaster, zu welchem die

Auflehnung der Kabylen[23] geführt hatte; Don Cayo Aurelio vom Seziermesser des Gerichtsmediziners geöffnet, auf demselben Marmortisch, auf dem man drei Tage zuvor Ariadna seziert hatte; die Dynastie, die in den letzten Aufopferungen erlosch, während aus dem Grammophon eine kreischende Schallplattenaufnahme von Wagners "Götterdämmerung" ertönte. Hoiho! Ihr Gibischmannen, eilt alle herbei, um euch das Gefolge der Parzen anzusehen, die bis auf den letzten Knäuel das Schicksal des jüdischen Geldverleihers aus der Stadt Brügge gesponnen haben, der eine Strassendirne aus Sevilla heiratete; sein Schicksal von Siegfried und Brunhilde auf der Insel von Tamaran gewebt, während die Erdgeister und Zauberinnen in Scharen lauern und sich die Wesen der Finsternis mit Hagens Perversität verbünden, der befiehlt, den Scheiterhaufen der Purifikation zu errichten, damit die Asche von Pieter, auch Pedro Vandale genannt, Vater der Vendoval, emporsteige und sich in der dunstigen Nachmittagsluft auflöse, während von der Schlucht her ein Hochwasser bis zu den Mauern des Anwesens dringt, Pfeiler und Schutzmauern niederreisst und die ganze Szene überflutet, indes die Undinen den Ring des Guten zurückgewinnen und die Flammen des Scheiterhaufens die Wurzeln von La Vega in Skelette verwandeln, und noch erklingt Siegfrieds Trauermarsch, wenn das Mausergewehr Feuer spuckt und Cristina und Maria del Pino das letzte Unglück der Händler aus Flandern beweinen. Stell dir vor: Edison und Marconi hatten weder die Absicht, das Grammophon noch den Rundfunkapparat zu erfinden; sie wollten nur feststellen, ob es unbekannte Energien gibt, vielleicht Überbleibsel von anderen Existenzen, von früheren Reinkarnationen, die mit den Lebenden etwa Versteck spielen konnten, lange bevor der Schwede, der den Vogelgesang in einem

---

23. Berberstamm (d. Ü.)

Wäldchen aufnehmen wollte, durch Zufall jenes eigenartige Stöhnen entdeckte, das eine ähnliche Offenbarung bedeutete wie die von Galileo Galilei, als er dahinterkam, dass es die Erde ist, die sich um die Sonne dreht und nicht umgekehrt. Der Schwede bewies also endlich, dass es ausserhalb der uns bekannten Grenzen noch etwas anderes gibt, so dass wir jetzt die Fäden finden könnten, die den fliehenden Juden dazu bewegt hatten, zum Hafen von Brügge hinunterzugehen (oder war es der von Antwerpen gewesen?), um die Zuckersäcke von den Sonneninseln zu sehen; eine gewaltige Macht, die ihn dazu trieb, jene Meere aufzusuchen, wo die Passatwinde wehen und wo er sich schliesslich das Grundstück neben dem aus der Schlucht kommenden Bewässerungskanal aneignete und zum eminenten Anhänger des katholischen Glaubens wurde, zum Mäzen der Mutterkirche, zum Patriarchen der kleinen Stadt, zum Verteidiger der Gegenreform und Vertrauensmann der höchsten Amtspersonen des Inquisitionsgerichts, zum treuen Herrn seiner Vasallen, zum Gründer von hundert Rassenmischungen.

"Das glaube ich nicht", sagte Raquel, als sich die Nebelfetzen auflösen weil eine Windbö aus Südosten sie verjagt, und dort unten liegt der braune Küstenstrich, auf dem sich das Rollfeld vom Flugplatz erstreckt. "Es ist dein eigenes Unterbewusstsein, das auf das Tonband einwirkt; wir sind hier unten für immer allein", und eine verhangene Sonne kommt zwischen den Felswänden hervor, die unter den ersten Platzregen ergrünen; kleine Terrassenfelder von jenen Bauern bestellt, die in den Hotels im Süden keine Arbeit als Küchengehilfe gefunden hatten; die Alten, die das letzte "Seelenmahl" bilden, das noch durch die abschüssigen Strassen und über die Pfade zwischen den Abgründen zieht und um Almosen für diejenigen bittet, die unter den ewigen Qualen leiden, für die Seelen im Fegefeuer, die Almosen brauchen, damit man gregorianische Messen für sie betet; die Romanzen, die man mit den Stimmen des Todes verfasste, der ihr eigener Tod und der ihrer Leute ist, denn täglich lauert eine Schar von Gespenstern in den Lavazungen der vor tausend Jahren erloschenen Vulkane; das Wehklagen der Timples[24], der Gitarren und Bandurrias auf den Wegen, die jene angelegt hatten, die das Brennholz für die Zuckersiedereien an der Küste heranschleppten und so den Reigen all dieser Stimmen, all dieser Toten eröffneten.

---

24. viersaitiges Musikinstrument (d. Ü.)

Kapitel neun

Der Prozess

Gott wurde bereits vor der Geschichte vom Fürsten der
Finsternis besiegt. Und besiegt, in den mutmasslichen
Satan verwandelt, ist er doppelt entwürdigt, denn man
schreibt ihm dieses unglückselige Universum zu.

Ernesto Sábato

Sonntag, der fünfzehnte November neunzehnhunderteinunddreissig brach beinah wolkenlos an. Die Höchsttemperatur
betrug 25,2 und die Mindesttemperatur 17,3 Grad. Das Meer war
gekräuselt und in der Ferne standen Kumulus– und hohe
Zirruswolken, die sich am Horizont rieben.

Am frühen Morgen geronn ein meeresfeuchter Tau auf den
Strassen von Vegueta, an Hauseingängen und auf Balkons, auf
den Dächern und den Farnen in den Innenhöfen. Kurz nachdem
die Sonne aufgegangen war, begann die Hitze.

Um elf war der Tag klar, und die Glocken der Kathedrale
riefen zum Hochamt, als die Klatschweiber bereits auf das Geläut

warteten, das sich über Strassen und Plätze ergiesst, an den Berghütten emporsteigt und sich aufs Meer hinaustreiben lässt.

Das war das Zeichen.

Der Platz von Santa Ana sah unter dem Sonnenschein die Pferde und Kaleschen vorüberziehen.

Heute sind es zwanzig Jahre her, dass die Strassen von Las Palmas mit unschuldigem Blut besudelt wurden, lautet die Gedenkanzeige, welche die Tageszeitung *La Provincia* auf der Titelseite bringt, und sie ist mit keinem Kreuz versehen, denn der Arbeiterverband hat sie unterzeichnet: *Kanarier, lasst uns Gott um die ewige Ruhe der Toten bitten; stehen wir den schutzlosen Familien bei und fordern wir die entsprechenden Verantwortungen!*

Neben dieser Anzeige stand noch eine andere, die Kapitän Jose Torres gewidmet war, dem Hafenlotsen, der die Augen schloss, ohne in seine Heimatstadt Gerona zurückgekehrt zu sein, und dazu noch einige eingerahmte Inserate, die unfehlbare Mittel anpriesen gegen Leisten– und Nabelbrüche, zum Silberpolieren, um Sommersprossen zum Verschwinden zu bringen und Bindehautentzündungen zu lindern, für die Nerven und gegen Verletzungen und Husten, für Schlankheit, um einen schönen Busen zu bekommen, der einem die Silhouette einer Filmschauspielerin verleiht, gegen Blutarmut, Appetitlosigkeit, Schwäche, Hämorrhoiden, Knochenrisse, Hitzpocken und Hautentzündungen, gegen Ausfluss, Jucken, Blutungen und andere Leiden. In einer anderen Anzeige wird die Schauspielgruppe Manolo Paris angekündet, ab Samstag im Theater Pérez Galdós, mit der Schauspielerin Julia Lagos als Hauptfigur, der Parkettplatz zu drei Peseten.

Es war logisch, dass *El Tribuno* die traurigen Ereignisse des 15. November 1911 erweiterte, ein Wahltag, an welchem zwei Kandidaten der Leoninischen Partei, ein Unabhängiger und ein vierter von Franchys Föderalen wetteiferten. Vorsorglich hatte man Schutzwachen aufgestellt, und als alles vorbei war, gab die Obrigkeit eine Mitteilung heraus, laut welcher man den Köhlerhorden die Schuld in die Schuhe schob, die eine Wahlurne zertrümmerten und Steine und Wurfgeschosse von dem Dach schleuderten, das sich gegenüber vom Wahllokal "Windmühle" befindet, womit sie die ahnungslosen Ordnungshüter überraschten, die sich gezwungen sahen, den Angriff mit Warnschüssen zurückzuweisen um die Meute einzuschüchtern, und dabei waren sechs Arbeiter ums Leben gekommen, die ersten Märtyrer der Rebellion gegen die insulare Paschawirtschaft, aber sie wurden nicht umsonst auf dem Altar des höchsten Ideals der Gerechtigkeit geopfert; so hiess es jedenfalls bei der Versammlung im Vergnügungspavillon, und nachher, als der Trauermarsch von Chopin verklungen war, wurden unter Niederlegen von Blumenkränzen Hochrufe auf die Republik ausgestossen.

Eben heute, um halb sechs und viertel nach neun, findet im Royal–Cinema die Premiere eines grossen Tonfilms statt, womit man die Saison 1931–1932 eröffnet; er trägt den Titel "Tiefsee", Mitwirkende sind George O'Brien, Marion Lessing und Mona Maris, und zuvor wird der Kurzfilm "Chauffeur Cupido" gezeigt. Aber was wirklich interessiert, ist das Endspiel um die Damm–Trophäe im übervollen Stadion España, wo die Fussballmannschaft "Victoria" die Mannschaft "Gran Canaria" mit einem schwierigen 2–0 schlägt, und in derselben Druckgrösse heben die Zeitungen in diesen Tagen das Telegramm hervor, das an den Beschluss der Verantwortungskommission gegen Exkönig Alfonso erinnert, und das Tageblatt *ABC* wie auch *El Sol, Liberal, Ahora, El Imparcial* und *El Debate* verbreiten sich darüber in Leitartikeln; sogar *El Tribuno* berichtet über die Festnahme eines Barmherzigen Bruders vom Kloster der Silva–Strasse, und vom Kassierer der Filiale des Pfandleihhauses in der Strasse Núñez de Balboa, und von einem Kapitän namens Esquiroz und einem Grafen, von dem behauptet wird, es könnte der von Abayda sein, wenn auch zuverlässige Quellen versichern, es sei nicht wahr, dass man Generäle festgenommen habe wegen eines angeblichen Komplotts, um den abgesetzten Bourbonen Alfonso wieder auf den Thron zu bringen, der sich bereits schuldig gemacht hatte, als Anführer einer absolutistischen Militärrebellion die Souveränität des Volkes beleidigt zu haben und ihm während der siebenjährigen Diktatur von Primo de Rivera seine Rechte entzogen hatte, und obwohl Schulden auf ihm lasten, für die er die Todesstrafe verdient, so ist dies doch der Empfindsamkeit des Parlaments zuwider und sollte in lebenslängliche Haft verwandelt werden, was sofort vollzogen würde sobald er den Fuss auf heimischen Boden setzt. Sollte er aber weiterhin fern bleiben, wird man mittels Versäumnisurteil die Todesstrafe gegen ihn aussprechen, und die Republik wird sein Vermögen, seine Rechte und Aktien beschlagnahmen, ein Beschluss, der mit stürmischer Begeisterung gutgeheissen wurde. Besteiro lässt unterdessen Azaña rufen, damit dieser nach Verzicht von Alcalá Zamora die Regierung übernimmt; aber auf der Insel ändert sich nie etwas, denn die Kabelnachrichten bleiben zwischen Kurzartikeln, den Annoncen der Schiffsmakler und wundersamer Heilmittel liegen.

Um acht Uhr abends –es besteht noch immer der englische Brauch– findet im Yachtklub ein Tanzfest mit Abendessen statt, denn bei dieser Flaute muss man die Zeit zwischen La Alameda und dem Konzert im Theaterhaus, dem literarischen und dem merkantilen Verein totschlagen, an diesen Winternachmittagen, an denen das Thermometer auf siebzehn Wärmegrade absinkt und die Mädchen sich in ihre Schultertücher hüllen vor den Offizieren des französischen Schiffes, von denen sie zu einer Foxtrottparty eingeladen werden, und der Generalstaatsanwalt Don José Franchy Roca macht darauf aufmerksam, dass die Jesuiten eine ernste Gefahr bedeuten und es deswegen eilt, den Gelübden auf Lebenszeit ein Ende zu machen und den Klerikern zu gestatten, die Zivilehe einzugehen. Gerade heute bringt *La Crónica* die Nachricht, dass die nordamerikanischen Feministinnen mit hellem Jubel die Erteilung des Frauenstimmrechtes begrüsst haben, und sie sagen voraus, dass binnen fünfundzwanzig Jahren alle Frauen der Welt wählen werden, sogar die in Frankreich, wo noch eine reaktionäre Regierung besteht. In der *Crónica* heisst es weiter, dass der Gouverneur von Bilbao einen jungen Mann mit einer Geldstrafe von 500 Peseten belegte, weil er von einem Wagen aus ein Hurra auf den Exkönig ertönen liess, und einen anderen, weil er eine Jakobslilie im Knopfloch trug.

In ihre stärkegesteiften Kleider gehüllt –die Blumenhüte, die majestätischen Bärte– betreten sie das Gotteshaus und gehen zu den Betschemeln während die Glocken erklingen, und die Zeitung *El Pais* wundert sich heute morgen darüber, dass sich die Arbeitergewerkschaft der II. Republik gegenüber so unnachgiebig zeigt, wo sie doch mit der Diktatur äusserst nachsichtig gewesen war, in diesem ersten Regierungsherbst, in dem sich die zweiundzwanzig Millionen Bewohner der "Stierhaut" und der Inseln mit Steinen bewerfen und im Gebrüder–Millares–Theater der neueste Erfolg von Greta Garbo, "Die leichtfertige Frau" mit John Gilbert gezeigt wird: Seht sie euch an in einem Drama auswegloser Leidenschaften! *El Pais* beharrt darauf, José Ortega y Gasset werde eine republikanische Partei gründen, und Martinez Barrios erklärt, er werde im kommenden Monat zum Präsidenten gewählt werden, und nach der Krisenerklärung würde man die Machtübernahme der Sozialdemokratischen Partei anbieten, da sie die zahlreichste Minderheit darstellt, wenn auch die Radikalen wahrscheinlich nicht mitmachen wollen. Kann sein, dass Lerroux nicht in der Lage sein wird zu regieren, denn er ist von ehemaligen Bonzen umgeben, und Gil Robles hat man zum Spitzenkandidaten der Nationalaktion gewählt, und morgen werden englische Dampfer auf ihrem Weg nach Sierra Leone, Antwerpen, Londonderry,

Pensacola und Rotterdam in die Bucht einlaufen, und holländische Schiffe zu den Barbados, und deutsche nach Hamburg, und Segelboote zum Fischfang, und jetzt kommt ein Wind auf, der auf Nord umzuschlagen scheint. Es ist wie ein Vorzeichen, dass vielleicht ein Nieselregen auf die Stadt niederfallen wird, die von Hundekot übersät ist seitdem die Beamten der Elder Dempster, die von Miller, von Pyffes und von Yeoward die Mode der Haustiere eingeführt haben, und die Geldspenden für die aus Kuba Repatriierten belaufen sich auf siebenhundertsiebenundvierzig Peseten mit fünfundzwanzig Centimos, und hoffentlich ändert sich alles, denn Spanien scheint eine Nation zu sein, die sich dem Streikvergnügen und dem Spass am Strassengeschrei hingibt, indessen der Herzog von Alba in Paris bekanntgibt, dass Don Alfonso zu Gunsten seines Sohnes Don Juan abgedankt hat, und *La Cronica*, Morgenausgabe, 20 Centimos, fragt sich: Wo liegen die Vorteile? Und der Berichterstatter nutzt die Gelegenheit, um die Schlamperei der Rathäuser, den Betrug bei der Brotherstellung und das Wohnungsproblem zu denunzieren, und Don Pío Baroja schreibt über das Baskisch–Navarrische Gespenst; er sagt, dass die sich kürzlich abgespielten religiösen Geschehnisse im Norden zwar ein spürbares Echo gefunden haben, aber, so fügt er hinzu, von einem Aufstand zu reden, vom In–die–Berge–gehen, die Episoden des Karlismus zu wiederholen, macht mir den Eindruck, eine Phantasie zu sein, denn der Nationalismus interessiert im Baskenland nicht. Aber da es sich um einen wortkargen Menschenschlag handelt, kann man das schwerlich wissen, endet er.

Es sieht nicht danach aus, dass die Bauernweisheiten hinsichtlich des Wetters in Erfüllung gehen wollen: Weder stellen sich die Nebelschwaden über den Pinienwäldern ein, noch hat der Mond einen rötlichen Hof, noch beginnen die Tamarisken in der Schlucht zu grünen, noch setzen sich die Rebhühnerschwärme in Bewegung, noch hört man den Flügelschlag der Rotfalken, aber in Santander hat man ein Kloster in Brand gesteckt, und die Radikalen haben unter dem Vorsitz von Eduardo Ortega y Gasset eine antiklerikale Kundgebung veranstaltet, und man spricht über den Wagemut von Unamuno bei der Eröffnung der Universität von Salamanca, und es erhitzt sich die Debatte über den Artikel der neuen Vefassung, die die Auflösung der klösterlichen Orden vorschreibt, vor allem in der Zone, die später Euzkadi[25] heissen wird, und Emilio Carrera macht darauf aufmerksam, dass die Ehescheidung den Frauen gestatten wird, ihre erotischen Phantasien zu befriedigen, aber das Land zerbröckelt, obwohl Patrioten wie Juan March noch die Energie aufbringen, um die gegen sie aufgestellten Anklagen zu leugnen; Barcelona wird vom Terrorismus heimgesucht, und Ramiro de Maeztu schreibt, die Kapitulation von Berlin liesse uns darauf beharren, dass sich die Krise von 1929, der Yankee–Crack, über Europa ausbreitet: Die Welt leidet unter einer entsetzlichen Krise, die in einem Chaos enden wird.

Ein verhextes Land, sagte der Staatsanwalt, denn die südlichen Völker haben sich schon von jeher dadurch ausgezeichnet, Ausgangspunkt von Meutereien und Aufläufen, Zänkereien und Streitigkeiten zu sein, und wenn im Jahre 1812 der Eid der Versammlung von Cádiz abgelegt wurde, als eine katalanische Brigg die Neuigkeit nach Melenara brachte, so zettelte elf Jahre später der betagte Matias Zurita eine Revolte an, und hinterher wurde er dazu verurteilt, vor einem Trupp von Büchsenschützen zu sterben, weil er ausposaunt hatte, die Revolutionsregierung beschlagnahme die Kirchenschätze. 1835 begann im Süden die Verfolgung der aus den Klöstern ausgewiesenen Mönche, in den Hinterstuben der Apotheken versammelten sich die aufrührerischen Logen, und in Tara und Cendro lässt sich eine Sippe von

---

25. Baskenland (d. Ü.)

überspannten, wie Priesterinnen zurückgezogen lebenden Weibern nieder, die, mit grobem Büsserhemd bekleidet, die Krankheiten heilen und vor prähispanischen Fruchtbarkeitsidolen und bei den Gebetsstätten gefundenen Opfersteinen die Zukunft voraussagen.

Ganz bestimmt hielt diese Matronensippe nachts im Trockenflussbett der Schlucht ihren Hexentanz ab, in einer Krümung, die sich kaum ein Kilometer oberhalb von La Vega befindet. Und bei ihren Orgien saugten sie das Blut von neugeborenen Knaben, denn bei Tagesanbruch fand man die Kleinen blau angelaufen, mit Kratzern an den Schläfen und die Geschlechtsteile entfernt; diese Weiber erfreuten sich auch der Fähigkeit, Ehen zu trennen oder zusammenzufügen, indem sie bald Hader förderten bald diesen beschwichtigten. Ausserdem brachten sie es fertig, dass selbst die scheuesten Jungfrauen ihre Scham wütenden Ziegenböcken darboten. Und sie entführten Novizinnen aus den Klöstern von Vegueta. Dessen beschuldigte man sie als die Äbtissinnen entdeckten, dass zahlreiche ihrer Schutzbefohlenen schwanger waren, wie es in den amtlichen Schreiben von damals steht, und auch in den Schriften, die nach den Raubzügen der Piraten in Bristol und Coimbra gelandet waren.

Also schob man diesen Hexen die Schuld aller Übel zu, ob es sich nun um ein Erdloch handelte, dem Schwefeldämpfe entwichen, die die Reben vernichteten, oder um die sieben Jahre anhaltende Dürre, die Epidemien oder das Unwetter, das am sechsten November im Jahre des Unheil 1826 über die Insel kam, als eine Wolke eine derart gewaltige Wassermasse in den Bergen entlud, dass alle Erde fortgeschwemmt worden wäre, wenn es noch ein paar Stunden angehalten hätte. Man erzählt, dass diese Sintflut ganze Grundstücke von der Bildfläche verschwinden liess, den Ziegen– und Schafherden grosse Verluste zufügte, die Feldwege vernichtete, und der hohe Seegang zerstörte den Hafendamm gegenüber der Wallfahrtskirche der Seefahrerbruderschaft von San Pedro González Telmo, den man immer wieder zu befestigen versuchte, und die Brücken wurden weggerissen, die das Stadtviertel Triana mit dem von Vegueta verbanden, und El Terrero, La Plazuela und sogar die Strasse La Pelota standen unter Wasser, während die Decken der Häuser rissig wurden und die mächtige Araukarie umstürzte, und das Meer stieg an und schwemmte zwei Kneipen und drei Freudenhäuser der Marine weg; es strandeten eine Brigg und zwei Gaffelschoner, und das Desaster hinterliess drei Ertrunkene und den allgemeinen Ruin.

Es war dies eine Rasse von schlechtem Blut, die daraus hervorgegangen war, dass sich hunderte von Gaunern, die man aus den Gefängnissen der Heiligen Bruderschaft geholt hatte, damit sie an der Eroberung der Inseln teilnahmen, mit Moriskensklavinnen kreuzten, welche die Abtrünnigkeit im Leibe trugen, Leute, die *Vergehen verschiedener Art, Überfälle auf Kirchen und Klöster und andere Ausschreitungen begangen hatten, weswegen sie sich strafbar machten, und es meine Gnade und Wille sind, dass diese Missetäter in diesem selben Dienst verbleiben, den sie bei der Eroberung der besagten Inseln innehatten, und zwar jeder für sich oder bei jenen Leuten diene, wie vereinbart wurde,* lauteten die pragmatischen Verordnungen, welche die damaligen Statthalter von den Katholischen Majestäten erhalten hatten.

Und um solchen Beschwörungen ein Ende zu machen, da Auspeitschen und An-den-Pranger-stellen, Einsperren in Gefängnissen und Teufelsaustreibungen zwecklos waren, blieb nichts anderes übrig als Prozesse einzuleiten, bei denen sie mit zunehmender Härte der Folterungen ihre Hexereien eingestanden und ihre Bündnisse mit den geheimen Mächten der Finsternis, mit den Wesen des Sabbath, an deren Sitzungen Scharen von Kröten und zwergenhafte Teufel ohne Arme teilnahmen, die zum

143

Takt des *Sirinoque*[26] tanzten, ein langsamer, steifer Rhythmus, der nach und nach in krampfartige Zuckungen überging, während aus dem Leib der Ziegenböcke ein indigoblauer Phallus zum Vorschein kam, vor dem die Weiber niederknieten und sich tummelten bis sie sich Genüge getan hatten, ohne Schmerz zu verspüren, obgleich jenes tierische Sperma wie glühendes Blei brannte.

Da beschlossen die Vögte, entsprechende Massnahmen in die Wege zu leiten, die als abschreckende Strafe dienen sollten, um die Besessenen wieder zur Vernunft zu bringen, unter denen man dreissig Witwen erwähnte und fünf halbwüchsige Mädchen, welche ihre Monatsblutung in jenem Frühjahr zum erstenmal bekommen hatten, sowie andere Weibsbilder, die von ihren Ehemännern während der Zeit des Fischfangs alleingelassen worden waren.

So kam der zweite August 1727, der mit dichtem Schirokkodunst anbrach, während man bei der Mauer, die sich zum San Francisco–Hügel hinaufzieht, ein Schafott errichtete. Victoria Taño war am Vorabend verurteilt worden, und alle hatten sie für schuldig befunden, ihren rechtmässigen Ehemann mittels gewissen Tränkchen umgebracht zu haben, um einem jungen Burschen von siebzehn Jahren den Weg freizumachen, der das Weib dank seines grosszügigen männlichen Attributs um den Verstand gebracht hatte. Sie verbrachte drei Tage in einer der finstersten Zellen der Oblatenschwestern, ohne Nahrung und ohne Wasser.

In einem grossen Korb wurde sie zur Hinrichtung ge-schleppt, während die Glocken der Pfarrkirchen und der kleineren Kapellen das Sterbegeläut erklingen liessen, und vom Meer her erhob sich eine schwache, von Feuchtigkeit geballte Brise. Es

---

26. typisch kanarischer Volkstanz (d. Ü.)

hatte bereits neun geschlagen, als der Henker die Schrauben vom Würgeisen anzog und ihr Hals für immer brach. Unverzüglich schleifte man die Leiche bis zum Ende der Mole und steckte sie zusammen mit hundert Kilo unbrauchbar gewordener Artilleriemunition, die man den Festungen entnommen hatte, in eine Tonne, die man mit Sackleinen und Teer überzog.

Doch alles war umsonst gewesen, denn Victoria Taño nahm weiterhin an den Ritualen teil, und zwar in eine Hündin verwandelt, damit sie die Häscher und Büttel vom königlichen Gerichtshof auf ihren Streifen nicht erkennen konnten, denn sie schwenkten grosse Pechfakeln die Schlucht hinauf, ohne etwas anderes zu entdecken als die Reste eines enormen weiblichen Tieres der grimmigen kanarischen Hunderasse, das zweifellos bei den starken Aprilregen ertrunken war, und daneben lagen die Dauben eines Fasses, wie man sie für den Most verwendet, und Teerklumpen und die Fetzen von Stoff, den die Wasserfluten zerrissen hatten.

Nein, das bläuliche Gewölk, das von Norden nach Süden zieht, sind wahrhaftig keine Regenwolken, nur eine Luftspiegelung. José Ortega y Gasset gibt es bekannt: Die konservative katholische Republik von Alcalá Zamora wird von denjenigen bekämpft werden, die die Kirchen in Brand stecken und die verunsicherten Volksmassen des Landes in Schrecken versetzen, und dazu kommt noch der unglückliche Umstand, dass die Welt das Drama der anmassenden Bevölkerung, des Militarismus der Regierungen und der Verschwenderwirtschaft erleben muss, und er nimmt kein Blatt vor den Mund bei seiner Ansprache im Abgeordnetenhaus, das nach den Zwischenfällen in Sevilla überall Enttäuschung sieht, mit der einzigen sicheren Tatsache, dass man in Barcelona dem Kommandanten Franco den Vorschlag gemacht hat, einen Bürgerkrieg anzuzetteln, obgleich jener die Garantie verlangte, als Abgeordneter von Barcelona gewählt zu werden um seine Immunität zu sichern, aber der Plan scheiterte im letzten Augenblick wegen der verursachten Schäden während der politischen Kundgebung in Lora del Río. Franco erhielt 4.750.000 Peseten von ausländischen Elementen– ob es Mittelsmänner des Bourbonen waren?–, um den Aufstand anzustiften, denn im Süden hatte man Waffenlager entdeckt: Wahrscheinlich würde er Truppen aus Tablaba, Los Alcázares und Marokko mobilisieren, und wegen dieser Verschwörung kündet die Regierung das Gesetz der Verteidigung der Republik an, woraus allerdings nichts werden sollte, denn die autonome Verwaltung von Katalonien droht damit, die Region zum freien Land zu erklären.

Hier auf der Insel beschlagnahmt das Rathaus nun endlich das Elektrizitätswerk der Cícer–Gesellschaft in Guanarteme, und der "Graf Zeppelin' wird wieder mit seinem luftgefüllten Bauch am Himmel der Hauptstadt vorüberschweben, und man erweitert die direkte Dampfschiffahrtslinie mit Liverpool, um die Bananen zu exportieren, welche die von Jamaika übertreffen, und wo es doch etwas Neues gibt, das ist in der Ortschaft von San Lorenzo, nicht weit von Tamaraceite, denn ein achtjähriges Mädchen bewirkt zur Stunde der Ausgangssperre einen Steinregen und grosses Gepolter unter dem Geschirr, das im Wandschrank umherfliegt, und man legt dem Kind das rote Band des heiligen Blasius und das Ordensgewand der Karmeliterinnen an, und die Zeitungen kommentieren, dass der Bischof möglicherweise Priester ernennen wird, die nach römischem Ritus beim Exorzismus teilnehmen werden. Die 1893 gegründete Zeitung *Diario de Las Palmas* ist vor allem wegen des ungewöhnlichen Vorschlags der Abgeordneten von Tenerife besorgt, die Kanarischen Inseln wieder zu einer einzigen Provinz zu vereinigen, und die Presseagentur Perpén weist darauf hin, dass Maura mit General Sanjurjo, dem Oberhaupt der Landpolizei, einen Militärputsch vorbereitet, wie es in der Börse durchsickerte, und unterdessen akzeptiert der Vatikan den Rücktritt von Kardinal

Segura als Primas des Landes, und das zur Freude der Regierung, weil damit die Oberhoheit der Zivilmacht erhalten bleibt, jetzt, wo Spanien eine Klassenlose Demokratische Arbeiterrepublik ist, ein in die gründlichste Sozialreform gestürztes Land.

Die Tageszeitung *Diario de Las Palmas* nutzt die Gelegenheit, um den in *ABC* erschienenen Artikel von Wenceslao Fernández Florez abzudrucken, der über die Abgeordneten von Tenerife seine Witze macht, und weiter sagt die Zeitung, der Skandal sei ausgebrochen, weil Alcalá Zamora sich dem Artikel 24 widersetzt, und ein heftiger Disput mit Hochrufen und Auspfeifen der Republik habe stattgefunden; als Abschluss kam ein Aufruf an Azaña, und wenn man in der Nummer vier der Muro–Strasse Musik haben will, dann wird als Neuigkeit die Republikanische Hymne, die "Internationale" und "Die Erschiessung von Galán" geboten, abgesehen von den Tangos *Yira, yira, Wo bist du mein Herz, und La Chacha.*

Morgen Montag –Namenstag des Erzbischofs San Eulogio– beginnt um sechs Uhr nachmittags die Vierzigstundenandacht, die eine Stunde später am Tag des Santo Domingo endet. Der Anbetungsturnus Nummer zwei wird die Nachtwache mit dem Tedeum und mit religiösen Ansprachen halten, wie das Blatt *El Defensor de Canarias* erklärt, dessen Titelseite den Erfolg der revisionistischen Versammlung in Palencia hervorhebt, mehr als dreissigtausend Anwesende, die dem Aufruf der Agrarischen und Baskisch–Navarresen Minderheit gefolgt waren, in Abwesenheit von Bischof Pildaín, den man bald danach auf die Insel der Luftspiegelungen verbannen würde, damit man jegliche Bezugnahme auf Benito Pérez Galdós unterbinde und die eisernste Disziplin in Sitten und Bräuchen aufrechterhalte, um dem Generalissimus Franco und Evita Peron die Türen der Kathedrale vor der Nase zuzuschlagen. *El Defensor* berichtet, es habe Telegramme gehagelt von den deutschen Katholiken, die sich auf die Seite ihrer verfolgten Brüder in Spanien stellen, denn

Europas Zukunft kann nur auf der Basis des Christentums erblühen, und deswegen widerspricht *El Debate* der Zeitung *Crisol* in Bezug auf den antijesuitischen Feldzug, denn zu nichts Gutem wird uns diese Regierung führen, die das Gehalt des Präsidenten auf vier Millionen Peseten festsetzt. Und weiter macht die Zeitung darauf aufmerksam, dass, falls die Kirche die religiösen Orden zurückzieht oder diese in Streik treten sollten, die schwierigsten Dienstleistungen unverrichtet bleiben würden, nämlich die der "Frommen Schulen", der Salesianer–Werkstätten, der Maristenmissionare, des Stifts von San Juan de Dios, die der verdienstvollen Barmherzigen Schwestern und der von St. Vinzenz Paul. Da wir uns in Zeiten der Verwirrung befinden, sollten diejenigen, die nicht das heilige Sakrament der Ehe empfangen wollen, bedenken, dass sie ihren Glauben verleugnen und unverzüglich exkommuniziert werden, denn das Episkopat reicht bei Pius XI. ein Gesuch ein, damit diese demütigende Herrschaft uns nicht ihre ketzerischen Irrtümer aufzwingt, und es unterschreibt der Bischof der Diözese Don Miguel Serra y Sucarrats, und zwar etwas oberhalb der Umrandung, in der bekanntgegeben wird, dass die Nationalsozialistische Partei Adolf Hitlers sich anschicke, mit den spanischen Gläubigen zusammenzuarbeiten, vorausgesetzt dass diese mit dem marxistischen Sozialismus brechen, denn angesichts der kommenden schweren Zeiten müssen die Grenzen klar abgesteckt werden.

Alle Lokalzeitungen geben rückhaltlos bekannt, dass morgen am 16. um zehn Uhr im Gerichtssaal der Stadt DER PROZESS WEGEN DES MARTYRIUMS DER ARIADNA VAN DER WALLE beginnt. Es fehlen kaum noch vierundzwanzig Stunden bis diese Leute, die ihre Sitze im Hochamt eingenommen hatten, sich an der Tür des Gerichtsgebäudes drängen können, um sich einen Prozess anzuhören, dem man mit grenzenloser Leidenschaft entgegensieht wegen seiner physiologischen, pathologischen, therapeutischen und atavistischen Zusammenhänge, wie die Gerichtsjournalisten der diversen Zeitungen das ausdrücken. Man wird etwas geniessen, was es auf den Inseln bis dahin noch nie gegeben hatte.

Fünfzig Jahre später stiess Enrique López noch immer auf eine abergläubische Furcht, wenn es darum ging, über gewisse Dinge zu reden. Jedermann wusste von den Ereignissen, die inzwischen durch die Legende entstellt worden waren, aber nur wenige boten Erklärungen dafür an. Deswegen befasste sich Enrique damit, die Schilderungen nachzuprüfen, die die Zeitungen und Skandalblätter von damals veröffentlichten, und die Verschmelzung von Anklage und Verteidigung, die Meinung der Zeugen, die Kommentare nach dem Urteilsspruch und das Gemisch aus Mitleid und Zorn, das der Prozess auf der Insel ausgelöst hatte, "die vibrierende Gemütsbewegung, die man in den nachfolgenden Tagen verspürt, das brennende und leidenschaftliche Interesse, das in seiner ganzen spirituellen Entfaltung wieder aufkommt, jetzt in den Augenblicken, in denen diese Unglücklichen gerichtet werden", laut der Worte des jungen Rechtsgelehrten Santana, der zusammen mit dem Anwalt Monagas die Verteidigung übernehmen würde.

"Aber mein Geist ist voller Zuversicht, denn für euch wie auch für die Meinung im allgemeinen verwandelt sich heute die Grausamkeit in Wahnsinnsphantasien, der Schaden in Nutzen, die Perversität in Geistesgestörtheit, und wir können nicht umhin, das, was man zuvor als ein abscheuliches Verbrechen ablehnte, als das Resultat irregewordener Gehirne zu bedauern."

So sprach er feierlich während des Prozesses, indem er die Pausen betonte: "Also möchte ich, meine Herren Geschworenen, auf redliche Weise und mit klarem Verstand nach einem Prinzip von Gerechtigkeit suchen, das wie immer klar und transparent aus dem Urteilsspruch hervorgehen soll. Es ist eindeutig, es liegt auf der Hand, dass in diesem uns vorliegenden Fall ein starkbetonter erblicher Einfluss vorhanden ist, denn unter den

Angehörigen dieser Familie hat es nachweisbare Fälle von Geistesgestörtheit gegeben, und zwar in den jüngsten wie auch in den fernsten Generationen, wahrscheinlich infolge der ausgeprägten Endogamie, den zahlreichen Ehen zwischen Vettern und Basen und sogar zwischen Onkel und Nichte, was mehr als einen Fall von körperlicher Missbildung und geistiger Zurückgebliebenheit zur Folge hatte, und diese Anomalien haben zum Ende des eigenen Stammes, zum Aussterben des Familiennamens beigetragen, der bei so vielen Heldentaten unserer Geschicht eine Hauptrolle gespielt hatte."

Er fuhr fort davon zu reden, wie entscheidend der Einfluss solcher Glaubensüberzeugungen fanatischer und illuminatischer Art ist, von der Rolle, die ein solches Ausüben bei Menschen mit angeborenen Charakterfehlern annimmt; Menschen, die früher zweifellos tugendhaft gewesen waren, deren Bewusstsein jetzt aber gestört ist, denn das göttliche Licht der christlichen Religion erzeugt beim Eindringen in den menschlichen Geist Helle und Klarheit wenn sich die Person in normaler Verfassung befindet, kann aber auch umnachtende Zustände, Alpträume und Konvulsionen hervorrufen, falls der Betreffende nicht normal veranlagt ist.

Im Gerichtssaal war es mäuschenstill in jener Dienstagnacht des siebzehnten November, und nach den hitzigen Plädoyers des Staatsanwaltes zog der überzeugende Ton der Strafverteidiger die Aufmerksamkeit auf sich; die gemässigten Reden, die die irrgläubige Idee hervorheben, den Körper strafen zu müssen um die Seele zu retten, ein Prinzip der Höllenkünste, das man den Angeklagten in den Spiritistensitzungen beigebracht hatte, wo sie ein wirklichkeitsfremdes Bewusstsein erwarben, welches sie in verbotenen Bereichen, in Abgründen weilen lässt. "Erinnern wir uns doch", fuhr der Anwalt fort, "dass es in der spanischen Königsfamilie, die nach der glorreichen Proklamation des 14. April in den Hintergrund der Geschichte trat, so aufsehenerregende Fälle gab wie der von Karl II. dem Verhexten, der seine Zeugungsunfähigkeit den schwarzen Künsten zuschrieb,und deswegen organisierte er eine phantastische Aufführung, bei welcher der Satan in Person durch den Mund von besessenen Nonnen Heilverfahren verordnete, und Geisterbeschwörungen wurden veranstaltet, deren Resultat kein anderes war als von der Geschichte verspottet zu werden."

Der Verteidiger redete mit deklamatorischer Selbstsicherheit bevor er den Monolog vorläufig aufgab, um dann erneut zu erklären, dass damit die Dekadenz der einst mächtigen Nation begann; denn in die Hände von missgestalteten Besessenen gegeben, zerfiel ihr Imperium zu Gunsten der europäischen Feinde, bekräftigte er, während aus dem Hintergrund einstimmiger Beifall ertönte, und die Bereitschaftspolizei drohte, den Saal zu räumen falls man die Verhandlung erneut unterbreche, die nach dem Auftreten der zahlreichen Zeugen sowieso schon unruhig genug war, wie die Chroniken berichteten, die alles bis auf die winzigsten Einzelheiten erwähnten und die Beschlüsse des Staatsanwalts und der Verteidiger wiedergaben, um zu beweisen wie abhängig diese Mädchen vom letzten männlichen Mitglied der Familie gewesen waren, das im Alter von fünfundzwanzig Jahren starb, ohne jemals leiblichen Kontakt zu einer Frau gehabt zu haben, und wie ihn seine verkrampfte Seele dazu brachte, nach den Zusammenkünften im "Verein des Glaubens, der Hoffnung und der Brüderlichkeit" Dokumente abzufassen, als das Familienvermögen immer weniger wurde; Don Cayo Aurelio vegetierte nur noch dahin bis er beschloss, aus dieser Welt zu scheiden, wahrscheinlich verwirrt durch den Tod der Schwester, die er am liebsten hatte. Die Einzäunung mit den tropischen Pflanzen war niedergerissen, die so gute Aussichten versprachen, die Avocado– und Mangobäume, die Papayas und Chayotepflanzen, die Guavenbirnen und die Tamarinden waren am Verdorren, der Tod lag wie ein schwarzer Schleier über der

Saat, und der Salpeter häufte sich auf dem Grund des Schöpfbrunnens, an dem man vergeblich eine neue Saugpumpe angebracht hatte; der Rost zernagte die Fugen und der Eisenfresser bemächtigte sich der Antriebe unter den Kotkrusten der Wiedehopfe und Tauben. Das Leichentuch der Verwüstung liess Schlingpflanzen, Drachenbäume und Gerberas verkümmern; ein Hauch der Vernichtung breitete sich auf dem Anwesen aus, das wieder zu Brachland, zur Einöde wird, während sich die Artikel der Lokalpresse, die Interviews mit den Zeugen, die Kommentare über die verderblichen Folgen des fanatischen Glaubens und die Rückkehr zu Hexenritualen vervielfältigen.

Der Prozess nahm an Aktenbündeln zu, in welche man die Gutachten langer und sorgfältiger psychiatrischer Untersuchungen eines jeden der Familienmitglieder presste. Man notierte ihr Vorleben und ihre Antworten auf den Woodworth–Fragebogen, ihre Reaktionen auf die Tests, ihr Verhalten sowie das Ergebnis der neurologischen Untersuchungen und die klinischen Diagnosen, dazu die genauen Empfehlungen der Sachverständigen und die Akten des Protokolls, die Aussagen, die Kreuzverhöre, die Rekonstruktion der Tatsachen, den Bericht der Autopsie, die Bezeugungen der Nachbarn, die Beweiserhebungen des Staatsanwalts und die brillanten Gegenargumente der von jungen Togaträgern übernommenen Verteidigung, derer Namen für immer mit dem berühmten Fall der Spiritistinnen verbunden sein werden im Zusammenhang mit einem Prozess, der die ganze Insel in Ungewissheit schweben und bei den Zeitungen die Tinte fliessen liess und den man vierzig Jahre später erwähnen würde bei den ersten Tagungen über Hexenkunde, die vom Franco–Regime nach waghalsigen Verhandlungen erlaubt wurden. Die Presse vermehrte ihre Angriffe auf das Fehlen von Schulen, auf den ländlichen und konservativen Charakter der Umwelt, auf den Einfluss, den die Theosophischen Vereine auf sowieso schon kastrierte Gehirne ausüben, die eine strenge und viel Aufhebens machende Religion erlebt haben, welche die Menschen dazu bringt, als gut hinzunehmen, dass man auf Erden allerart Entbehrungen durchzumachen hat um in den Himmel zu kommen.

So entfesselte sich ein hartnäckiger Feldzug gegen die Anstifter, gegen die Ausbeuter schwacher Gehirne. Die erbittertsten Diskussionen lösen sich ab, und einem Chronisten gelingt es, die Briefe abzudrucken, die der junge Jacinto an seine Familie schickte, als er den Wehrdienst beim Artillerieregiment auf La Isleta ableistete. In diesen schreibt er, dass er grosse Traurigkeit verspüre, weil er von den Seinen getrennt ist, aber "die Erinnerung an meine innigst geliebte Mutter und an euch, meine Schwestern, ist als würde eine unsichtbare und mysteriöse Freude in meinem Herzen sprechen und meine Gedanken mit lichten Wellen erleuchten, die in meinem Gehirn auf und ab gehen und auf meinen Lippen enden. Ich wollte, die Schwingungen würden zu eurem Gehör gelangen und ich könnte sie mit Feuer in eure Herzen einprägen." Explosive Briefe, in welchen Jacinto denjenigen gegenüber seine ganze Liebe zum Ausdruck bringt, die seine Rechtschaffenheit, seine anständig Männlichkeit, sein respektvolles Pflichtbewusstsein und seine Treue vergöttern. Nicht umsonst war er der "beschützende *Spiritus rector* der Materie", der sich gern zu nächtlicher Stunde am Strand herumtrieb, wo er hunderten von vagabundierenden Geistern begegnete, die sich ihm in ihrem natürlichen Zustand offenbarten, sogar in den Algenwedeln, die die Flut hinterlässt, und in den Wassertümpeln und zwischen den Klippen, wo die Fischer Napfmuscheln und Tintenfische holen; büssende Geister, die ihre Schuld im Aufstieg zu den Regionen sühnen, wo die Luft nach Wachsblumen riecht und die reinen Wesen sich an glückseligen übernatürlichen Visionen ergötzen.

Es redeten die Chronisten davon, dass einige gewissenlose Emigranten die Theorien des Wodu und der Macumba, der afrikanischen Kulte eingeführt hatten, die auf den Antillen Wurzeln fassten. Von dort waren sie durch Leute mitgebracht worden, die auf der Insel den Samen des falsche Glaubens ausstreuten, weswegen die Urheber des Übels bestraft werden müssen: all jene, die solche Menschen verderben, welche zweifellos keinen Realitätsbegriff haben und sich in derartigen Sitzungen vom Wahnsinn haben anstecken lassen und ihre dämmernde Schizophrenie an den Tag legten, wie die Strafverteidiger in jenem Novembermonat in Erinnerung brachten. Sie wiesen ausdrücklich darauf hin, dass keine der beinah zweihundert Wunden an Ariadnas Leiche allein genügt hätte, um den Tod herbeizuführen, da sie nicht tief waren und durch die Autopsie bestätigt wurde, dass Schädel, Brustkorb und die empfindlichen Weichteile kaum verletzt waren, was zeigt, dass keine tötende Absicht, keine vorbedachte kriminelle Arglist bestand. So war es doch gar nicht möglich, das sich unter solchen Umständen der Wille zu einer Straftat geäussert hätte. Keineswegs kann also in diesem Fall, wie der Herr Staatsanwalt verlangt, der Artikel 515 des Gesetzbuches, der sich auf die Bestrafung eines Mordes bezieht, angewandt werden. Gleichfalls ist die Anklage des Verwandtenmords laut Verfügung 521 unseres gültigen Strafgesetzes abzulehnen, denn das würde das Urteil nur noch verschärfen, da sie sich auf Bluttaten gegen Vater, Mutter, Kinder oder irgendeinen ehelichen oder unehelichen Blutsverwandten bezieht. Wir müssen deswegen darauf bestehen, weil der Tod infolge des extremen Schwächezustandes eingetreten ist, in dem sich Ariadna befand und sie unter dem Einfluss der Aufregung gestanden hatte, die unmittelbar nach den Kommunikationen mit Jacintos Geist die ganze Familie beherrschte. Diese hatte nur Kräutertee und Blütenwasser zu sich genommen, weil der Geist des Toten es so geraten hatte, denn in den Augen der höheren Wesen sind feste Nahrungsmittel abzulehnen, weil sie dazu beitragen, die körperliche Hülle in einen verwesenden und der Materie unterworfenen Zustand zu versetzen.

Also war der Tod infolge der beträchtlichen Anzahl von Verletzungen eingetreten, die im Sinne der Angeklagten jedoch keine solche waren, sondern eher eine Hilfe, damit der böse Geist von seiner Beute ablasse, sagte Señor Santana, Doña Josefas Anwalt, der mit der Erklärung fortfuhr, es sei in diesem Zusammenhang einleuchtend, dass die Glaubensüberzeugungen, unter deren Einfluss die Familie stand, in der Natur ihrer geisteskranken Art, in der seit vielen Jahren gemeinsamen Neurose liegen. Zudem war Jacintos Schizophrenie nachweisbar. Diese Krankheit konnte bei ihm schon seit der Pubertät latent gewesen sein, und er hatte sie in der Nacht des fünfundzwanzigsten April auf seine Familienangehörigen übertragen, als es ihnen schliesslich gelang, sich zwanzig Tage nach seinem Tod mit seinem Gespenst in Verbindung zu setzen, während der Séance, die noch drei weitere Tage dauerte und sie in eine offensichtliche psychische Ansteckung hüllte, in einen provozierten Wahnsinn, der sie dazu brachte, sich des Schadens, den sie verursachten, gar nicht bewusst zu werden. Ariadna selbst war es gewesen, die als erste um "Hilfe" bat, von dem bösen Einfluss befreit zu werden, der in der Nacht vom 27. zum 28. April auf ihr lastete, nur wenige Stunden bevor sie starb.

Die gute Absicht war also der ausschlaggebende Faktor gewesen, der Franciscas Verhalten und das ihrer Schwestern bestimmte, denn bewiesen ist, meine Herren Geschworenen, dass das Verbrechen die unvermeidliche Folge einer irrsinnigen Leidenschaft ist. Andererseits zeichneten sich die Van der Walle schon von jeher durch ihre Rechtschaffenheit und Güte, ihren religiösen Charakter, ihre sittenstrenge Zurückhaltung, ihre tadellose Moral und ihre wohltätigen Werke in Zeiten der Missgeschicke aus, sei es bei der Dürre, bei den Heuschreckenplagen, in Hungersnöten, während der Typhusepidemie und dem nachfolgenden Elend.

Der Anwalt fuhr fort zu betonen, dass der verderbliche Einfluss dieser Sitzungen ein Beispiel sei von Hirngespinsten und Halluzinationen in sowieso schon missgestalteten Seelen, die man mit Verwünschungen von den Wesen aus dem Jenseits und der Apostel schliesslich noch vollends zugrunde richtet.

"Und dazu muss ich noch folgendes sagen: Es ist bekannt, dass der psychotisch Kranke in seinem Kontakt mit der Aussenwelt vibriert, sich der schizophrene dagegen um seine innere Welt dreht, um ein inneres Licht, das er sich selbst ersinnt, um ein Delirium, das Schreckensvorstellungen aufkommen lässt."

Er hielt einen Augenblick inne, breitete die Arme aus, räusperte sich und trank einen grossen Schluck Wasser bevor er weiterfuhr mit der Erklärung, dass derartige Zustände in den von solchen Menschen ausgesprochenen Sätzen eine grosse Zusammenhanglosigkeit der Ideen offenbaren und dies die Äusserung der dunklen Innenwelt ist, in der sie leben, des Reiches des Wahnsinns, das das ersetzt, was vorher liebevolle und sanftmütige Beziehungen gewesen waren. Bei ihrem Geisterkult hatten sie nur Kräutertee, Blütenwasser und Gin zu sich genommen und das Haus mit Weihwasser begossen, um die bösen Schatten zu verscheuchen, wobei sie die Anweisungen von Jacintos Stimme befolgten, damit er nicht in den Kerkern des Fegefeuers büsse, denn die Geister würden es schon übernehmen, sie zu laben und zu erfreuen.

"Schliesslich handelt es sich um eine fromme und musterhafte Familie, die für ihre Handlungen nicht verantwortlich ist und eher Mitleid erweckt und zur Ausübung christlicher Nächstenliebe anregt statt ihr Verhalten nach dem zu beurteilen, was im Gesetzbuch steht."

Der Verteidiger war schwungvoll aufgetreten, ganz in seiner Rolle, die acht Geschworenen zu beeindrucken, und dann hatte er das lateinische Prinzip des *nullum crime sine culpa* zitiert, durchaus klar, meine Herren, denn das Handeln aus freiem Willen stellt das anregende Element dar, auf dem sich die strafbare Tat begründen muss. Und da laut den Urteilen des Obersten Gerichts –man sehe ein erst kürzliches vom elften Oktober 1928– Wille gleichwertig ist mit Arglist oder Absicht, so stellt diese das subjektive Element dar, das der vorsätzlichen Absicht gleichkommt. Es ist hier, so sagte der Anwalt Señor Monagas, von Bewusstsein die Rede, und wir wissen, dass diejenigen, die auf der Anklagebank sitzen, und ganz besonders meine Verteidigte Francisca, kein solches haben und jeglicher kriminellen Zurechnungsfähigkeit entbehren, da sie sich in geistesgestörtem Zustand befinden, in völliger Verwirrung ihrer geistigen Fähigkeiten, in einer tiefen, intensiven und dauernden Störung krankhafter Ursache.

"Und aus all diesen Gründen muss das Urteil auf Freispruch lauten", er blieb mit vor den Köpfen der Geschworenen erhobenem Zeigefinger stehen, "denn wir haben es in diesem Fall mit Schuldausschliessungsgründen zu tun. Ich beantrage also, dass Doña Josefa und Francisca in eine psychiatrische Anstalt eingewiesen werden solange ihre Bewusstseinsstörung anhält, deren Dauer im Augenblick nicht bestimmt werden kann, und dass sie die Heilanstalt nicht ohne offizielle Erlaubnis verlassen dürfen. Was die beiden Mädchen anbetrifft, so müssen Schutzmassnahmen für sie getroffen werden, da sie noch unter sechzehn sind; es wäre daher ratsam, jemandem ihre Vormundschaft anzuvertrauen."

Enrique López sitzt im Wartezimmer des berühmten, bereits pensionierten Anwalts, der nur noch ins Büro kommt, um in besonders schwierigen Angelegenheiten zu beraten und sich rentableren Fällen zu widmen: zum Beispiel die Auseinandersetzungen zwischen Immobilienmaklern, die Vertretung deutscher Investmentgesellschaften, Berater im Rechtsstreit des Herrn Grafen mit dem Rathaus im Süden, wo das Chaos von

Schwimmbädern, Einkaufszentren, Nachtlokalen, Yachthäfen und künstlichen Stränden entstanden ist.

Das Tonbandgerät bereit und einen Fragebogen, auf dem die dunkelsten Punkte angeführt sind, die damaligen Schlagzeilen der Presse, konkrete Abschnitte der Darlegungen und Gegenreden des Staatsanwalts, jenes untersetzten Mannes von der Sozialistischen Gewerkschaft, der sich jedesmal empört hatte, wenn die angeklagten Frauen behaupteten, dass immer dann, wenn eine Seele zum Vater aufsteigt, die *Marcha Real*[27] im Himmel zu hören sei, und der Gerichtsdiener hatte geblinzelt und das Gesicht des Anklägers war rot angelaufen, während die jungen Anwälte schmunzelten und der Amtsschreiber seine Niederschriften machte.

Enrique wartet auf der anderen Seite der Zwischenwand, wo er das Summen der Klimaanlage und die brüchige Stimme des angesehenen Rechtsanwaltes vernimmt, der es während der II. Republik zum Stadtrat für Versorgungswesen gebracht hatte, aus dem Schwarzhandel der vierziger Jahre seinen Profit zu machen wusste und heute als Belohnung für seine kluge Vorausplanung die Huldigungen seiner Mitbürger entgegennimmt, denn er hatte das masslose Wachstum der kleinen Stadt angespornt, die sich bald über die Hafenstrasse hinaus erstreckte, wo er Anlegebrücken und Hotels und ganze Viertel am Rand des Strandes der ruhigen Gewässer hatte bauen lassen und Uferpromenaden und Schnellstrassen an dem enormen, dem Meer abgewonnenen Streifen entwarf; der weitsichtige Mann hatte die strategischen Grundstücke für sich zu reservieren gewusst und sein Prestige geschaukelt nach dem durchschlagenden Triumph im Fall der Spiritistinnen des Jahres dreissig, als er dem Staatsanwalt geschickt widerlegt hatte und ihn dann später

---

27. alte span. Nationalhymne (d. Ü.)

anlässlich des Aufstandes anzeigte, den der Generaloberst Francisco Franco am Nachmittag des 17. Juli 1936 in den Nebenräumen des Hotel Madrid vorbereitete, kurz bevor er vom Flughafen Gando aus nach Marokko abflog. Der hinfällige Gewerkschaftler, nur noch eine menschliche Ruine, endete in der im Lazarett improvisierten Strafanstalt und wurde an einem frühen Morgen des Monats November 1936 auf dem Truppenübungsplatz erschossen, während er die Republikanische Hymne anstimmte. Dies geschah nur fünf Jahre nach dem Prozess der Spiritistinnen, und unterdessen verwirklichten der junge Anwalt und die besten Strafrechtler der Universität in Madrid ihre literarischen Neigungen bei der Redaktion der neuen Zeitung der Staatspartei *Falange*, die man auf den Trümmern der sozialistischen Tageszeitung gegründet hatte, welche vom ersten Augenblick an beschlagnahmt worden war.

"Nur ein halbes Stündchen. Sie müssen verstehen, dass es den Herrn ermüdet, und ausserdem hat er um zwölf eine Verwaltungsratssitzung", sagte die Sekretärin, als Enrique schon durch die Tür trat und vor der Hoffnung des Forums der Insel steht.

"Guten Morgen, junger Mann. Nehmen Sie Platz."

Kapitel zehn

Die Hexen

> In der Kabbala heisst es: Nichts verschwindet
> vollkommen; was wir tot glauben, hat nur den Ort ge-
> wechselt.
>
> *Carlos Fuentes*

"Einen Whisky bitte."

Enrique bestellte selbstverständlich einen *Hundred Pipers*
ohne Wasser und ohne Eis. Raquel zögerte einen Augenblick
bevor sie sich für einen Gin Tonic entscheidet. Es ist kurz nach
acht und die Terrasse vom "Derby" ist bereits gestopft voll von
schweigsamen Touristenpärchen, von Strandanbändlern mit ihren
Rayban–Sonnenbrillen und den Kellnern in weissen Jacken.

"Es ist schon der dritte, du wirst bald einen sitzen haben",
sagt das Mädchen, als man die Getränke bringt. Er beginnt
langsam zu nippen und sie steckt sich eine Zigarette an.

"Man muss das schöne Leben nutzen, Schatz." Er legt ihr
den Arm um die Taille. Es nähert sich der Schuhputzer, der gleich-

zeitig auch Lotterielose verkauft. Die Cliquen, die von den Kegelbahnen von Ripoche kommen, ziehen vorüber. Die Gaffer stehen bei den Zeitungsbuden und den Verkaufsständen marokkanischer Lederwaren.

Ein Labyrinth von engen Strassen, die sich bei der Strandpromenade von Las Canteras kreuzen, dem Stadtviertel der Hotels, der Diskotheken, Basare, Juweliergeschäfte und Souvenirläden längs des Strandes aus hellem Sand, das Aufblitzen der Neonlichter in der Nacht, die so lau und sinnlich ist wie der Atem dieser warmen, klebrigen Brise, die von La Barra kommt und sich über den Terrassen der Cafeterias und den Verkaufsständen mit den Palisander– und Ebenholzfiguren bläht, entlang der in orangenfarbenes Licht getauchten Promenade; das Neon, das die Schlaftrunkenheit der Bürgersteige zersplittert, während die Inderläden der Albareda–Strasse die neueste Ware zur Schau stellen, um die von den frühen Morgenstunden an gefeilscht wird. Und jetzt kommt die Abenddämmerung in blauen Schleiern, die schon lila und malvenfarben werden.

Enrique betrachtet eingehend seine Begleiterin: die Kaskade ihres Haares, die grossen Augen, der Mund mit den vollen Lippen, die hohen Wangenknochen, die das Oval des Gesichtes markieren, die Finger, die mit dem Trinkglas spielen und wieder eine Zigarette anzünden, in die dichteste Kalme des ewigen Frühlings gehüllt. Die Insel ist ein Aufeinanderfolgen von kleinen Buchten und Untiefen, vor denen man zu grossartigen Fängen von Marachen[28] und Thunfischen kommt, die man an Bord der Touristenyacht vorzeigen kann, auf welcher der Whisky nicht aufgehört hatte zu fliessen seit sie sich einschifften, bis sie dann jene Spitze zu sehen bekamen, die zwischen El Inglés und Maspalomas wie ein Kiel ins Meer hineinragt, wo es schon

---

28. eine Haiart (d. Ü.)

immer einen Nudistenplatz im Schutz der Dünen gab, zwischen der spärlichen Vegetation dieser transplantierten Wüste aus blendendem Sand, der vom Schirokko über die 220 Kilometer mitgerissen wurde, die die Insel vom afrikanischen Kontinent trennen, über die Ozeangräben hinweg, welche die Zugänge zu Atlantis sind, denn so erklärt es Professor Andrei Arkadyevich, wobei er von den fotografischen Aufnahmen von Stufen und Zyklopenmauern ausgeht, die sich in siebzig Meter Tiefe befinden, beinah in senkrechter Verbindungslinie mit Madeira, wie der Vizedirektor vom Ozeanographischen Institut der Wissenschaftlichen Akademie der UdSSR zu beweisen glaubt, nachdem Vladimir I. Marakuyev mit einer Unterwasserkamera den "Ampere Seamount" auskundschaftete, ein Unterseevulkan, der 1977 von einer Expedition erforscht wurde, die Steinmassen von enormen, rechteckigen und abgerundeten Dimensionen entdeckte, welche zu uralten Konstruktionen gehören könnten und somit endlich Platon mit seiner Hypothese des Kontinents recht geben, der deswegen versank, weil seine Bewohner Zeus herausgefordert hatten.

Enrique wiederholt seine Lieblingsgebärde: Er führt den Zeigefinger an den Backenbart und streicht sich das Haar im Nacken glatt, während Raquel sein langes hageres Profil, die braunen Augen und die Finger betrachtet, die mit den Autoschlüsseln spielen, das goldene Feuerzeug, das seine schlanke Flamme ausstrahlt damit sie die Zigarette anzündet und den Rauch einzieht. Er hatte den Kopf gedreht, um nach den beiden Blondinen im Hintergrund zu sehen, aber schon kommen deren Begleiter an; schrecklich, diese Kleinen, die schon angebändelt haben, denn der Rest besteht aus halblahmen ältlichen Damen, die nur von den Hoffnungslosen aus dem "Astoria", dem "Tam–Tam", dem "Barbarossa" und den anderen Lokalen belagert werden, wo man im nächtlichen Lichtertaumel Whisky aus dem Destillierapparat vorgesetzt bekommt. Die Eiswürfel zergehen schon auf der Zunge, jetzt, wo der laue Wind aufkommt.

"Warum gehen wir nicht woandershin?" fragt das Mädchen.

"Sofort. Gehen wir in meinem Hotel einen trinken."

"Hör mal, was stellst du dir denn vor? Ich meinte, wir könnten zum "Don Juan" hinaufgehen, von der Terrasse aus kann man die ganze beleuchtete Stadt sehen, ein herrlicher Blick." Und schon hoffte er, sie nackt unter seiner Haut zu besitzen, ihre hohen Brüste, ihre gut geformten Hüften, diese elektrische Haut, die unter seinen Lippen vibrieren wird.

Ein riesiger Mond deckt den milchigen, mit winzigen Sternen übersäten Himmel: Lichtnadeln und –splitter ergiessen sich in die Bucht, in die Konvulsionen der von Docks und Hafenbecken eingeengten Gewässer, und ein Gewirr von Männerstimmen füllt die Kneipen von Andamana. Der Fahrstuhl bringt sie beide hinauf zur höchsten Stelle des Zylinders aus Glas und Aluminium. Auf der Terrasse im fünfundzwanzigsten Stockwerk stimmt eine Gruppe von Musikern ihre Instrumente vor den Pärchen, die sich im Schein roter Kerzen unterhalten. Enrique und Raquel beginnen mit dem Rundgang, der ihnen die Kais offenbart und dann die Avenida mit der Reihe von Zwergpalmen in der Mitte, die Mietskasernen von Schamann hinter den Mauern vom Benito–Pérez–Galdós–Platz, ein ganzes Stadtviertel, dessen Nomenklatur der Verherrlichung des Gedenkens an den Novellisten gewidmet ist, der sich laut der Legende den Sand von den Stiefeln abschüttelte als er die Insel verliess, um nie und nimmer an die afrikanischen Omen des Himmels von Tamarán gebunden zu sein; dort die rationalistisch berufene Gartenstadt, hier unten die Niederlassungen der englischen Banken, die Endhaltestelle der Strassenbahn, die durch Arenales die einst kleine Stadt mit ihrem Hafen verband, dort der Sportsektor, wo sich die Yachten ausländischer Flaggen einfinden, die erfahren sind im Einführen von Haschischladungen von der Küste Casablancas und, nachdem sie die hiesige Ware verteilt haben, im Schutz der straffreien Strömungen ihre Reise nach Florida fortsetzen.

"Es ist schon ein Wunder, auf diesen Felsen zu bauen, wo die Autobusse die Steigungen emporkeuchen und kein einziger Baum steht, meinst du nicht auch?" sagte Raquel beim Hinunterschauen auf die Stadt, die immer weiterwächst und sich selbst verschlingt, die grossen Häuser im Kolonial– und Jugendstil dem Erdboden gleichmacht, nur schmale Durchgänge für ihre Strassen lässt, die Palmenbestände fällt, denen sie ihren Namen verdankt; die Stadt, die von den Mulden Besitz ergreift, welche sich zwischen kahlen Bergen im Zickzack dahinschlängeln, die ihre Ruinen wieder aufbaute nach den fortwährenden Invasionen und der Plünderung und Verwüstung der Klöster, der verlorengegangenen Archive, der ewig unvollendeten Kathedrale, der Ebenen von Nutzland und Mühlen und der Mauerreste, die sich bei Mata hinaufziehen, und der Handelswaren, die sich um die Schlucht von Guiniguada stapelten, und der Gassen, die sich während der Oktoberregen in Morast verwandeln, das Geläut der Glocken und die Leichenprozessionen mitten in der Nacht, das gemächliche Vorbeiziehen der zweirädrigen Planwagen mit ihrem Geholper, die Laienbruderschaften und die Ketzerverbrennungen auf dem Platz von Santa Ana, die Höhlen unter dem Hügel von San Francisco, wo Huren und Falschspieler ihren Unterschlupf haben, das Hospital der Räudigen, der von Elephantiasis Befallenen und der unheilbar Aussätzigen, die Fischerhäuschen am Bootsplatz, die Feuchte der Dünung, die sich wie eine Zange an die Körper klemmt in jener Stadt der achthundert Häuser, die entlang dem Hohlweg hinaufklettern, den die sie beherrschenden Hügel und die meerumspülten Klippen freilassen, die Felsen und Riffe gegenüber dem Baumbestand von San José; wehrlose Stadt, denn sie ist nur von ein paar Schanzen und einer Mauer mit zwei Bollwerken an den Enden beschützt und konnte wegen der geringen Stärke ihrer Positionsgeschütze, Strandkanonen, Falkonetten, Büchsen, Arkebusen, Musketen und bereits unbrauchbar gewordenen Minen die Landung der Seeräuber nicht verhindern, denn das Salz der See hatte sich in den Gelenken der Waffen angesetzt und liess eine krustige Rostschicht wachsen, die die Abzüge zerfrass und den Unterbau von Festungstürmen und Zinnen zum Einstürzen brachte. Von blinden und humpelnden Bürgerwehren beschützte Stadt, die, weil sich in ihr die Hauptkirche und das Inquisitionsgericht und der Königliche Gerichtshof befinden, die Hauptstadt des Königreiches der Kanaren ist; die Stadt dunkler Menschen und steinenerWände gleich einer Bastion aus Sand.

"Weisst du, was ich glaube? Dass es eine absurde Stadt ist", sagte Raquel, auf das Metallgeländer gestützt, das sich dreht und dreht. Man kann wie ein Kreisel auf der Terrasse weiterdrehen, während man über sich den schwarzen Himmel sieht und unten die schmutzige Fläche der Bucht, auf der dieser Mond in tausend Scherben zerbricht, auf diesen Gewässern, die die Kloake einer Stadt sind, welche man in aller Eile errichtet hatte, um ihren miserablen Ursprung zu begraben; die Stadt, die von Räucherwerk stinkt, um den bösen Blick zu verscheuchen und auch das Übel vom Wissen anderer möglicher Welten, dort, wo der Horizont eine dünne Linie ist, die Grenze der Höllen.

Die Stadt der Büssereien und Scheinheiligkeiten,der Kirchen und Bordelle, in deren Umgegend es keine Seltenheit ist, dass man umgehende arme Seelen und Irrlichter zu sehen bekommt, durch die Ausströmung der Leichen verpesteter Hunde hervorgerufen, die man aus dem vornehmen Viertel von Vegueta ausgestossen hat, wo die Bischöfe und wappenbesitzende Statthalter, Gerichtsbeamte und Majoratsherren wohnen. Flache maurische Stadt, rittlings auf den Riffen, mit der Hauptstrasse Triana, wo es von Gemüsefrauen wimmelt, die Koriander, Petersilie, grüne Paprikaschoten und dicke Radieschen anbieten, wo die Meeresfrüchtehändlerinnen Miesmuscheln, Klaffmuscheln, Napfmuscheln, Meerschnecken und Seeigel vorzeigen, und die zahnfleischlosen alten Weiber frisch geröstetes Maismehl und hausgemachtes Backwerk aus Mandeln und Zucker ausrufen und sich ihre Stimmen mit dem Geschrei der Betrunkenen und der Dirnen und der närrischen Bettler vermischen, die eine Rumfahne haben.

Die von Gesundbetern und Wunderheilerinnen verhexte Stadt, die mit Frühmetten erwacht und mit Gebeten gegen das Malefiz des Gelbfiebers und andere Plagen schlafen geht; die Stadt der Strassenbahn und der neuen Verkehrsadern, der elektrischen Beleuchtung und der Krönung der Zwillingstürme der Kathedrale, der Apotheken und Barbierstuben von La Plazuela, der Hospitale und der Alleen; die Stadt der steinernen Wasserspeier, der trockenen Brunnenbecken, der Fassaden und Balkons, der Innenhöfe und Galerien, der Glocken und der Spelunken bei der Schlucht, die einst Fluss gewesen ist.

Fünfzig Jahre später führt also ein Feldweg von El Goro nach Juan Grande, zwischen Aguatona, Sardina, Vecindario und Doctoral, wo es eine eigentümliche Art von Heilerinnen gibt, die imstande sind, sich drei Elemente zu Nutzen zu machen: das Salz als Sediment des Tiefgründigen, den Weihrauch als orientalischer Duft und den Schwefel zur Teufelsbeschwörung.

So gelingt es ihnen, den Bann der Verhexung zu brechen, die sich über den Kandelaberkakteen und den Wolfsmilchpflanzen sträubt und die Erde über den sowieso schon brackigen Tiefbrunnen aufwirbelt; diese zwischen Himmel und Erde schwebende Wüstenstaubschicht ist der *maljecho* –das Unheil–, das die Brüste der frisch entbundenen Frauen schröpft und die reifen Feigen zerquetscht und wie ein Spinnwebennetz die Wege zwischen den elenden Hütten verwischt.

"Severinita kann euch nicht empfangen, denn sie ist erst um fünf Uhr morgens todmüde schlafen gegangen, nachdem sie Dutzende von Kranken geheilt hat, die von Agaete und Fonta-

167

nales, vom Tablero und von Fataga gekommen sind, und sogar aus der Hauptstadt und von Tejeda; unschuldige Leute, denen rücksichtslose Seelen etwas Schlimmes an Geist oder Körper angetan haben, sie im Kopf oder in den Eingeweiden verdrehten", sagt Balbina, die Magd, die die Geschenke, sei es in Form von Geld oder Naturalien, entgegennimmt.

Seit Freitag früh strömt die Menschenmenge zusammen, während Severinita ihre Gebete verrichtet und die Winkel mit Weihwasser bespritzt, bevor der vierunddreissigjährige Mann hereinkommt, der mitten in der Nacht aufgewacht war, Blut aus dem Rachen ausgestossen und wie ein Kind geweint hatte, weil er etwas Heimtückischem zum Opfer gefallen ist, und seine Frau hatte ihm als erstes einen Kübel Wasser über den Kopf geschüttet damit er sich beruhige und ihn dann in eine Decke gehüllt; ein wahrhaft dringender Fall, denn dieser Mann will sich das Leben nehmen und seine Kinder mit dem Messer aufschlitzen, das er im Lagerhaus gebraucht.

"Mein Sohn, vor acht Tagen hat man dein Foto im Mist vergraben. Ein Kollege, der dir übelwill, hat es gestern nachmittag bei Sonnenuntergang aus dem Dunghaufen genommen und sieben schwarze Stecknadeln in deinen Kopf gestochen. Dann hat er das Foto in Plastik eingewickelt und mit nach Hause genommen. In der vergangenen Nacht hat dein Feind es unter seinem Kopfkissen gehabt und darauf geschlafen."

So redete die Frau gegenüber vom Hof Grundstück mit wucherndem Gestrüpp, das keinen Schatten spendet und wo schon seit den frühen Morgenstunden die Leute zusammenlaufen, bis Balbina verkündet, dass sie am Dienstag wiederkommen sollen, dass die Gesundbeterin müde sei, dass das Rheuma sie plage und sie in solchem Zustand keine Macht habe über die Wesen, die man durch böses Tun gegen diese Männer und Frauen zusammenberufen hatte. Von der ganzen Insel sind sie gekommen, gleich Wachsfiguren im feuchten Morgenwind und unter der sengenden Mittagssonne, schweigende Menschen, unter denen eine Flasche Rum die Runde macht, und hinterher werden sie Balbinas Kaffee trinken während Severinita sich um ein sieben Monate altes epileptisches Kind kümmert, kurz bevor Isabelita, die vom Carrizal hereinkommt; sie ist von einem Eierstockleiden befallen, das sie schon um drei Schwangerschaften gebracht hat. Und jener so ernste und gut gekleidete Mann mit einer Armbanduhr, die aus Gold zu sein scheint, mit Brille und Handköfferchen, der im Büro einer Bank in der Strasse Fernando Guanarteme angestellt ist: Man will mir sieben Millionen, die in den Bilanzen nicht stimmen, in die Schuhe schieben, ich werde Sie entsprechend bezahlen. Mein Sohn, ich tu das nicht des Geldes wegen sondern um Christus zu dienen, lass also deinen Geist zur Ruhe kommen und schau auf diese Lampe und bete ein Vaterunser indes ich dein Schicksal lese. So, ein bisschen einnicken, die Knoten in deinem Gehirn entwirren, die Nerven von der Schwärze säubern, das Gift von deiner Stirn lösen, konzentriere dich während ich das Zeichen des Kreuzes über diesen Karten mache. Ich sehe ganz deutlich die Priesterin, hier kommt das Glücksrad, dort marschiert der Erhängte, und jetzt geht der Mond auf mit seinem tückischen Lächeln, teile die dreiunddreissig Karten in drei gleiche Häufchen, heb ab, mein Sohn, der Teufel geht am Einsiedler vorbei, jetzt die Kaiserin mit ihrem Gefolge; mein Sohn, du wirst gesunden, die Sache wird sich klären.

Eine Hundeschar tummelt sich bei den Ställen. Hinter den Böschungen wird die Landschaft klarer. Die Hunde wühlen an den Ecken, aus denen schlammiges Wasser sickert, und sie lecken die dicke, grünliche Flüssigkeit. Moos quillt aus den Rissen, und die Sonne hüllt die Saatfelder und das Staubecken ein, wo man das aus den Tiefbrunnen heraufgeholte Wasser aufbewahrt. Die Hitze ist wie ein Fausthandschuh über den Hütten, in denen siebzig Familien Unterschlupf gesucht hatten, als sie mit ihren abgemagerten Ziegen, mit ihren Kindern und ihren paar Hühnern aus den Bergen zur Zuckerrohrernte heruntergekommen waren und sich um die am besten erhaltenen Hütten stritten und mit leeren Zementsäcken die Löcher abdichteten, die verstopfte Latrine freimachten und sie für die Frauen mit Schilfrohr umzäunten, denn die Männer machen sich kaum etwas daraus, ihre Bedürfnisse auf festem Fuss vor dem Wind und den Nestern grüner Fligen zu verrichten.

Der zentrale Höhenrücken ist ein violettes Profil dort oben, im Reich der heiligen Felsen von Acoran und Guayot, und auf diesen fahlgelben und stumpfbraunen Höhen wiederholt sich jedes Jahr das Fest der Früchte, die nach Rotterdam und Southampton abgehen, und man träumt von der Vermehrung der Tomatenkörbe in der Landschaft, von genau stimmenden Waagen des Arbeitgebers, von der Aufbesserung der von Frauen und Kindern geleisteten Arbeit, vom Versprechen, im nächsten Jahr anzupflanzen, obwohl der Tiefbrunnen der Negerschlucht kaum ein dünnes Fädchen Wasser von sich gibt und man uns den Anteil beschränkt, denn das Leben ist eine Mausefalle für die Pächter im Süden; von Jahr zu Jahr werden sie mehr verdrängt, sie werden wieder nach Temisas zurückkehren müssen, um mit Käse und mit den Früchten zu handeln, die sie auf ihren winzigen Grundstücken ernten. Mütterchen Severinita, gebt mir etwas für den grauen Star und für den Magen, ich spür so was wie einen Prankenhieb hier unten, die Nächte verbring ich unruhig, die Heilmittel aus der Apotheke helfen nicht und der Arzt von der Versicherung will von armen Leuten nichts wissen, nur eure gottvolle Hand ist die Rettung.

Von ihrem hochlehnigen Stuhl aus sieht sie die Leute aufmarschieren, hört ihr Schluchzen in der Mittagshitze, spürt wie der Wirbelwind über die Ebenen fegt, die unbepflanzt geblieben sind.

"Am Ende des Tunnels ist ein silberner Spiegel, und das ist ein gutes Zeichen, denn im Januar wird ein Regen kommen,

170

der die Talsperren oben in den Höhen füllt. Bis dahin sollen sich die Männer auf dem Dreschplatz versammeln und die Frauen und die Kinder in der Kirche einschliessen, bis die Grundbesitzer die Feldbestellung unterschreiben, aber das behalte als Beichtgeheimnis, mein Sohn, sag es nur denjenigen, die mit dir einig sind. Und nun geh mit Gott, und der Herr mit dem Handköfferchen soll hereinkommen."

"Ich glaube schon, dass einem solche Leute einen schlechten Schatten werfen können", meinte Raquel. Sie fuhren über die Wege von Vecindario und wirbelten eine Staubfahne hinter sich hoch.

"Und ich werde dir noch etwas sagen: So was tun sie alle Tage. Und hinterher muss man dann zu einer anderen gehen, die einem wieder davon befreien kann."

Enrique achtete auf die Hindernisse des Weges. Hier wandeln Schattenwesen umher, die sich einstellen um das Licht zu empfangen, das Nahrung ist an diesem, der Austrocknung des Kontinents zugewandten Ufer, von wo einst Menschengruppen gekommen waren, die weder Vokabeln noch Schrift besassen, Geschöpfe, welche nur Knochenreste und Haufen von Muschelschalen in den verborgensten Felsspalten hinterlassen haben.

"Weil sich die Leute allzuviele Versprechungen haben anhören müssen, verlassen sie sich nur noch auf die Gesundbeterinnen und die Geister", sagt Raquel, und Enrique fährt langsam und versucht, den Steinen auszuweichen. Die als Windschutz dienenden Bäume biegen sich wie Guaydilsträucher am Küstenstreifen, wo Autobahnen angelegt werden damit die Ausländer schnell zu ihren Swimmingpools und ihrem Solarium kommen, die Nordländer, die nach dem fünften Rausch am Herzinfarkt sterben. Die Insel ist eine unendliche Blase aus spottbilligem Whisky, und deswegen kann man in den Zeitungen lesen, wie Körper gefunden werden, die vom verhexten Wind erwischt wurden, kräftige Mannsbilder, die sich mit aufge-schwemmten Whiskybäuchen aus dem Fenster oder in die Schwimmbecken stürzen.

"Es wäre doch merkwürdig, wenn uns bei einer Séance mit dem Glasrücken auf dem magischen Brett Ariadna erscheinen würde", sagte Enrique "Wollen wir's versuchen?"

"Ich kann dir schon im voraus sagen, was sie uns mitteilen wird: 'Ich bin glücklich. Es musste sein, ich wollte dass sie meine Materie verletzten und Jacintos Geist endlich ins Paradies auffahre. Die zweihundert Stiche sind wie zweihundert Küsse von meinem Bruder gewesen.' Und zum Abschied würde sie darum bitten, dass niemand in der Vergangenheit wühlen soll, denn es gibt deswegen kein Grab von ihr, weil ihre Knochen von den Hexen aus dem Süden zusammen mit dem Staub der Kreuze am Weg zerrieben wurden, und damit hatten gebärmutterlose Frauen entbunden, hatten die Tagelöhner in der Lotterie gewon-nen und waren die zügellosen Männer wieder heimgekehrt. Paff! Die Kommunikation ist abgebrochen."

Sie fuhren quer durch die Insel, von der einen Seite zur andern. Die Gipfel der zentralen Bergkuppe sind wie der stachelige Rücken eines Unterseereptils. Sie kamen in Lugarejo an, nachdem sie einen Weg hinter sich gelassen hatten, dessen Erde bei Tamadaba von der Erosion weggespült worden war.

"Die Seelen reden mit mir, damit ich sie entlaste. Wenn ich am Nähen oder am Waschen bin, dann spüre ich so etwas wie ein Licht, ein kleines Wesen, das nach mir ruft. Es ist nicht der Körper der Person, denn dieser verfault bis zum Jüngsten Gericht. Es ist wie ein heller Schein", sagt die alte Frau neben dem Nachttisch mit dem Standbild des Herzen Jesu; Cha Josefa, die sich in den Kissen verzehrt, den Kopf mit einem schwarzen Tuch bedeckt.

Sie lädt die beiden zu Weinbrand und einem typischen Mandelgebäck ein, das oben in den Bergen hergestellt wird.

"Dann halte ich still, denn das Wesen redet zu mir wie ein Geflüster, es sagt mir was es braucht und verschwindet. Die Familie, die sich nicht um ihre Verstorbenen kümmert, hat eben kein Herz."

Die Alte besteht darauf: "Wo ich mich auch aufhalte, ich sehe diese Lichter, am Tag wie in der Nacht. Andere Leute merken es nicht, nur meine Tochter, die mir wohl, so Gott will, nachfolgen wird, denn das liegt in der Familie. Schon mein Vater befasste sich damit, und nach seinem Tod hatte mein Bruder es übernommen. Ich hörte ihn mit den Wesen sprechen, sie baten um gregorianischen Messen oder dass man die Versprechen erfülle, die sie zu Lebzeiten aus Nachlässigkeit nicht eingehalten hatten. Die Messen müssen dreissig Tage lang von einem Geistlichen gelesen werden, der keine Pfarre hat, und man muss sie sich alle anhören, denn wenn auch nur eine einzige fehlt, wird wieder von vorne angefangen."

Sie macht darauf aufmerksam, dass sie nur mit den Verstorbenen von der Insel reden kann, nur diese Fähigkeit besitzt sie. Wenn Leute aus der Stadt kommen, dann schreibt ihre Tochter den Namen auf und liest ihr ihn hinterher vor, weil sie selber nicht schreiben kann. Wenn die Leute dann wiederkommen, teilt sie ihnen die Botschaft mit.

Eine im Felsinneren ausgegrabene Behausung mit Zementboden, der im Sommer kühlt und im Winter schützt. Man hatte mit Kalk grosse Kreuze an den Eingang gemalt. Von der Schlucht kommt ein schneidender Windstoss herauf. Schrecklich, diese Dürre, sagt der Schwiegersohn von Cha Josefa, das Haar graumeliert, das Gesicht faltig. Vielleicht ist es die Strafe des Herrn wegen dieser ganzen Nachlässigkeit, die heutzutage herrscht; diese Anhöhen sind jetzt leer, und im vergangenen Jahr ist die Schullehrerin weggegangen. Der Mann raucht aus der Pfeife und sagt, man habe vor, Bittprozessionen in Teror abzuhalten, und sogar die Heiligenauslosung, denn wenn es in diesem Monat nicht regnet, dann muss das Gespann verkauft werden, das wir noch im Stall stehen haben, und Cha Josefa, die auch Fefita genannt wird, erzählt, dass sie nur ein einziges Mal in die Hauptstadt hinuntergegangen sei, nur einmal, um den Daumen auf die Papiere für die Hilfsgelder zu drücken, und mit den neunzehn Duros[29], die man ihr gab, reichte es kaum zu einem Sack Kartoffeln, beinah wäre ihr schlecht geworden von dem Lärm, so viele qualmende Autos, und dazu noch den beinah eine ganze Woche verschmierten Finger.

Ihr Blick trübt sich, sie kann die Dinge nicht mehr gut unterscheiden. Ihr Herz ist schwach, deswegen nimmt sie Efortiltropfen. Sie wurde vor zweiundachtzig Jahren in La Aldea geboren. Früher arbeitete man von Sonnenaufgang bis Sonnenuntergang, die Frauen für eine Pesete, die Männer für einen halben Duro. Heutzutag kann keiner mehr leben, eben ist mein Enkel zum Krämer gegangen, und es hat ihn dreihundert Peseten gekostet, deswegen muss der Herrgott einen sanften Regen schicken, der die Saat durchnässt, damit die Armen etwas zu essen haben.

Damals, als sie noch ein junges Mädchen war, schien das Haus ein Wallfahrtsort zu sein, denn die Leute kamen um Botschaften für die Seelen zu bringen. Einmal war die Familie gerade dabei gewesen, die Blätter von den Maiskolben zu entfernen, als der Vater erblasste, sich bekreuzigte, mit ausgebreiteten Armen auf die Knie fiel und zu der Mutter sagte: "Bete für deine Tochter Leonor, sie ist eben gestorben." Und noch am selben Abend brachte man die Nachricht, dass die Schwester, die in Las Palmas diente, aus der Strassenbahn gefallen und auf der Stelle tot war.

---

29. Duro = 5 Peseten–Münze (d. Ü.)

Ihr Gesicht scheint sich aufzuhellen wenn sie redet. Früher hat man das Geld vergraben, weil man kein Vertrauen zu den Banken hatte. Aus diesem Grund muss man es ausheben wenn derjenige, der gestorben ist, seine Schulden nicht bezahlt hat, denn es ist verfluchtes Geld und die Seele findet keine Ruhe. Die alte Frau geht um zwölf Uhr nachts furchtlos mit einem Kruzifix umher, um den Teufel zu vertreiben.

Enrique schaltet das Mikrofon aus und rollt das Kabel ein. "Mir gefallen diese Dinger nicht, weil es sich so anhört als sei es nicht die eigene Stimme." Dann stellt er das Objektiv ein und drückt auf den Blitzlichtauslöser. Der Weg war rutschig. Es dämmerte schon fast und der späte Nachmittag ist ein allmählicher Dunst, der aus der Schlucht aufsteigt.

"Ein trauriges und jammerndes Volk, das die Aschen einer Rasse von Riesen mit goldblondem Haar und eisernen Schultern besingt, eine Rasse, die niemals existierte", sagt Raquel, während beide den Volksliedern von Tod und Jugendzeit, den Grabgesängen und dem Lob auf die Liebe lauschten.

Das Mädchen wiederholte die getragenen, fast unverständlichen Weisen einer Kantilene, die an den Wintermorgen über die Anhöhen erklingt, eine lange Reihe von Klageliedern dieser Büsserzünfte, die mit ihren Strophen von Tür zu Tür die Runde machen: *Ach, wir bitten / die treuen Seelen / singend um Almosen,* eine Litanei,die sich über den Pfad der Viehtreiber von La Barrera bis Lomitos de Correo hinzieht; über die Höhen von La Era de Mota und Las Casillas, Los Llanetes und San Roque geht der Männerzug, der an alle Türen klopft mit den drei stählernen Degen, den Trommeln aus Ziegenfell, den Gitarren, Tamburinen, Timples und Bandurrias in der kühlen Nachtluft, den Filzhut tief ins Gesicht gezogen als wäre er eine Mütze.

"Der Todeskult ist eine beständige Alltäglichkeit", erklärte Raquel. An jedem ersten November werden die Friedhöfe zu einem Fest, und am Eingang stehen kleine Karren mit Rum und Trockenfisch zur Aufmunterung.

"Ich glaube, du übertreibst. In vielen Gegenden ist es genauso", entgegnete Enrique, als sie von San Gregorio aus hinauffuhren auf der Suche nach der Landstrasse zur alten Zuckermühle, gegenüber den Olivenbäumen von Tara. Sie überquerten den Totenhügel, der deswegen so heisst, weil man von dort die Leichen herunterbrachte, um sie in San Juan zu beerdigen, und während der grossen Hungersnot wurden Kalkgruben ausgehoben, in die man die Körper warf, ohne auch nur Zeit für die Respons zu haben.

Der Sohn des Patriarchen sagte, dieser Brauch rühre vom Krieg der Makkabäer her und wir haben ihn nach und nach übernommen. Die Geschichte war so: Da waren mehrere Brüder, einer von ihnen war arm und glaubte an Gott. Er säte und erntete jedes Jahr Weizen, aber einer seiner Brüder nahm ihm die Ernte weg. Dann kam die Hungersnot und sie erklärten sich gegenseitig den Krieg, und als die Degen –die wir durch diese drei darstellen– aufs Schlachtfeld kamen, standen sie zu Gunsten des perversen Bruders, da er zehnmal mehr Männer und Kriegsgeräte hatte. Aber durch Gottes Wille vermehrten sich die Streitkräfte des Guten, und als der Krieg zu Ende war, schlachteten sie Rinder und verteilten Getreide für den Siegesschmaus, und es gab so viel davon, dass nach dem Austeilen noch etwas übrigblieb als Opfergabe für die armen Seelen. So entstand das "Seelenmahl"; jedes Jahr erinnert man sich an diesen Sieg.

Die Luft wurde frischer, die Landschaft änderte sich: Treibhäuser und Wochenendsiedlungen, Flecken von Mastixbäumen und Feigenkakteen. Hast du es bemerkt? Immer wieder die Zahl drei: drei Degen, drei Tamburine, drei Trommeln. Zu Ostern ziehen sie drei Tage und drei Nächte lang umher, und an Neujahr kommen sie nochmals für drei Tage. Sie singen auch auf Wunsch der Nachbarn, essen um Mitternacht zu Abend, und im Kreis sitzend stimmen sie den monotonen Klang an, das Zupfen der Gitarren, den Kontrapunkt vom Timple, die rauhen

Stimmen: *Mein Name ist Juan Sánchez, so wurde ich genannt,* und auf diese Weise preisen sie die Tugenden des Verstorbenen, als fromm und Gönner seiner Mitmenschen, bis die Sonne hinter Gando aufgeht.

Sie können weder lesen noch schreiben, bei ihnen kommt es aus dem Stegreif, sie stossen Worte aus, die sich aneinanderreihen, damit die Gegensänger zum Improvisieren einfallen, und darauf wird eine andere Strophe wiederholt und so die ganze Nacht hindurch Fürsprache gehalten, damit niemand mehr im Fegefeuer bleibe. Es werden bis zu zehntausend Peseten eingesammelt, die man dem Pfarrer für Messen aushändigt. Auch für Ariadna werden sie es getan haben. Die Jahre vergehen, aber noch berufen sich die Bauern auf ihre Seele, gedenken ihrer, bitten den Gott jenes Volkes um Barmherzigkeit, das auf Meeresstrassen hergekommen war, Cromagnoiden und Berber, die auf den Wegen des Ozeans ihr Geschick verfehlten und für alle Zukunft darauf verzichteten, hinter sich zu schauen, den Weg noch einmal zurückzugehen zu fernen Gebirgen, von wo sie aufgebrochen waren, von Ufern, an die sie sich nie mehr erinnern würden nach der grossen Reise, die sie auf einem Felseneiland begrub, um nie wieder den Kampf mit den Strömungen aufzunehmen. Und auf diese Weise leben ihre Riten wieder auf, die so fern liegen, dass es keine Erinnerung mehr an ihren Ursprung gibt.

Kapitel elf

Die Zeugenaussagen

> Diese Erde gehört ihnen und uns. Unter der Erde,
> zwischen ihren gefalteten Händen, halten sie das Seil
> der Glocke fest; sie warten auf den Augenblick, sie
> schlafen nicht, sie warten darauf, die Auferstehung einzu-
> läuten.

Yannis Ritsos

Es spricht Hilaria Martel.

"Ich schwöre es beim Blut meiner seligen Ahnen", sagte
die Frau und bekreuzigte sich. "Meine Mutter hatte schon in dem
Haus gedient, und als ich zur Welt kam und mein Vater mich
nicht anerkennen wollte, war sie dort geblieben. Im Dorf sagte
man, ich sei die Tochter von Don Euripides, aber das stimmt
ganz und gar nicht; meine Mutter hatte sich mit einem Maultiertreiber aus Moya namens Pascasio eingelassen, ich bekam ihn
nie zu sehen, denn er stürzte sich in die Schlucht. Man sagt, er

sei Tag und Nacht besoffen gewesen. Meiner Mutter machte er auf dem Zuckerrohrfest von Jinamar den Hof.

Ja, Herr Richter, Gott weiss genau, dass ich nichts anderes als die Wahrheit sagen werde von dem, was ich sah und hörte im Haus der Herrschaften, denn mein Herz kann nicht lügen, wo ich das Fräulein doch so gern hatte. Ich erinnere mich noch an den Tag ihrer Erstkommunion, als der Herr Bischof zur Hauskapelle kam und sie in den Garten hinausgegangen war, süss wie ein Engelchen in ihrem gestärkten Kleidchen und den Schuhen aus Atlasseide. Zu mir war sie immer so lieb, nie abweisend oder frech wie ihre Schwestern, die mir den Nachttopf voller Urin an den Kopf schmissen und Frösche in meinem Bett versteckten. Und jetzt ist sie tot weil man sie dazu auserwählt hatte."

Die Frau schwieg einen Augenblick und sagte dann, dass es ganz gewiss soweit kommen musste, seitdem ihre Schwestern angefangen hatten, vom rechten Weg abzukommen, schon lange vor Jacintos Tod, der deswegen gestorben sei, weil man sich, statt die Verordnungen des Arztes zu befolgen, in die Hände von Spiritisten in der Hauptstadt gegeben hatte. Immer gegen drei Uhr war Juan Camacho mit einem Taxi erschienen, und dann waren sie zu einem Haus in der Nähe vom Potrero gefahren. Das Fräulein Ariadna wollte oft gar nicht mitkommen, ich fand sie manchmal weinend im Garten, den ganzen Körper schwarzblau von den Schlägen, die sie erhielt, obwohl sie mir ganz leise erklärte, sie sei beim Spazierenreiten vom Pferd gefallen, und hinterher sagte mit der Gärtner Julián, dass an diesem Tag niemand die Reitpferde aus dem Stall geführt hatte.

Im Dorf waren schon Gerüchte über diese Dinge umgegangen, sagte die Frau; es war als hätte die Neuigkeitssucht der Leute dazu beigetragen. Als ich an einem Sonntag aus der Messe kam, hörte ich sagen, dass es wie eine Mode sei, denn sogar manche Fräulein aus der guten Gesellschaft gingen hin, und dass einem Verliebten seine Braut erschienen sei, die an Scharlach gestorben war, und sie hätte ihm als Unterpfand den Ring hinterlassen, den man ihr mit ins Grab gegeben hatte. Der arme Junge wurde ohnmächtig, denn in diesem Augenblick legte sie die Tunika ab, die sie anhatte und die so glänzte, als wäre sie aus reinen Perlen, und da sah er sie nackt und sie liebten sich die ganze Nacht bis der Tag anbrach, und er erwachte auf dem Diwan mit dem Verlobungsring in der rechten Hand ohne eine Erklärung dafür finden zu können. Darauf versetzte ihn der Vorstand der Bruderschaft, ein sehr gescheiter und respektabler Mann, in Tiefschlaf, und der Bursche erzählte ihm alles während er so dalag.

"Ich hatte den Eindruck, dass irgendwas Schlimmes bei dieser Sache herauskommen würde, aber ich sagte dem jungen Herrn Jacinto nichts davon, denn er kam stets zufrieden an und erzählte, es würde ihm nun besser gehen, man habe mit neuen Medikamenten das Richtige gegen sein Leiden gefunden; er nahm Ceregumil ein und liess sich in Blumenwasser baden. Wenn es morgens beim Aufstehen schlechter mit ihm stand, dann brachten sie ihn auf die Veranda, und dort liessen sie ihn bis zum Mittagessen, denn gleich danach gingen sie in die Stadt und kamen erst zurück, wenn es schon dunkel war, manchmal spät in der Nacht. Ich blieb, um ihnen das Abendbrot aufzuwärmen. Ich meine, solange sie überhaupt noch was assen, denn ich sagte schon, dass sie, nachdem Don Jacinto gestorben war, keinen Bissen mehr anrührten, nur Don Cayo Aurelio nahm das zu sich was ich ihm mit meiner eigenen Hand gab, wie ein kleines Kind.

Ob man mir etwas erzählte? Fast gar nichts, Herr Richter. Nur einmal erklärte mir der junge Herr, dass sie Sankt Petrus und die Samaritanerin gesehen hatten und ihnen zum Schluss Judas Ischariot erschienen sei und sie gehen mussten. Sie hatten deren Gestalten auf einer Glasscheibe gesehen, und obgleich sie diese Wesen nicht berühren konnten, so berichteten sie ihnen doch mit grosser Wahrhaftigkeit von früheren Dingen.

Damals brachten sie ein Grammophon ins Haus, und die Fräulein hörten sich den ganzen Tag die Schallplatten von Caruso an und Don Cayo Aurelio solche Lieder, bei denen die Frauen derart hoch singen, dass man meine könnte, die Stimme würde brechen. Auch Bücher brachten sie. Ich weiss nicht, was darinstand, weil ich weder lesen noch schreiben kann, aber sie handelten von Geisterwesen und von Francisco Ferrer, den man Apostel nannte und grundlos erschossen hat, und man hätte meinen können, sie sein Revolutionäre wegen den Dingen, von denen sie redeten.

So ging es also mehrere Tage lang weiter, und sie sagten immer wieder, dass unser Dorf von den Kurven der Landstrasse von Jinamar aus gesehen Jerusalem gleiche wegen den vielen Palmen und den Kreuzwegstationen oben auf dem Hügel von San Francisco und den schönen Türmen von San Juan und dem grünen Teppich der Saat. Der junge Herr sagte, er sei dazu bestimmt, die neue Offenbarung des Herrn zu bringen, und all das habe ich dem Küster erzählt, aber der sagte mir nicht, dass ich es nicht ernstnehmen solle, dass es nur Kindereien wären.

Eines Nachts weckte mich ein grosses Gelärme, das von dem Herrenhaus kam. Es war als würde Glas zerbrechen und metallene Dinge fallen, und es schien als schlüge die Glocke der Kapelle an.

Ich dachte, es sei der Wind, obwohl Vollmondnacht war und so still, dass man die Sterne haufenweise zählen konnte. Die Pferde wieherten, und so lief ich im Nachthemd hinaus, um nachzusehen, was los war, denn es hätte sein können, dass jemand in das Anwesen eingedrungen war und die Hunde vergiftete, die ich nicht bellen hörte. Ich zog mir eine Deck über und ging den Fussweg entlang, der zur Landstrasse führt, und plötzlich schien mir das Blut zu stocken, so sehr beeindruckte mich, was ich da sah. Die Fräulein gingen wie in einer Prozession, und voraus Don Jacinto mit der Monstranz aus Gold und Silber, und darin hatten sie wahrscheinlich ungeweihte Hostien, denn seit Weihnachten waren mindestens drei Monate vergangen, und das war das letzte Mal gewesen, dass die Messe abgehalten wurde. Mir sträubten sich die Haare als ich das Messglöckchen hörte, das sie ertönen liessen, während sie um die Kapelle herumgingen mit Kerzen in der Hand, über die ein Kartonhütchen gestülpt war damit sie nicht im Luftzug flackerten. Alle waren in Messgewänder gekleidet mit Skapulieren und trugen Kruzifixe.

Am nächsten Tag stand niemand zum Frühstück auf, alle schliefen bis zwölf, und Fräulein Cristina hatte einen Schnupfen erwischt. Sie wollte mir nicht sagen was geschehen war, aber ich war bereits hinter das Geheimnis gekommen.

Die anderen Male, als so etwas geschah, stand ich nicht mehr auf. Fräulein Ariadna wurde etwas zurückhaltender und verbrachte die Abende damit, Musik zu hören und sich mit ihrem Vater zu unterhalten, wenn die andern zur Kapelle gingen, und sogar Doña Josefa ging weg. Fräulein Ariadna und ihr Vater tuschelten miteinander; Julián wusste genauso wie ich, was da vor sich ging, aber wir stellten uns dumm.

Dann ging alles drunter und drüber. Einmal erschien Fräulein Francisca mit einem verrenkten Finger und mit Kratzern im Gesicht. Als ich sie deswegen fragte, sagte sie, ein Geist habe sie in dieser Nacht gequält, und sie musste derart mit ihm kämpfen, dass Spuren davon geblieben waren. Ich tat ihr Liniment und ein Pflaster drauf, und es wurde besser.

Dann wurde es mit Jacinto schlimmer, er lag tagelang im Bett ohne aufzustehen. Vor lauter Kummer liessen seine Schwestern das Essen unberührt auf dem Tisch. Das einzige was sie wollten war Gin und Lindenblütentee, und ich befürchtete, dass sie sehr schwach werden würden.

Dann kamen die Unruhen, sogar das Bett bewegte sich –ich schwöre es bei den sterblichen Resten meines Vaters, Gott hab ihn selig–. Beim erstenmal wurde ich beinah ohnmächtig, denn mitten in der Nacht tanzte das Steingut und die Porzellanvasen im Salon. Das Geschirr und die Gardinen bewegten sich hin und her als herrsche ein Sturm. Oft wollte ich mein Bündel nehmen und verschwinden, um nicht auch verrückt zu werden, aber ich hatte das Fräulein Ariadna lieb, ich dachte, sie könnte mich vielleicht brauchen und ich könnte sie beschützen, obwohl ich eine Heidenangst hatte. Der Herr Jacinto erklärte mir, dass man im Himmel die *Marcha Real* höre, wenn eine Seele zum Vater aufsteigt, und er besitze die Fähigkeit, dass sich die Geister auf seiner Materie niederlassen wie die Schmetterlinge auf den Blumen und er sie kaum spüre und sie gewahren liesse, um ihnen zu helfen, ihre Sünden loszuwerden.

Wenn die Geisterwesen erst einmal von seinem Körper Besitz ergriffen hatten, dann musste man abwarten. Blieb er bei Bewusstsein, dann wurde dem Heiligen Christus des Hochaltars eine Lampe angezündet und das Gebet des Reumütigen hergesagt. Fräulein Francisca fragte ihn, ob er Licht habe, wie sein Name sei, aus welchem Ort er stamme, welchen Todes er gestorben war und was man für ihn tun könne. Die Mädchen weinten, wenn das Wesen wieder verschwand, sie sagten, eines Tages würden die Geister ihren allergeliebtesten Bruder mitnehmen, weil er so rein und so gutaussehend sei, im Paradies könnte es kein schöneres und begabteres Geschöpf geben. Und ich, um nach ihrem Mund zu reden, sagte ja, der junge Herr würde gesunden, wenn er nur mehr essen würde. Mit Tränen in den Augen sagte ich das, aber die Fräulein schickten mich in die Küche zum Kartoffelschälen, aber wozu denn, wo sie doch niemals assen, was ich für sie zubereitete."

Es spricht Lucía Cubas.

"Jawohl, Herr Richter. Mein Haus steht genau gegenüber, fünfzig Meter vom Weg, der in La Vega hineinführt, und die Dinge, die ich jetzt sagen werde, die weiss ich, weil ich sie selber gesehen habe, und andere habe ich im Dorf von den Gevatterinnen gehört.

Im Sommer war Juan Camacho zusammen mit den Herrschaften in den Bädern in Melenara gewesen. Um Mitternacht hatten sie Geister in den Muscheltümpeln gesehen, und sie redeten mit Francisco Ferrer, mit Caruso und sogar mit dem Heiligen Christus, der einen furchtbaren Krieg ankündigte: Man würde wieder die jungen Burschen mit Dampfschiffen an die Front bringen, viele würden im Schnee begraben werden; in Spanien wird es grossen Hunger geben, denn wenn der König geht und die Republikaner gewinnen, dann wird das für uns eine Katastrophe werden. Das sagten sie und viele Leute kamen gelaufen, um sich diese Dinge von weitem anzuhören. Man erzählte, der Heilige Christus sei aufs Wasser herabgestiegen, ohne unterzugehen, und er habe stärker geleuchtet als alle Johannisfcuer zusammen, und der Strand füllte sich mit kettenschleppenden Büssern, welche arme Seelen im Fegefeuer waren weil sie sich erhängt oder fürchterliche Sünden begangen hatten.

Auch die Zeitungen berichteten davon, sogar *El Defensor*; sie brachten es in allen Einzelheiten. Selbst die Herren von auswärts haben darüber geschrieben, und von mir haben sie ein Foto gemacht mit einem Apparat, aus dem ein Blitz herauskam, der wie ein harter Knall war. In genauso einem reinen Licht hatte sich der Heilige Christus am Strand offenbart, er blutete aus all den Wunden, die man ihm bei der Peinigung zugefügt hatte, mit dem Lanzenstich in der Seite und den Merkmalen seines göttlichen Martyriums, alles war so natürlich, dass es den Eindruck erweckte als ob der Schweiss die Schläfen des Herrn erschauern liesse. Und er hatte den Blick zum Allerhöchsten emporgerichtet, aber er hörte nicht auf zu lächeln.

Ich schwöre es, Herr Richter, ich habe es im Laden von Panchito gehört. Und ich selber habe Doña Josefa, Don Jacinto und die Mädchen jeden Mittag nach dem Essen weggehen sehen, um ihre Rituale in einem Haus abzuhalten, das innen ganz in Schwarz verkleidet war, als wäre es eine Leichenwache, voller Öllämpchen und mit einem grossen Bildnis des Herzen Jesu, und in der Mitte einen Betschemel und davor ein grosses Brett mit einem Bettpolster, denn darauf legten sie sich, um mit den Geisterwesen zu sprechen, und Schaum trat ihnen aus dem Mund, so erzählten diejenigen, die sich damit brüsteten, dorthin gegangen zu sein, und es waren viele.

Der verstorbene Don Jacinto war ein Mensch wie es keinen anderen gab. Man konnte ihm kein Laster nachsagen, keinen Rausch oder gar einen bösen Blick. Er war einer von denen,die die "Nächtliche Anbetung" gegründet hatten, und an einem Silvesterabend, als die Bruderschaft das Jahresende feierte, war er mit einer brennenden Kerze auf den Platz hinausgegangen und sagte, dass nur diejenigen gerettet werden, die Licht haben.

Sogar durch seine Gedanken schien er zu reden, und man kann verstehen, dass seine Mutter verrückt wurde als er starb, und ebenso seine Schwestern, denn er war der einzige Sohn. In der Nachbarschaft sagte man, der Vater und Fräulein Ariadna hätten es nicht so tief empfunden, sie nahmen den Tod viel gelassener; zwar trugen sie Trauer und zogen sich in ihre Räume zurück, aber ohne zu weinen. Der arme Don Cayo Aurelio war, offen gesagt, nie besonders gescheit gewesen. Er war bereits halb gelähmt, aber fromm war er, jeden Morgen besuchte er die Messe, und wenn er nicht zu Fuss hingehen konnte, dann brachten sie ihn in einem Landauer zur Kirche.

Auch sagte man, dass sie in die Stadt gingen, um in der Kathedrale zu beichten, dass der Herr Bischof sie im Palast am Santa Ana–Platz empfing, um sie in ihrem Leid zu trösten. Aber bald war klar, dass dem nicht so war, und ich glaube nicht, dass sie verrückt gewesen sind, sondern eher verzweifelt. Und deswegen hatten sie sich wohl in die Hände dieser üblen Künste begeben und verkehrten mit Juan Camacho, um den Jungen zu retten, der trotz allem blass wie Wachs aussah und nur noch aus Haut und Knochen bestand. Sogar ich selber hatte vor der Muttergottes zur Pinie[30] ein Versprechen abgelegt, für den Fall, dass sich sein Zustand bessern sollte.

Deswegen sind sie wohl vor lauter Kummer erkrankt, und am Tag nach der Beerdigung fingen sie an zu fasten, um sich zu läutern und mit seiner Seele sprechen zu können, um zu erfahren, ob er schon im Himmel sei, denn sie wollten nur sein Bestes.

Und das Fräulein Ariadna musste geopfert werden, aber ich glaube nicht, dass sie es absichtlich taten, sondern dass das Mädchen sich schliesslich selbst davon überzeugte, etwas Gutes für die Seele des Bruders tun zu müssen. Deswegen liess sie sich quälen, damit er gerettet würde.

Und so kam es, dass sogar sie, die so ganz anders zu sein schien, zum Schluss Reue verspürte und zuliess, dass man ihr das antat, was notwendig war, damit er in himmlischer Seligkeit ruhe."

Es spricht Isidora Cardoso.

"Ja, Herr Richter. Juan Camacho, er möge in Frieden ruhen, war ein eigenartiger Mensch, das ist wahr. Angefangen dabei, dass ihn die Leute nicht respektierten, weil er ohne einem Heller von Kuba zurückgekommen war und dazu noch unter jenen Erstickungsanfällen litt, die ihm ein Ende zu machen drohten.

In Valsequillo ging es ihm etwas besser, weil dort trockenes Klima ist, aber im Winter hustete er weiter und war matt und keuchte, dass man kaum ein Wort von ihm verstand. Mehr als einmal bin ich hingegangen um ihm zu helfen, da er keine nahen

---

30. Schutzpatronin von Gran Canaria (d. Ü.)

Verwandten hatte, nur ein paar Basen in La Pardilla, aber aus Erbschaftsgründen standen sie nicht auf gutem Fuss miteinander, denn die waren nicht zufrieden mit den Grundstücken, die ihnen zugefallen waren. Juan selber hat mir gesagt, dass der Ehemann der einen, der Venerando hiess und so wild war wie ein Tiger, mit Steinen nach ihm geworfen habe und ihm nachts die Grenzsteine versetzte, und bald würden sie ihn noch bis aufs Hemd ausziehen. Aber er machte sich nicht viel daraus, weil er ja doch bald sterben müsse, und er wollte den Acker nicht den Rechtsgelehrten überlassen, denn dazu würde es kommen, wenn er einen Prozess anstrengte.

Dass er ein so richtig schlechter Mensch war, das glaube ich nicht. Auf dem Nachttisch hatte er die Heilige Jungfrau vom Kupfer, und auf der Kommode standen Tag und Nacht drei Lämpchen, aber keine Heiligenfiguren davor. Das war merkwürdig, die drei Dochte, die Tag und Nacht brannten. Einmal fragte ich ihn danach, aber er konnte mir keine Erklärung dafür geben. Von Kuba brachte er viele Bücher und Papiere mit, denn dort hatte er lesen gelernt.

Dann hatte er sich mit den Fräulein angefreundet, was wir als ein Einmischen in die Aristokratie betrachteten, denn er war nicht jemand, um ihnen den Hof zu machen. Und trotzdem folgten ihm die Schwestern und Don Jacinto. Jeden Nachmittag fuhren sie bei der Brücke über die Grenzlinie von Telde, in einem leichten Wagen, der den Staub aufwirbelte, so schnell fuhr er. Damals schon hatte der junge Herr sein Leiden, und Juan verordnete ihm Heilmittel, die auch ihm bei seinem Asthma halfen.

Damals wurde gemunkelt, Juan Camacho sei hinter dem Fräulein Ariadn her, und das in Abrede zu stellen war vielleicht der Grund gewesen, weshalb er Felisa heiratete, die Stieftochter von Juanelo dem Spindeldürren Alles war sehr merkwürdig wegen der Eile, zehn Tage bevor der arme Jacinto starb. Dann, in der Nacht, als Ariadna ihr Leben aushauchte, war ihm derart elend, dass er schlaflos dagelegen hatte und seine Frau ihm Balsam gab, um die Bronchien zu beruhigen.

Auch sagte man, er hätte mit Juana Salomé, einer Hellseherin aus Ingenio, unter einer Decke gesteckt, und auf Kuba hätten ihn die Negerinnen mit dem bösen Blick verhext. Alles ist möglich, denn einmal hörte ich ihn im Schlaf von einem Juan Candela und von Domitila reden, die ihm ein Kind gebar, und er hatte ihr Petersilienwurzel, Zimt, Zedernholz und viele Spritzen verordnet, damit sie es losbekomme, aber alles war vergebens, denn das Kind sass so fest, dass sie es nicht abtreiben konnte. Das erzählte er, während ich ihm feuchte Umschläge auf die Stirn legte, denn ich kam ihm aus Barmherzigkeit zu Hilfe, es tat mir leid, ihn so zu sehen. Dann hatte sich seine Stimme geändert und er machte sich ans Beten und ans Räuchern. Mir stockte das Blut und ich musste rausgehen, denn mir war als würde ich von einem Augenblick zum andern ersticken. Danach richtete er sich auf wie von einer Sprungfeder getrieben, kniete sich auf die Schilfmatte,legte die Handflächen aneinander und sagte: 'Gib mir den Willen zum Durchhalten und die List, mich zu wehren: Nadeln, schwarzer Faden, Stecknadeln, Eisen, Perlmuttperlen, Wurzeln und Waldfrüchte, Krücken und Pfeile um zuzustechen, bevor andere es mit mir tun.' Er nannte Geschöpfe, von denen ich niemals gehört hatte, und dann kam er plötzlich erschrocken zu sich, und der Speichel lief ihm aus dem Mund. Von da an dachte ich, er sei verrückt, weil ihm der Teufel in den Kopf gefahren war. Ich lief schleunigst nach Hause, um das Büsserblatt zu lesen und das Glaubensbekenntnis zu beten, und ich hatte ihm die Fenster sperrangelweit offengelassen, damit der Böse entweiche.

Nein, Herr Richter, die besagte Juana Salomé kenne ich nicht. Ich weiss nur, dass sie gesundbetet und den Pfahl im Fleische heilt, wie es viele in Aguimes und Ingenio tun. Man hat mir erzählt, sie wohne in einer Höhle und sei so hässlich und runzlig, dass es den Blick abstösst. Ihre drei Söhne sind in Puerto Rico, und sie wird von der einzigen Tochter betreut, die ihr noch bleibt. Man sagt, dass sie viel herausholt aus der Beterei, dass die Leute aus der Hauptstadt hingehen, damit sie sie heilt und ihnen Gartenminze und schwefelhaltiges Magnesium gibt, und ihnen Maisbarttee und irgendwelche Busse verordnet, und man behauptet, sie hole Erde vom Friedhof und bei den Kreuzen am Weg, das erzählen sich die Frauen, wenn sie an den Wassergräben die Wäsche waschen."

Es spricht Julián Arbelo.

"Ich habe gesehen, wie er mit gebeugtem Rücken und blass angekommen war, unter den Augen hatte er Tränensäcke, und der Schnurrbart sah aus wie ein Fuselstreifen. Seit jenem Tag redete er von sonderbaren Dingen: dass er sich auf Kuba mit Negersekten in abgelegenen Lagern traf und dass sie sehr alte und heilige Riten haben.

Schon damals war der junge Herr Jacinto krank. Doña Josefa gab ihm Brechmittel, um seinen Magen zu erleichtern, und sie musste mit ansehen, wie er eine gelbliche, übelriechende wässrige Flüssigkeit ausstiess. Da tat sie ihm Orangenblütenöl auf die Stirn und man gab ihm Hypophosphit gegen die Blutarmut zu trinken, und seine Schwestern jammerten, er würde ihnen zwischen Erbrechen und kaltem Schweiss wegsterben. Und wenn man mich auch nicht bei ihm wachen liess, so weiss ich, dass es ihm schlechter ging. Deswegen war Juan Camacho nervös und kam sie nicht mehr abholen, um jeden Nachmittag nach Las Palmas zu fahren.

Es stimmt, dass er um Fräulein Ariadna warb, einmal habe ich die beiden im Rosengarten gesehen, er wollte sie umarmen, aber sie machte sich los. Von da an habe ich nicht mehr gesehen, dass er ihr nachstellte; er kam nur noch, um nach Don Jacinto zu sehen und ihm etwas zu verschreiben. Der Arzt war nicht mehr erschienen, ich glaube, er hatte Angst vor dem, was da geschah, denn der junge Herr schien bereits dem Tod nahe.

Sogar ich selber bekam es mit der Angst, als ich sein Bett und die Töpfe beben hörte. Hilaria war entsetzt hinausgelaufen, denn so was kam nun schon zu jeder beliebigen Stunde vor, nicht nur nachts, wie es am Anfang war.

Es ist wahr, Herr Richter, dass er mir einmal gestand, an die Dinge vom Spiritismus zu glauben, so wie die grossen Meister, wie Victor Hugo und Flamarion und andere Wohltäter der Menschheit. Aber dem jungen Herr ging es nicht besser. Morgens erwachte er in einer kalten Mattigkeit, blau angelaufen und empfindungslos und als würde er Galle geifern, meiner Ansicht nach war es das widerliche Gebräu, das sie ihm zubereiteten und das der Magen auswarf.

Manchmal bin ich hingegangen, um Juan Camacho auszurichten, er solle kommen, denn die Schwestern waren halb verrückt vor Kummer, und das letztemal sagte er zu mir, dass schon nichts mehr zu machen sei, Don Jacinto wäre seinem Ende nahe, denn eine mächtige schwarze Spinne habe von seinen Knochen Besitz ergriffen und reihe sie auf Fäden aus geschmolzenem Blei aneinander, und seine Lungen würden platzen, weil sie keine Luft mehr bekamen. Ich weinte sehr, so beeindruckte es mich, und ich erzählte Hilaria davon."

Raquel war wie eine Blume herangewachsen, aber manchmal hatte sie Alpträume gehabt wegen der Geschichten, die die Grossmutter erzählte, denn eines Nachmittags gestand sie dem Mädchen, Onkel Gregorio mitten auf dem Hof gesehen zu haben, neben dem irdenen Tropfbecken und den Bougainvillea dahinter, und so strahlend als wäre er eines von diesen phosphoreszierenden Bildern, die in der Dunkelheit leuchten, und so leicht wie die Luft, er hatte nichts weiter als die Haut und im

Schenkel ein grünes Loch voller Fliegen, denn an dieser Stelle hatte der Wundbrand angefangen.

Man hatte das kleine Mädchen erneut zu Juana vom Carrizal gebracht, die in schwarzen Strümpfen erschien, die Tasche ihres Unterrockes voller wundertätiger Medaillen. Eugenio gibt seinen Tagelohn für Rum aus, und sie verteidigt die Ernte vor dem Brausen des Windes, am besten macht man damit weiter, die Bananenstauden zu kappen und zu bewässern, denn der Mann ist seit einer Woche wegen dem Rheuma untauglich, so behauptet er jedenfalls, aber es ist das Saufen.

"Ich sehe, ihr seid in aller Eile gekommen. Der Junge ist über die Schilfdächer gerannt, um mir Bescheid zu sagen, und da es ein dringender Fall ist, bin ich geschwind gekommen. Unsereins gehört nicht zu denen, die sich damit ein Haus hinstellen können, man nimmt nur die Almosen, die sie einem geben wollen." Beim Gehen hatte sie den Rock hochgerafft und war über den Wassergraben des Steinhauers gesprungen, um auf den Weg zu kommen und dann weiter auf dem Pfad, der zur Hütte führt. "Ich werde mich sofort um das Kind kümmern, unterdessen soll es sich die Hände waschen, denn es kommt mit einem Geruch von Schwefel und Tomatenmark an, dieser Körnchenrotz ist ja nicht auszustehen."

Raquel hat Ringe unter den Augen und sieht blass aus, aber du wirst schon sehen wie es dir besser gehen wird. Die Frau zieht den Vorhang weg und holt das Fläschchen mit Bilsenkrautöl heraus, dann massiert sie mit kreisförmigen Bewegungen um den Bauchnabel herum, wobei sie die Fingerkuppen fest eindrückt, mit dem Handrücken tätschelt, denn hier an dieser harten Stelle sitzt es, und deswegen legt sie den Mittelfinger der rechten Hand genau dorthin und fragt, ob es weh tut. Das Mädchen bejaht und die Frau lässt den Finger dort, damit der Kern nicht entschlüpft, und unterdessen betet sie: "Im Namen des Vaters, des Sohnes und des Heiligen Geistes. Raquels Kern, bleib hier, wie unser

Herr Jesus Christus in sich blieb. Raquels Kern, bleib stark, wie unser Herr Jesus Christus im Tode stark geblieben ist. Ich rufe dich bei den Beinen, ich rufe dich bei den Armen. Ich rufe dich beim Rücken, bei der Brust und beim ganzen Körper. Komm, Kern, an deinen Platz, wie Jesus Christus in den Garten kam", und dabei betonte sie die Pausen, denn man muss sehr geschickt mit dem Mutterkern umgehen, damit er nicht herausspringt, und deshalb wirst du jetzt dieses Pflaster aus Pinienharz tragen und es einen Monat lang draufbehalten, und ihr sollt das Mädchen jede Woche zweimal herbringen und zwar immer nüchtern, und dem Kind keinen Kaffee und keinen Tropfen Alkohol zu trinken geben, ausser einem Gläschen Gin mit einer Schale Anistee auf nüchternen Magen.

"Gestern abend ist er mir wieder erschienen", erzählte die Grossmutter. "Er stand strahlend neben dem Schuppen, in feinen Seidentüll gehüllt, und er sagte zu mir: 'Mutter, erschreckt nicht, ich komme im Frieden Gottes. Ihr sollt wissen, dass man mich an der Ebro-Front in einem Schützengraben begrub, ihr konntet es nie erfahren, denn von der Regierung Francos wurde nur gesagt, ich sei gefallen. Drei Tage lang hatte ich mit dem Tod gerungen, bis schliesslich mein ganzes Blut verfaulte, weil es nichts gab, um mich operieren zu können.' Das hatte nicht im Bericht gestanden und ich erfuhr es mit gelähmtem Herzen, denn er war ein guter Mensch gewesen und spielte wie ein Engel die Gitarre und die Mädchen rissen sich um ihn, weil er den *Folias*[31] einen so gefühlvollen Nachklang zu geben wusste."

So redete die Grossmutter, und als erstes ging sie zur Novene und brachte auch einen neuen Rahmen an dem letzten Foto an, das er ihr geschickt hatte. Darauf ist er in Soldatenuniform zu sehen, wenige Woche bevor er nach Aragonien aufge-

---

31. Kanarische Volksweise (d. Ü.)

brochen war, zur Gegenoffensive, von der das Oberkommando so viel erwartet hatte und dann über den beinah perfekten Schachzug von Vicente Rojo überrascht war, der sich Ende Juli 1938 abgespielt hatte, als der Kampf bereits von den Nationalen gewonnen zu sein schien, vor allem nachdem sie Vinaroz besetzt hatten. Ja, es musste wohl einer jener Rekruten vom Milchfläschchenjahrgang gewesen sein, ein zerlumpter Junge aus Cullera, der in aller Eile der Ost–Armee beigetreten war, dem Fünften Korps von Lister, der von unten kam, um in der Nacht des fünfundzwanzigsten den Fluss zu überqueren; Tagueña schritt mit dem Fünfzehnten Korps voran, und Lister stiess bei Pinell de Bray und Benisanet vor; jenes überraschende Aufgebot von jungen Burschen, die Pandols in Richtung Prat de Compte und Bot durchquerten, um die aufständischen Streitkräfte von General Franco zu schleifen, der an jenem letzten Julitag sprachlos den Vorstoss der Volksarmee mit der 42. Division bei Mequinenza mit ansah, und die es auch bei Amposta versuchte und sich der Höhen von Caballs bemächtigte, und die 13. Brigade von Mateo Merino passierte den wasserreichsten Fluss Spaniens. Ja, einer jener Halbwüchsigen von der Ostküste musste wohl die Mörsergranate mit ihren tödlichen Splittern abgefeuert haben, das Schrapnell, das in den Soldaten der marokkanischen Armee von General Yague platzte und auch den Oberschenkel von Onkel Gregorio traf, der bei Bot ums Leben kam, von seinen Kameraden mitgerissen, unter dem sengenden Himmel von Aragonien.

"Und wenn es an den Nerven liegt, dann wird sie auch gesunden", sagt die Frau, so was könne heutzutage jedem passieren. Deswegen heben die jungen Mädchen, wenn sie durchs Dorf gehen, am besten nicht den Kopf und meiden den Umgang mit Fremden. Sie bedeckte Raquels Kopf mit einem dunklen Tuch, um dann mit dem Gesundbeten zu beginnen: "Ich segne dich, Raquel, im Namen Gottes, nicht mit meiner Hand sondern mit der Hand der Jungfran Maria. Jesus, Maria, leg Deine Hand in die meine, denn wo man Jesus erwähnt, wird jedes Übel und Gebrechen verschwinden. Und so gewiss und wahr diese Worte sind, so befreien sie dich von Krämpfen und anderen Beschwerden deines Körpers, und diese sollen fortgenommen und in die Tiefen des Meeres geworfen werden, wo sie weder wachsen noch fortbestehen und nichts Gottgeschaffenem schaden, weder dir noch mir noch unserem Herrn Jesus Christus, amen. Eine Reihe von Anrufungen, die zugunsten dieses unschuldigen Wesens Fürbitte einlegen sollen, den Mittelfinger über dem Zeigefinger, um von der Stirn bis zur Brust und von der rechten Schulter zur linken das Zeichen des Kreuzes zu machen, damit dieses Kind wieder Appetit bekommt und nicht in Versuchung fällt, Unsinn oder Dummheiten zu machen.

Das Mädchen war schon andere Male besprochen worden. Man merkt ihr Leiden an dem Pochen im Leib, an den Zuckungen, die darauf hinweisen, dass der Knubben aus seiner Hülle entschlüpft ist. Dafür gibt es keine Tabletten, nur das Einreiben mit Raute in den Händen von jemandem wie Juana Salomé, die Dutzende von Männer und Frauen aus allen Gesellschaftsschichten geheilt hat, sogar solche, die ärztlich aufgegeben waren und einen Stachel über dem Herzen hatten, denn der Knubben ist wie ein grosser Polyp, der sich auf den Körperorganen ausbreitet und Störungen verursacht. Es gibt weder elektrische Apparate noch Analysen um ihn festzustellen, nur die gesegneten Hände.

Aberglaube aus der Steinzeit: Es gibt tausende von Idolen, die die Hirten aus Ton brannten, um Zeugnis von riesenhaften, weit aufgerissenen Augen zu hinterlassen, welche vor unreinen Tieren schützten, vor Fliegen, Kröten, Uhus und Eidechsen; Reminiszenz der Hingabe Evas, Angst vor dem Reptil. Das schützende Auge des Dreiecks von Jahwe, das für die Buddhisten der Wächter ist. Das unheilverkündende Auge der Eule, die

Fetische in Form von roten Bändern, die die Bauern an den Jungtieren anbringen, damit Gott sie beschütze. "Wir könnten jetzt nicht an den Häusern der Gevatterinnen vorbeigehen und ihnen auch nicht in die Augen sehen", sagt Raquel. Dies waren alte Weiber, die sich in ihren Behausungen verkrochen, in deren Mauerrissen sich der Salamander vermehrt und deren Dachziegel durch die Wurzeln des Bejeque verfaulen. Stell dir ihren Blick vor hinter den Gardinen jenseits der Fensterscheiben: wie Waldeulen, die forschend nach den Kindern spähen, um sie mit dem Bösen zu durchbohren.

Das Mädchen war verschiedene Male bei der Gesundbeterin gewesen, während die Mutter draussen gewartet hatte, auf der anderen Seite des Türvorhangs. In der Ferne sind die Stimmen der Männer und Frauen bei der Zuckerrohrernte zu hören und der giftige Stachel des Windes, seine pfeifenden Spiralen zwischen Brettern und Blech: der Wind des Bösen.

Man verfasste Strophen, die von der Tragödie erzählten: Jeden Abend hatten sie das Mädchen an einem Stuhl festgebunden, während die Schwestern die Musik auf höchste Lautstärke brachten; Cristina spielte die Polonaisen von Chopin, und die andern tanzten nackt herum, und dabei stachen sie Ariadnas Körper und rissen ihr das Kleid in Fetzen vom Leibe und stiessen ihr eine brennende Kerze in die Scheide, denn man hatte sie in verdächtiger Haltung mit ihrem Freier gesehen. Und nach dem Martyrium taten sie das Mädchen in den Sarg und nagelten die Bretter drauf, damit niemand nach der Wahrheit forsche.

Auch erzählt man, dass die nach dem Tod des einzigen Sohnes verzweifelten Eltern sich an eine der berühmten Hexen im Süden wandten, wo Zaubertränke zubereitet werden, die imstande sind, eine Frau zu Willen zu bringen, wozu man das Herz einer Schwalbe, das einer jungen Taube und ein drittes von einem Distelfink nimmt, was man mit drei Tropfen vom Blut des Verliebten beträufelt und in Anis taucht. So stellt man ein Gemisch her, das in der Nacht des ersten Freitags im Ofen getrocknet werden muss. Dann wird es in einem Ledersäckchen an einem dunklen Ort aufbewahrt, wo drei Wochen lang kein Licht daran kommt, und nun beschmiert man ein Armband oder einen Ring damit. Nimmt das betreffende Mädchen das Geschenk an, so bedeutet es ihre Niederlage, mit dem besonderen Umstand, dass, wenn man noch zerriebene Raute und Lorbeerharz hinzufügt, ihr Leib während drei Monden mit Sicherheit nicht befruchtet wird, zu noch grösserer Freude der Liebhaber.

Auch treiben sie ihr Hexenwerk um denjenigen zu bannen, dessentwegen du von Sinnen bist: Du nimmst etwas von deinem Kopf– und deinem Schamhaar, und zwar vom oberen Teil des Venushügels, und vom Nacken einer nicht trächtigen Ziege rupfst du ebenfalls ein paar Haare aus. All das musst du mit Mandelmilch und zehn Tropfen vom letzten Monatsblut befeuchten. Dieses Gemisch sollst du in einem Skapulier zwischen den Brüsten tragen, und wenn du acht Tage lang an nichts anderes denkst als an den Mann, in den du verliebt bist, dann hast du schon halb gewonnen. Hinterher zerreibst du das Zaubermittel und tust es in den Kaffee, den der Mann deines Herzens trinken wird, während du ihm dabei fest in die Augen schaust. Du wirst ihm sagen, dass er nach dem nächsten Tanzfest, das es im Dorf geben wird, auf dich warten soll, und damit er noch mehr von dir berauscht wird, widerstehe ihm so gut du kannst, denn so wird sich sein Körper noch mehr von deinem Wesen entflammen, und es wird der Augenblick kommen, wo er in dich eindringen wird, und noch bevor drei Monate um sind, wirst du heiraten, in weisse Mantille gehüllt, und du kannst gewiss sein, dass seine Liebesglut nicht abnehmen wird, denn diese Weiber vom Süden lauern den Ahnungslosen auf, sie haben das Fieber der zerklüfteten Erde im Blut, die das ganze Jahr unter der Sonne glüht.

In den Strophen hiess es, dass sogar die Nonnen um den Verstand kamen, dass sie von Christus abschwörten und sich auf der Hexenebene dem Herrscher der Finsternis hingaben, wo sie sich mit alten Weibern trafen, die von Havanna und von Cádiz den Atlantik überquerten; von überall kamen sie auf ihren Besenstielen angeritten, mit ihren von Öl glänzenden Leibern, um sich in diesen Ebenen zu tummeln, am Eingang von Guayadeque, wo einst der Roggen wuchs.

Von den Kanaren stammen wir,
aus Havanna kommen wir,
noch ist keine Viertelstund vergangen,
seitdem wir von dort weggegangen.
Rebenzweig,
Maulbeerzweig,
wer hat tanzen gesehn
eine Dame um diese Zeit?

Hexenriten, die die falschen Berberkonvertiten veranstalteten, welche sich auf den östlichen Inseln der Kanaren niedergelassen hatten, und auch die Neger von den Kapverden und aus Guinea, deren Nachkommen den Tanz der gebrochenen Weinranke aufführten, bis die Kleriker ihn schliesslich wegen seiner offenkundigen Amoralität verboten hatten; Riten der Wahrsagerinnen und der in den Lehren des Korans und des jüdischen Glaubens Eingeweihten, die vom spanischen Festland ausgestossen worden waren und hier, trotzdem man sie anzeigte, Fuss fassten, denn es ging darum, dem Blutvergiessen ein Ende zu machen und die jungen Burschen einzuschiffen, um Imperien für den König zu gründen. So kamen also hunderte von Geschöpfen an, die Satan und die Königin der Nacht verehrten und ihre Brustwarzen mit einer Salbe aus Krötenfett, Eidechseneingeweiden, Sturmmöwenschwänzen und dem Herz von Zwerghähnen einschmierten, und damit pfuschten sie herum, denn es sollte der Schlüssel zur Auferstehung sein.

"Auch davon hat mir meine Grossmutter in ihrem irren Gefasel erzählt", sagt Raquel. Es war im Winter siebzig gewesen, ein paar Monate bevor sie an der zweiten Embolie starb, als der Orkan die Bananenpflanzung niederriss und sogar die Stangen zum Dörren des Tabaks und die gegerbten Schaffelle durch die Luft flogen. Sie habe es am Vorabend gespürt, es sei wie ein Schauder gewesen, der ihr über den Rücken lief, und in jenem Augenblick wusste sie, dass das Unglück hereinbrechen würde, denn sie hatte geträumt, die Königin der Nacht würde den neuen Herrn von Cienfuegos aus Kuba bringen, wo sich ihre beiden Brüder niedergelassen hatten, die sie nie wieder zu sehen bekam.

Es sollte eine besondere Nacht werden, sagte sie. Zuerst wurde der Tanz des Kornwurmes und dann der von der Weinranke aufgeführt, die Männer auf der einen Seite und die Frauen auf der anderen, und als Lendenschurz trugen sie ein Blatt der Jamswurzelstaude. Die Klänge vom Akkordeon und die Schellen der Tamburine gaben den Takt zum Klappern der grossen Kastagnetten und dem Klagen der Pikkoloflöte. Sie wollte eben hinausgehen, als der Stoss jenes mit Regen vermischten Sturmes gekommen war und sie aufs Flachdach schleuderte, solche Kraft hatte er.

Sie sagte, der Herr der Finsternis habe die Formel ausgesprochen: Sie salbte sich die Schenkel mit Vaseline, Schlafmohn, Baumerdbeeren und Tollkirschen ein. Damit schmierte sie auch den Rand des Schamteils, das Gesäss und die ganze Aftergegend und ihre Brüste ein, und sie alle legten das Versprechen ab, sich weder zu bekreuzigen noch den Namen Christi auszusprechen. Dann gingen sie in die Knie und küssten sein männliches Glied, erzählte die Grossmutter in ihren Phantasien. Und die Musik sei so lieblich gewesen, dass sie an die alten Tänze erinnerte, mit

Folías, Malagueñas und Tajaraste[32], und mit einer Trommel, die die Polka schlug und einer Menuettgeige, so erzählte sie und wurde derart ohnmächtig dabei, dass man oft glaubte, sie sei tot, aber gleich darauf sah man sie wieder auf der Steinbank im Hof sitzen und ihre tägliche Nachmittagspfeife rauchen, was bis zum Angelusläuten dauerte. Dann verlangte sie nach dem Rosenkranz, denn ihr ganzes Leben lang war sie sehr dem Heiligen Christus und der Jungfrau zur Pinie ergeben gewesen, sie hatte sogar ein Paar Ohrringe und Wachsfigürchen dargeboten, wie es die Bauern taten wenn die Ziege wieder gesund geworden ist oder der Enkel die Masern überstanden hatte; selbst den Verlobungsring hatte sie als Weihgeschenk gegeben, und es war jammerschade, dass alles bei dem Meisterstreich in der Nacht vom 16. zum 17. Januar 1975 abhanden kam; nur die abgetragenen Messgewänder der Erzpriester und Kirchendekane hatten die Diebe in den Glasschränken zurückgelassen.

So lästerten sie und vereinigten dann ihre Körper in einem wirren Haufen, bis der Tag anbrach. Das taten sie. Und Enrique sah seine Notizen durch, eine nervöse Handschrift von unregelmässigen Zügen, die für andere unleserlich war und mit der er einen guten Teil des Blocks vollgekritzelt und da und dort Eindrücke festgehalten hatte, um eine Geschichte zusammenzustellen, die durch nebensächliche Episoden wuchs, welche den eigentlichen Kern der Sache verschlangen, denn gemäss er in die Familiengeschichte der Van der Walle vordrang, verlor er sich auf der Spur der Streckenraketen, der "Polaris"–U–Boote, die man in Arguineguin mit ausserirdischem Aufblitzen zu verwechseln pflegte, und Lichter, die das Flachland im Nu durchqueren und die Seelen jener sind, die von den Felsen stürzten.

"Eine Insel ist ein Stück Land, das überall von Elektrizität umgeben ist", sagte er.

---

32. Kanarische Volksweisen (d. Ü.)

Kapitel zwölf

Die Reise

> Felder, Öden, ewige Einsamkeit, –tiefes Sinnen eines
> jeden Dinges–. Die grell auf die Felsen fallende Sonne
> und das Meer ... als lüde es zum Unmöglichen ein!

> *Alonso Quesada*

> Das Meer: der grosse Freund meiner Träume.

> *Tomas Morales*

(Eine Menge von Palmen, die höchsten und schönsten,
sowie die unendliche Zahl anderer grosser Bäume, die Vögel
von prächtigem Gefieder und das Grün der Felder, vereint mit
der Reichhaltigkeit von Flüssen und Quellen, verleihen diesem
Land, Euer Majestäten, eine so wunderbare Schönheit, dass sie
andere an Zauber und Lieblichkeit bei weitem übertrifft, wie der
Tag die Nacht an Glanz und Helle überbietet, denn ich bin von
den dichten, wohlriechenden Baumbeständen so eingenommen

und habe ein derartiges Übermass gesehen, dass ich denke, es ist das Land, das wir gesucht haben, seitdem wir von Palos ausgelaufen sind, denn durch Zeichen haben mir die Eingeborenen zu verstehen gegeben, dass es Goldminen im innersten Dickicht der Wälder gibt, und ich bin sicher, dass Gewürze und Seide in ihren Dörfern reichlich vorhanden sind, jenseits der flachen Sandinseln der Sternkorallen und dem Wassergürtel, der diese Insel des Grossen Khan umgibt.

Zu unserer Überraschung sind ihre Leute sanft und furchtsam, ohne Waffen und ohne Gesetz, und sie haben uns in ihren besten Häusern beherbergt und uns genauso verehrt als wären wir Geschöpfe des Himmels, denn so geben sie es zu verstehen mit ihrer Ehrfurcht und ihrem Respekt, sie haben uns sogar betastet um festzustellen, ob wir aus Knochen sind oder eher zur Geisterwelt gehören.

Ich versichere Euer Majestäten, dass es unter der Sonne kein fruchtbareres Land, kein ausgeglicheneres Klima geben kann, noch dazu so reich an gesunden Gewässern, dass der Blick nicht müde wird, so viel Lieblichkeit anzusehen, und auch nicht das Gehör, dem Gesang der Vögel zu lauschen.

Diese Menschen haben eine Haut zwischen schwarz und weiss, so wie die Kanarier, und sie durchqueren die Meeresarme und die Flüsse in Einbäumen oder auf Flössen, mit denen sie sehr geschickt umzugehen wissen, und zum Feilschen bringen sie uns Baumwollwaren und Netze, die sie mit grosser Heiterkeit gegen unsere Spiegel und bunten Bänder tauschen.

Nach meinen Berechnungen befinden wir uns 42 Grad vom Äquator. Von der Insel Hierro bis zu diesem Festland von Cipango haben wir tausendeinhundertzweiundvierzig Meilen zurückgelegt, und das Glück lächelt uns wahrhaftig zu, denn die Eingeborenen weisen uns darauf hin, dass in den Bergen Riesen wohnen mit nur einem Auge in der Stirn, die sich mit Armspangen aus massivem Gold schmücken, sie tragen Gold als Ohrgehänge und an Armen und Beinen; nach Südosten liegt ein Dorf von Leuten mit Hundeschnauzen, grausame Wesen, die das Blut der Menschen trinken und ihre Körper als Trophäe auf dünne Lianen reihen. Das bestätigt uns in der Annahme, dass die Goldadern von bisher unbekannter Tiefe sein müssen.

Wir wurden also freundlich aufgenommen, und sobald heute, Montag der fünfte November 1492 der Tag anbrach, kam der Obermaat der "Niña", um sich Botenlohn zu erbitten, denn er hat viele Terebinthe gefunden, insgesamt sicherlich mehr als zehntausend Bäume, die zweitausend Quintale pro Jahr erzeugen können. Ausserdem sind wir uns darüber einig, dass dieser Hafen einer der besten der Welt ist, auf dem ziemlich hohen Felskap kann man eine Festung bauen, um den Eingang zu den Minen zu schützen.

Danach haben wir noch andere Küstengebiete und andere Inseln besucht, und deren Bewohner wollten uns nicht wieder wegziehen lassen weil sie glaubten, die Sonne werde für immer im Ozean untergehen, wenn wir sie verliessen.

An Vögeln haben wir Rebhühner, Nachtigallen und Gänse gefunden, und solche von derart harmonischen Farben und mit einem so wunderbaren Gesang, dass sich unser Gehör daran ergötzte, und zu dieser Freude kommt noch jene hinzu, die wir bei der Gewissheit empfinden, dass diese Menschen sich gutwillig im wahren Glauben unterrichten lassen werden, um befreit von den ketzerischen Lehren im Schoss der katholischen Kirche aufgenommen werden zu können.

Obwohl wir den Baum des Harzes nicht gefunden haben, so sind wir doch auf Baumwollstauden gestossen, die in den noch zu entdeckenden Städten des Grossen Khan bedeutenden Gewinn einbringen werden. Wir staunen über das Vorhandensein so vieler und so hoher Inseln, ich schwöre, dass es die schönsten und lichtesten Berge der Welt sind, denn weder trübt sie der Nebel noch sind sie von Schnee bedeckt. Es sind diese Inseln jene unzähligen, die man dort auf die Weltkarten zeichnet, wo der Orient endet und die sich weit nach Süden hinziehen und in alle vier Himmelsrichtungen erstrecken. Ich bitte Euer Majestäten, sich nicht über meine Lobpreisungen zu wundern oder sie für ungemessen zu halten, aber selbst dem gewissenhaftesten Chronisten wäre es in der Tat unmöglich, solche Wunder zu beschreiben.)

Von Telde, den Kanaren, brach ich auf,
am ersten Tag im Oktober,
um mich einzuschiffen
auf leichtem Boot von schnellem Lauf.

So war es. Er ging weg. Er schnürte seine Kleider zu einem Bündel und machte sich auf den Weg, denn der Dampfer lief um Mitternacht aus, und der Kai war ein Gewimmel von Menschen die abreisten und von solchen, die gekommen waren, um erstere zu verabschieden.

Er schloss sich einer Familie mit zwei Söhnen und drei minderjährigen Töchtern an, und so verlangte man keine Papiere von ihm. Es waren derart schlimme Jahre und es hatte nicht mehr geregnet, seitdem das Jahrhundert begonnen hatte, das empfangen worden war als erwarte man grosse Wunder von ihm. Die Koschenille war zerstört, und von Kuba kamen keine Nachrichten seitdem die Amerikaner eingedrungen waren.

Dann, im Jahre sechs, wurde die Auswanderung genehmigt, und jedesmal wenn ein Dampfer einlief, bedeckte man die Wände mit Schmähschriften, sogar in den Ortschaften im Inneren der Insel, und in den miesen Cafés und in den Barbierstuben redeten die Burschen mit grossem Eifer davon.

Er hatte die Alten hintergangen und glaubte, es aus Barmherzigkeit getan zu haben, aber immer war ihm der Nachgeschmack geblieben, einfach so weggelaufen zu sein, denn sie starben ohne dass er sie wiedergesehen hätte, und um sich über solchen und anderen Kummer hinwegzusetzen, floss der Rum während der zwanzig Tage Seefahrt, und als er in Havanna angelangte bekam er es mit der Angst angesichts des Ausmasses der Hauptstad voller Automobile und Lotterieverkäufer, von denen die meisten von den Kanarischen Inseln stammten. Nach zwei Tagen ging er weg von dort, um mit der Eisenbahn nach Santa Clara zu fahren, und acht Tage später nach Vuelta Arriba, wo gute Bedingungen bei der Zuckerrohrernte geboten wurden, denn der Amerikaner wollte Zucker haben, je mehr desto besser. Die Fabriken waren Tag und Nacht am Produzieren, mit der modernsten Technik; mit Buschmesser und Feuer rückte man dem Urwald zu Leibe, um die Plantagen zu vermehren wovon die Kanarier profitierten, genauso wie vom Ruf der Mulattinnen, denn daher stammt die Rasse der "Grünschnäbel".

Das Schiff war übervoll gewesen, beinah hatte es am Gofio[33] in den Tierhautsäckchen gemangelt, in denen man ihn knetete. Das Trinkwasser war schon vom ersten Augenblick an rationiert worden, denn die "Balmes" war vollgepfercht mit Leuten aus Galicien und Asturien, ohne Luft und ohne Hygiene, und trotz allem sangen und tanzten sie zum Klang ihrer Leiern und überassen sich an Blutwurst.

Mühsale gab es viele. Die Zeitungen berichteten vom Elend derer, die nach den Antillen und den Rio de La Plata–Republiken ausgewandert waren, wo sie von gewissenlosen Brotherren unterjocht und gezwungen wurden, zehn Jahre lang von frühmorgens bis zum Sonnenuntergang zu schuften, bis sie den letzten Centimo der Überfahrt zurückerstattet hatten.

Aber das Jahrhundert hatte auf dem linken Fuss begonnen, und die jungen Burschen träumten davon, das Meer zu kreuzen

---

33. geröstetes Mehl (d. Ü.)

und sich drüben anzusiedeln, wie es ihre Väter und Grossväter getan hatten. In Las Palmas kamen Segelboote an von Lanzarote und Fuerteventura mit Leuten, die das erstbeste Schiff nach Amerika erreichen wollten, um vor der Dürre zu fliehen. Sie liessen ihre Felder und ihre Häuser für die Groschen, die die Überfahrt kostete und zogen mit dem ab, was sie auf dem Leibe trugen, mit dem Taufschein und dem Zertifikat, nicht wehrpflichtig zu sein. Und sie gingen deswegen, weil sie nur zwölf Reales Schurwolle am Tag verdienten, und meistens bekamen sie nur einen Almud Mais oder zwei von der Gerste, und die Frauen die Hälfte.

Man sagte, mit den Jahren würde man Goldcentenen zusammenbringen. Die meisten Kanarier gab es im Westen, in Matanzas, Guines, Bejucal, Guanabacoa, Jaruco und in der Umgebung von Havanna. Im Zentralbezirk ebenfalls wenn auch nicht so viele: bei Santa Clara, Sagua, Santo Espiritu und Puerto Principe, und kaum ein paar im Osten verstrent: in Baämo, Baraco und Jiguani, denn dort liessen sich die Chinesen nieder um Arbeiten zu verrichten, die nicht einmal die Neger tun wollten.

Er hatte keine Empfehlung vom Rathaus, denn die war schwer zu bekommen, aber Nicolás Piquero, der nach dem Krieg zurückgekehrt war, hatte ihm Sand in die Augen gestreut und die Briefe abgestritten, die die Zeitungen von manchen Auswanderern abdruckten, die von den Arbeitgebern in Uruguay, Guatemala und Santo Domingo verkauft worden waren. Wie Ballen hatte man sie auf Schmuggelbooten weggebracht, die nachts ausliefen und die Wache umgingen, und so machten sie die Reise versteckt zwischen dem Wein und den Packen. Auf den Fregatten und den Kuttern starben viele an der Pest, es kam sogar soweit, dass sie das Los entscheiden liessen, wer umgebracht werden sollte damit die andern sein Fleisch verzehrten und überleben konnten; während der Flauten mussten sie an den Gürteln und am Leder ihrer Schuhe kauen.

Später gab es dann deutsche und englische Dampfschiffe, die den Vorteil hatten, dass die Passagiere im Bug weder der Sonne noch dem Wasser noch den Fusstritten der Mannschaft ausgesetzt waren, und auch nicht der Qual der Insekten, denn diese waren die Geissel der Windstillen, dem wochenlangen Dahintreiben, und nur so seetüchtige Schiffe wie "La Verdad" waren imstande, auf derart ungewöhnliche Weise die Winde auszunutzen, dass sie Überfahrten von nur achtzehn Tagen machten statt der fünfunddreissig, die die "Amalia", "Trueno", "Teresita", "Bella Engracia" "Guincho", "Nivaria", "San Antonio", "Remedios", "Guanche", "Ninfa de los Mares", "Triunfo", "La Rosa del Turia", "María Luisa", "Audaz", "Andoriña" und so viele andere Schiffe brauchten, die sich abschindeten, Neuansiedler und Repatriierte zu transportieren, lange bevor der Yankee die "Maine" zum Explodieren brachte, um sich in den Krieg zu stürzen.

Er hatte den Vertrag vorgelegt bekommen und ein Kreuz unten auf das Papier gesetzt, dort, wo es ihm der Anwerber gezeigt hatte. Dieser trug als Alter achtzehn Jahre ein, denn ihm kam der Junge hochgewachsen vor, und er sagte, dass die Grossgrundbesitzer die Rechtschaffenheit der Kanarier schätzten und sie deswegen als Kolonisten im Neuland ansiedelten. Bei der Ankunft bekommen sie Buschmesser, Jäthacke, Harke, Spitzhacke, Maultiere und alle notwendigen Gerätschaften. Hinterher bekam er allerdings nur die Hälfte dieser Dinge, aber nicht etwa, um sich auf eigene Faust zu betätigen, sondern um von sechs Uhr morgens bis sechs abends Zuckerrohr zu schneiden, mit einer Stunde Unterbrechung fürs Frühstück und einer weiteren fürs Mittagessen, und es wurde ihm gesagt, dass die Sonntage, der Fastnachtsdienstag, Karfreitag und der Fronleichnamstag freie Tage seien, und niemand könne sich ohne Erlaubnis des Aufsehers entfernen, denn es gibt Peitsche, Fussblock und Fusseisen für die Rebellischen, die die vertraglichen acht Jahre nicht einhalten wollen. Abgesehen davon kann einem der Besitzer entlassen, dann muss man ihm das Reisegeld mit Zinsen und allen Unkosten zurückgeben, und so hört man nie auf zu zahlen.

In den Schenken an der Plaza redete man darüber, dass die Amerikaner, da sie die Neger aus der Sklaverei entlassen hatten, sehr auf die Kanarier aus waren, weil sie an Intelligenz den Schwarzen und sogar den Chinesen überlegen seien und so geduldig bei der Arbeit, dass sie sich den Rücken wie ein Stück Vieh brandmarken lassen damit keiner ausbreche. Das erzählten sich die Müssiggänger in San Gregorio.

Er sah, dass einige es bis zum Vorarbeiter gebracht hatten und von den Negern wurden sie wegen ihren Peitschen gehasst. Andere hausierten mit Kleinkram in ausrangierten Parfüm– und Puderkästen, riefen ihre Ohr– und Fingerringe, Nähfaden, Fingerhüte, Zierbänder und die bunte Seide in ihren Karren aus. Sie hatten viel Kundschaft in El Vedado, denn die Kreolinnen kauften ihnen Spitzeneinsätze, deutsches Tischzeug, Königin–Viktoria–Nadeln und Garnrollen ab. Andere brachten die Lotterie zu den Zambos[34] gegen das was deren kleine Äcker erzeugten; zwar hielten sich die meisten von diesen Leuten in den Sklavenbaracken auf, aber sie konnten nach Belieben ein– und ausgehen. In dieser Hinsicht waren sie besser dran als die Kanarier, denn diese benötigten schriftliche Genehmigung dafür, und was den Gewinn anbetraf, so blieben ihnen nur fünfundzwanzig Pesos im Monat übrig und kein anderes Vergnügen als den Mulattinnen nachzustellen.

Mit den chinesischen Tagelöhnern verkehrten sie nicht, denn diese waren rätselhafte und schweigsame Wesen, als ob sie kein Blut im Körper hätten. Zusammengedrängt wie Reissäcke hatte man sie auf Klippern hergebracht, länger als drei Monate

---

34. Zambo: Nachkomme eines schwarzen und eines indianischen Elternteils (d. Ü.)

auf See und ohne zu mucksen. Man sah sie resigniert, sie brannten ihren Weihrauch und ihr duftendes Räucherwerk und beteten ohne die Lippen zu bewegen, immer lebten sie zurückgezogen, nicht einmal während des Karnevals taten sie sich mit Frauen zusammen. An solchen Tagen liefen die Negerinnen wie läufige Hündinnen umher, und die Kanarier brachten ihnen Ständchen und machten Verse, und sie waren zufrieden obwohl sie nur ihre Ration Salzfleisch oder Stockfisch, Reis, Maismehl und Bohnen, Kichererbsen und Schweinefett zu essen hatten, und die jeweils halbe Arrobe davon und die drei Pfund Fett reichten kaum aus, um den ganzen Monat über den Hunger zu stillen.

Die Teufel haben sein Gehirn in der Zange: Du bist den Launen der Kongo– und Yorubagötter ausgeliefert, fürchterliche Mächte, die töten wenn sie Spott statt Opfergaben bekommen, denn Jesus Christus–Oxalá wünscht eine Ziege oder Taube ohne Makel; Maria–Yemanyá sollst du als Herrscherin des Meeres betrachten, in ihrem Gewand aus himmelblauer Atlasseide und einer Perlenkette um den Hals, denn sie ist die Beschützerin des afrikanischen Volkes auf der Reise über den Ozean des Sargassotanges und der Gefahren; San Jerónimo–Changó ist der Sohn des Blitzes und kommt mit seiner goldenen Axt, um das Unheil, das die Menschen bringen, zu vernichten, er ist der Herr des leuchtendsten Rots und des Feuers; Santa Catalina–Ochún regiert in Bächen und Wasserfällen, sie ist die sinnliche Liebe und die Eifersucht, Gelb ist ihre Farbe, sie wird als Sirene dargestellt; San José–Ogum reitet auf seinem weissen Pferd, mit Schwert und Lanze, er will rotes Fleisch und hält Wache, um diejenigen zu töten, die versuchen, den Kreis zu überschreiten; Santa Bárbara–Iansa kommt mit dem Regen und dem Wind, um uns vor dem Zyklon zu beschützen; San Lazaro–Omulú ist der Helfer der Schutzlosen, sein pockennarbiges Gesicht hält die negativen Energien, die lichtlosen Geister ab, und deswegen fertigen ihm seine Söhne die Halskette aus schwarzen und weissen Steinen an, denn sie ruhen auf den Kirchhöfen, und San Sebastián–Oxossi ist der Indianer der Wälder, Gebieter der Geschöpfe, die auf der Insel leben, König der Urwälder, der Jagd und der anderen Tiere, deswegen trägt er seinen Bogen als Wappen, denn er ist die Stimme der Nachtigall und er vermischt sich mit dem Mondlicht und den Sternen.

Du wirst auch die Geister der buntfarbigen Gesichter und mit Federschmuck im Haar verehren: den der Sieben Pfeile, den Klapperschlangengeist, den des Grünen Blattes, den Waldkönig, den der Honigpalme, die manchmal als Kinder erscheinen und Bockspringen spielen und auf den Boden stampfen, und man muss sie beruhigen, denn es sind die Geister der alten Weisen und sie bringen uns deren Rat. Und der Kongo–König, und Grossmutter Luisa, Tante Maria, Vater Benedicto, die auf die körperliche Hülle der Lebenden achten und die Verstorbenen auf ihrer Rückreise führen. Und zum Schluss kommt Exú: Ich rufe dich um Mitternacht, ich rufe dich bei Tagesanbruch, hier ist der König der Kreuze mit seinem schwarzen Umhang, seinem Hut, seinen Glanzlederschuhen und seinem eisernen Dreizack, Exú–Satan, Weiberheld und Zechbruder, Herr von Rot und Schwarz.

Respektiere sie, denn sie werden sich mit ihren Ratschlägen einstellen wenn du die Speisen zubereitest, von denen sie sich jede Nacht ernähren, wenn du dich um ihre Altare kümmerst und sie pflegst. Der Mensch gleicht einem Ferkel, mein Sohn; so gross ist seine Schwäche, dass er durch die Kette, die die andern ihm anlegen, im Weltall gefangen ist, denn er hat dieses einst unberührte Land vergiftet, das genauso war wie Afrika, das heisst, ein Sammelbecken der Energie.

Das Leben, mein Sohn, ist wie ein Pfad am Berg. Ist alles in Ordnung so schreitet man problemlos voran; wenn sich aber entgegengesetzte Kräfte ansammeln, dann wird der Aufstieg mühsam. Deshalb sollst du durch Gebet und Opfergaben für deine eigene Ausgeglichenheit sorgen. Alles was du fühlst und betastest, ist genauso wichtig oder noch mehr als das, was du schluckst, und wenn man das übergeht, wird man für Krankheiten anfällig und es ist deiner eigenen Unvernunft zuzuschreiben, denn wenn der Korper nicht kräftig genug ist, wird er von Mikroben befallen.

Also wirst du die Opfergaben in die Nachtkühle stellen, während die Kerze langsam abbrennt, und die Geister werden von fernen Ufern kommen, denn sie haben ihren Gefallen daran, dass man sie in den Schilfhütten bewirtet. Sie beantworten die Fragen, die sich auf Gesundheit, Liebe und Geld beziehen; sie geben Rat, verordnen Behandlungen und Heilmittel und verlangen ihre Blutopfer, denn das Blut ist es, das alle Tiere am Leben erhält. Deshalb tötet man ein ausgewachsenes Huhn, schneidet ihm den Kopf ab und befeuchtet das Gesicht und den Körper des sich Einweihenden,bis das Blut während des nächtlichen Wachens auf der Haut trocknet bevor sich der Gott auf seinem Haupt niederlässt. Man enthält sich der Nahrung und des Geschlechtsverkehrs, nimmt Krauterbäder, um Haut und Kopf zu läutern. Der Neuling wird mit dem Blut von vierbeinigen Tieren –Schweine, Ziegenböcke und junge Fohlen– benetzt, und nachdem er diese Probe bestanden hat, wird er mit Wasser aus der Kirche gesegnet, damit er die Energie kanalisiert, die in der Welt strömt; in den Seen, in den Sümpfen, in den Ceibas, in den Muschelschalen, in denen die Mollusken eingeschlossen sind, im Kaiman und in der Wasserschildkröte, im Tabak und im Zuckerrohr, in Dorngestrüppen und Bächen, in den grossen und den kleinen, den prächtigen und den unscheinbaren Kreaturen.

Man mochte die Kanarier, und es gab vier von ihnen, die es bis zum General gebracht hatten. Einer davon war Julián Santana, der, als er starb, achtzehn Kinder, dreiundvierzig Enkel, siebenunddreissig Urenkel und zweiundzwanzig Ururenkel hinterliess. Den Rang hatte man ihm deswegen verliehen, weil er im Krieg um die Unabhängigkeit mitgekämpft hatte und man erinnert sich noch an seine Taten.

Die Amerikaner holten sich lieber die Kanarier als die Chinesen und Neger für die Farmen von Banes und Nipe. Und Juan Camacho wäre nur allzu gern zu ihnen gegangen, aber er konnte nicht, solange die acht Jahre nicht um waren, denn die Flucht wurde streng bestraft und man erzählt, dass an den Wegen die Knochen der Geflohenen lagen, auf die man wütende Hunde gehetzt hatte; keiner war lebend davongekommen.

Manche Negersklaven grollten, weil da grausame Aufseher waren, die Aufruhr anstifteten. Weisse Frauen gab es wenige und es wäre besser gewesen, wenn es überhaupt keine gegeben hätte. Die meisten Männer kamen mit ihrem Handwerk zurecht, aber diese unglücklichen Frauen wurden bei der Ankunft abgesondert; die Bordellbesitzerinnen kamen an Bord, und der Kapitän befahl den neuangekommenen Frauen, sich in Reih und Glied aufzustellen, damit man sie genau in Augenschein nehmen konnte. Sie wurden für vier Unzen verkauft, und gleich dort gab man ihnen besondere Kleidung, mit Blumen im Haar und weissen Handschuhen.

Es wurde gemunkelt, Kuba sei bereit, die Kanarischen Inseln zu unterstützen damit sie ebenfalls frei würden. Mehr als einmal versammelte man über zweihundert Leute im Nebenhaus einer Zuckersiederei, um ihnen aus einer Zeitung vorzulesen in der es hiess, dass Spanier vom Festland auf die Inseln kamen, um die besten Posten einzunehmen, vom Gouverneur bis zum Aufseher der Strassenkehrer, während unsere Brüder, die genauso befähigt sind, auswandern müssen oder mit gekreuzten Armen abwarten, dass der Herr Graf oder die Engländer ihnen eine Beschäftigung geben, so kurzfristig diese auch sein mag.

Man sagte, den Söhnen der Kanarier sei es verboten, für eine akademische Laufbahn zu studieren, es sei denn, sie waren sehr begütert und verfügten über viele Reales, um nach Cádiz zu gehen.

Juan Camacho ging nicht mehr zu den Versammlungen, wo man weiterhin die Zeitungen las, die entweder aus Caracas mitgebracht oder in Havanna gedruckt wurden und die gleichen Nachrichten brachten. Was er wollte, das waren die Weiber, und Weitersparen, wenn irgend möglich. Es waren gute Zeiten für den Tabak in Mayari und El Canei, und damals schon arbeitete er ohne einem festen Vertrag, manchmal bei der Eisenbahn, manchmal auf den Haziendas. Aber er litt unter Erstickungsanfällen und stiess grünlichen Schleim aus, und der Arzt sagte ihm, das käme vom Tabakstaub, der Lungeninfektionen verursacht.

Jawohl, ich bin umherziehender Musikant und Sänger gewesen, und ich verstand mich genauso auf die kubanischen Volkslieder wie auf die Guajira–Weisen und die Habaneras[35]. Deswegen wurde ich von Pinar del Rio bis Sagua, von Gibera bis Bayamo berühmt; gutes Land, der Regen fällt dort üppig und das Gras wächst mannshoch. So erinnerte sich Juan Camacho später an jene andere Insel, die wie ein über die grüne Erde aufragender Phallus ist, mit so dichtem Dschungel, dass man Feuer anlegen musste, um noch mehr Zuckerfabriken zu errichten als es 1916 notwendig wurde, die Produktion zu steigern, um die drei Millionen Tonnen zu übertreffen und die 4,37 Centavos pro Pfund hochzuschrauben. Die weiten Wälder vernichtet, die Götter der Pistazien– und Granatbaumdickichte geflohen, und der Geruch von verbranntem Holz, der ins Bereich der Priester des Abakuá, der wegehütenden Teufel und des Pechschwarzen drang, der über das Gesetz wacht.

Der alte Juan: Man hatte nicht auf den Krieger und auf die Königin der Wasserfälle gehört, auf die Mutter aller Menschen, die sich, um ihre Kinder zu retten, mit metallenen Armringen schmücken liess und ihren Körper mit Honig und Zimt einsalbte,

---

35. Seemannslieder (d. Ü.)

um den Gott der Schmiede einzufangen. Feuerlabyrinthe, die aus den Naphthakanistern entwichen: schade, wie die Insel an allen vier Seiten brennt, und die Königin flieht auf der Kielwasserspur der Sklavenschiffe zu den Ufern des grossen Kongo, zum Land der Mandinga, zur Insel von Gorée.

Bei Tagesanbruch machten sie sich auf den Weg und folgten den Eisenbahnschienen von Guines. Frischer Wind kam von den Bergen herunter, und voraus ging Esteban, der meisterhaft mit dem Akkordeon umzugehen wusste. Ihm folgten César und die ehemaligen Unabhängigkeitskämpfer Oscar und Zonzamas, und Julia Preston, die Tochter des Besitzers mit ihrer milchweissen Haut und dem roten Haar.

Sie ritten stundenlang durch die Ebenen der Zuckerrohrfelder, bis sie dann in einer Krümmung des Weges die Trommel hörten. Die Kultbrüder waren am Tanzen, Santa Barbara in leuchtendem Rot in der Mitte des Kreises, die heilige Jungfrau vom Kupfer in Gelb, Las Mercedes auf grünem Podest und San José mit purpurfarbenen Gewändern, auf dem Altar das Standbild eines schwarzen Reiters vor den Schüsseln mit gekochter Jukka, Dörrfleisch, Maniok und Speck sowie ein Glas Branntwein.

Die Frau sah mit glänzenden Augen nach ihm, in enganliegenden weissen Tüll gehüllt, der ihre Formen hervorhob, die Hüften, das dunkle Dreieck der Scham. Sie hatte eine Kerze in der linken Hand, in der rechten einen toten Hahn.

Juan rieb sich die Augen. Ihm war als hätte er eine Steinplatte auf dem Schädel, seine Waden waren so schwer wie Blei. Er sah nur das Aufblitzen ihrer Zähne und vernahm das Gemurmel auf dem freien Platz vor der Schilfhütte. Die Frau ging immer wieder im Kreis um das Kerzenlicht, das jetzt auf der Erde stand, bis sie dann aus einem Korb ein kleines Messer nahm: das Blut bespritzt ihr Gewand, sie beschreibt damit Kreise um ihre Brüste, über der Lustmulde, auf den Schenkeln.

Gegenüber den Ananasbüschen hebt sich der Mond ab, das grünlich schimmernde Wasser zwischen den flachen Inseln, die Waldratten, die zwischen den Hütten umherhuschen. Der Erdboden steigt hinauf zum Tal der Kaffee– und Kakaobäume, über die sanften Anhöhen aus rotem Lehm, wo man Zuckerrohr angepflanzt hatte, über das schwarze Flachland; zwischen den Blättern der Bananenstauden dreht sich die Mondscheibe und färbt das Gehöft, höher als der Gipfel des Turquino, unendlicher als die Sierra Maestra.

Ihr Name war Juana Candela, das erfuhr er später. Du wirst das Haar kurzgeschoren tragen und ein Jahr lang in Weiss gehen, ohne einen Mann anzusehen. Du wirst dich vom Licht blenden lassen, du wirst darin baden und als Anhängerin von Tyabó spuckst du Christus an, der in weissliche Paste, in Hefe verwandelt zu Boden fallen wird. Das hatte Domitila ihr vor langer Zeit gesagt, nachdem Bruno sie verlassen hatte, aber noch bevor sie die mehr weisse als schwarze Kreatur gebar, die der Vorarbeiter in ihr zum Keimen gebracht hatte, ohne dass Petersilienwurzel, Zimt, Zedernholz oder die Spritzen gewirkt hätten, denn der Same des weissen Mannes hatte sich derart festgehaftet, dass ihr Leib sich mehr und mehr zu wölben begann, bis er sich an dem Tage, an dem sie Mutter wurde, in einem dünnen Rinnsal fauligen Wassers öffnete und sie jenes zuckende Bündel in den Bach warf.

Du bist Königin des Lebens, weil du Königin des Todes bist. Allein deine Füsse können die Erde der Friedhöfe betreten, denn du hast Macht, so hatte die greise Frau zu ihr gesprochen. Dann befahl sie, dreifarbige Glasperlen und Tabak für Babá zu kaufen, denn sobald du ihn für dich gewonnen hast, wirst du zur Zuckerflocke werden, und durch die dir eigene Macht gehst du über goldenes Gestein und niemand wird dich mehr Herumtreiberin nennen, denn du wirst die Konkubine deiner selbst sein weil dein Ehemann ein Gott ist, der über die Zaubereien herrscht. Er wird dort verweilen bis du ihn rufst, und nach der Busse wird er in dir wachsen, und erst dann kannst du dich an seinem mächtigen Glied ergötzen, denn der Mann, der sich nähert, wird der Auserwählte sein.

Er glaubte, ein Flattern von Federn verspürt zu haben. Die Frau grenzte ein Stück Boden ab und hielt nach Norden und nach Süden inne, blickte nach Osten und nach Westen. Plötzlich stellte sie sich vor ihn hin und begann sein Glied mit Wildharz einzureiben, so dass es steif wurde. Dann glaubte er zu träumen, er würde beritten, ein jäher Schmerz drang ihm in den Rücken, er bekam Gänsehaut von jenem geilen Geruch, aber Juan Camacho spürt nur, wie eine feuchte schwammige Masse über ihn fällt und sich auf und ab bewegt, wie wilde Gezeiten, und die von einer heissen Lagune aus an ihm saugt, brennender Falz, der ihn in die Zange nimmt wie Feuerwerk in einer Grotte von Sandel und Moschus.

"Ich heisse Juana Candela", sagte sie am dritten Tag, nachdem sie Besitz von ihm ergriffen hatte. Sie brachte eine Schüssel mit Calalú, der scharfen Gemüsespeise der Neger, kostete das Schweinefleisch und das Mehl und gab ihm ein Gemisch aus Sauerorangensaft und Essig zu trinken. In seinem Magen drehte sich ein süsser und gleichzeitig bitterer Knäuel, und dann reichte sie ihm Zuckerrohrbranntwein in einer Schale mit Quimbombó– und Mameyfrüchten.

"Ich bin Juan Camacho", antwortete er, Sekunden bevor sie ihm den Mund mit dem Zeigefinger schloss.

Er sollte nie erfahren, ob es Tage oder Wochen gewesen waren, während denen er sich mit jener fast schwarzhäutigen Frau versteckt gehalten hatte, deren Farbe durch die Kreuzung mit irgendwelchem Bastardenzweig aufgehellt war, wodurch sich ihre Züge um die Wangen etwas gemildert hatten, aber der Mund schien ihm noch immer ein mit ungewöhnlicher Kraft versehenes Instrument zu sein und ihre Scheide eine Fiebergrube. Er hörte sie aufschreien wenn er das winzige Fingerchen der Klitoris entblösste, und er tat es niedergekniet, während sie sein Glied reizte und mit Essenzen einrieb, die eine stundenlange Erektion bewirkten, und so war er gleichzeitig Joch und Karre, denn sie waren so fest aneinandergeschmiedet wie der Mittag über der Insel in ihrer Verkettung von Höhen und Tiefen, in denen uralte Eruptionen ihre Pranke hinterlassen hatten; Ablagerungen von Schwemmland, das Grün, das sie an ihrer Taille aus Korallenkalkstein umschlingt.

Wie Urwaldgetier, so haftete er sich in ihr fest, ein Netz von Spinngewebe, von Stacheln, die sich aufrichten und über sich selbst krümmen, wie ein Feigenkaktus, der die Riten der Sklaven, die uralte Magie vollführt. Deswegen beherrscht das Weib den Mann, sie verurteilt ihn dazu, dem Rhythmus zu folgen, den sie bestimmt, in den Anstürmen wallend, bis sich ein dritter Körper bildet, eine hermaphrodite Bestie zwischen den Dolden der Brüste und den Lippen vom selben Geschmack wie die rote Erde, mit ihrer Ebbe und ihrer Flut, genauso wie die Inlandströme dem Einfluss des Mondes unterliegen.

Es war ein Ranken und Festwurzeln, und er begann immer wieder von neuem, bis er acht Sonnen zählte; dann gingen sie in eine Hütte aus Brettern und Latten und mit einem Strohdach zum Schutz gegen den Regen, der wie elektrische Entladungen in den Bettlaken ist.

"Ich liebe dich", sagte er.

Juana Candela fiel wie eine Statue auf die Schilfmatte, und er dachte, dass sie vielleicht gestorben sei. Sie atmete nicht einmal als er sich langsam näherte.

Er entblösste einen Körper, der von grauen Schuppen bedeckt zu sein schien.

Da glaubte er es.

Er glaubte, dass sie tatsächlich fähig war, sich in Fisch, Echse oder Hund zu verwandeln, denn die bösen Geister wenden für ihre Verwandlungen Satans Künste an, und deshalb hatte man ihn ausdrücklich davor gewarnt, in die Gegend der Kongo–Riten zu gehen, denn dort wohnen wilde, ungezügelte Weiber.

Er spürte das Strömen ihrer Beine, und ihm schien als wäre alles ein eigenartiger Traum, aus dem er mit zerschlagenem, vom Branntwein benommenen Kopf erwachen würde.

Dann bewegte sie sich leicht. Sie drehte ihren Körper zur Seite und vergoss ein Salbengefäss. Sie begann zu zittern, ihre Zähne klapperten, eine wachsartige Flüssigkeit mit Spermageruch floss aus ihrem Mund.

"Ich wusste, dass du kommen würdest", sagte sie. "Jetzt wirst du bei mir bleiben."

Kapitel dreizehn

Die Verhexung

> Vor allem sollst du die unsterblichen Götter ehren, und
> zwar in der Reihenfolge, die ihnen vom Gesetz
> zugewiesen worden ist.

Pythagoras

Er war ein reiner Geist, ein Mensch des Guten, sagte einer
nach dem andern der siebenundzwanzig Zeugen der Verteidigung,
und nicht nur der Pfarrer, der Küster und die Mitglieder der
"Nächtlichen Anbetung" hatten ausgesagt, sondern auch der
Bürgermeister, der Präsident vom Klubhaus, der Sekretär des
Republikanischen Zentrum, die Polizisten, die in den Nächten
von Jacintos Leichenwache Klagelaute zu hören glaubten; die
Tauf- und Firmpaten, ein Teil der Stadtväter, der Arzt und der
Apotheker. Er war ein guter Mensch, sagten Hilaria Martel, Julián
Arbelo und andere vom Dienstpersonal in La Vega, und das was
geschehen ist, ist das Werk der rigorosesten Fatalität, die über
den Schicksalen dieses am Ende der Welt versunkenen, vom

Ozean umgebenen, unter dem Scheitelpunkt unheilvoller Einflüsse lebenden Volkes hängt.

Nur wenige Familien konnten sich solcher Zurückgezogenheit und derart musterhafter Frömmigkeit rühmen, sagte der Küster, der sein Amt noch an seine Nachkommen weitergeben würde, nachdem die Geissel der Verfolgung über Tamaran gegangen war, mit den unglaublichen Demütigungen des Anarchismus, als man tote Tiere vor die Kirchentüren legte: zerquetschte Schnecken und blaue Eidechsen. Laut einstimmiger Meinung besassen sie einen tadellosen Begriff der Moral, betonte der Rechtsgelehrte Señor Monagas, dem die Provinzhauptstadt Jahre später ihre schönste Avenue und eine Bronzebüste widmen würde, weil er in den schwierigen Jahren der Nachkriegszeit den Antrieb zum vibrierenden Aufschwung gegeben hatte.

Allein das Schicksal lenkt den fatalen Wagen, der Jacinto den Tod brachte, Opfer einer galoppierenden Schwindsucht, eines Schädelbruches, als er von seiner Lieblingsstute gefallen war, eines Kollapses, den er eines Nachts im Trancezustand mit dem Geist von Francisco Ferrer erlitten hatte, welcher nach einem Prozess der Bürgerwehr in Barcelona erschossen worden war: Auf solchen und anderen Auslegungen gründete im Verlauf der Jahre die Meinung der breiten Masse. Früher sei man sehr den Dingen der Hexerei zugetan gewesen, sagte der Totengräber; schwarze Hunde mit Schellen an den Beinen und die die Harmonika spielten seien einem erschienen, es waren die Hexen in Person.

"Es wird wohl kaum zehn Menschen geben, die die ganze Wahrheit kennen", sagte Enrique, denn nach so langer Zeit ist die Geschichte total geändert worden. Raquel meint, dass sich bei den vom Meer eingeschlossenen Völkern Traditionen und finstere Dämonen miteinander vermischen, Köder von Hieroglyphen, die niemand hatte entziffern können, denn welche Kenntnisse sollen die Lehnsleute dieser Erde schon haben, wo sie doch wie Wanderherden zwischen Höhen und Flachland leben müssen.

Enrique hatte die vom Zahn der Zeit stark angenagten Zeitungen gelesen, die wahrscheinlich dem Bücherwurm ausgesetzt gewesen waren bis man dann nach dem Ende des Krieges die Sammlungen, die nicht verbrannt worden waren, geordnet hatte, und auch so scheint manche Seite zu fehlen oder hat leere Zwischenräume, wo Texte ausgelassen waren, die die Zensur verboten hatte. Auf den Steinen ist Magie geschrieben, und wenn du sieben Töchter hast, so wird die letzte von ihnen Hexe werden, wie bei Juana Salomé; dort ist Aurelia die Heilige, die beim Hühnerfüttern sieht, wie sich der Himmel öffnet und das Herz Jesu und die Schmerzensmutter erscheinen; ein derart starker Schein hatte aufgeleuchtet, dass sie neben dem geschnitzten Bildnis niederfiel und die Besinnung verlor. So erzählte sie es ihren vierzehn lebenden Kindern, denn Geburten hatte sie zweiundzwanzig gehabt. Die Muttergottes war von Perlen bedeckt und der Allerheiligste in ein Gewand aus Brillanten gehüllt, und zwischen beiden erhob sich ein Kreuz, das so hoch war wie die Kathedrale und von Engeln gekrönt, und auf der Vortreppe standen Jakobus, St. Johannes und St. Petrus, und zu ihren Füssen knieten unzählige Engel, und unter der Tür St. Antonius, und auf der anderen Seite eine Fromme, deren Hände genauso bluteten wie Jesus Christus am Kreuz. Dann wurden die Gestalten durchsichtig, und zum Schluss sagte eine Stimme, dass Dunst vom Meer aufkommen und an allen Freitagen des Jahres eine neue Erscheinung bilden würde, und zu Weihnachten erteilte das himmlische Kind die Gnade, Chana zu heilen, die am grauen Star erblindet war, und dieser fiel ihr ohne Arzt an jenem Tag ab, an dem Aurelia gähnend und rülpsend zugleich zu Boden fiel und sagte, man müsse vor Sünde und Undank fliehen, und seither sagt sie Gebete auf Lateinisch her ohne lesen zu können, sie hat sie auswendig im Kopf, ohne ein Wort zu vergessen. Und ihre Diele ist voller Heiligenfiguren und Lämpchen, um die Seelenpein ihrer Mutter zu tilgen, die einen schlechten Ruf hatte aber ein schuldloses Geschöpf war; damals gab es viele Kartenlegerinnen, die durch die Dörfer im Süden zogen um vorauszusagen, was in einem jeden Haus geschehen würde, und es gab Leute, die sich sogar in die Schlucht stürzten, und andere, die sich mit Insektenmittel umbrachten, und dennoch glaube ich nicht an die Schlechtigkeit, deswegen habe ich diese Gabe, nämlich durch meinen Glauben.

Ein riesiger Mond erhob sich zwischen den Korallenbänken, dem Buschwerk und den Sandinseln, wo die Mangroven wachsen.

Die Trommeln aus gespanntem Leder ertönen zum Schütteln der Kürbisrasseln und dem Händeklatschen. Die Zeremonie findet in einem auf den Boden gezeichneten Kreis statt, neben der Bude von Evaristo Elegguá, der mit hundertsechs Jahren noch fähig gewesen war, das Buschmesser gegen die frisch angekommenen Rekruten aus Cádiz zu schwingen, und als er dann an Diphtherie starb, gehörte er bereits zu den Anhängern der Götter. Deswegen wird zu seinem Gedenken geraucht und getrunken während man auf die Prozession der Frauen wartet.

Das Meer reitet zwischen den Felseneilanden und lässt sich an den kalkigen Steilküsten und den Stränden nieder, indes sich vom anderen Hang die Frauen nähern, in einem Gedränge aus Unterkleidern und hinten aufgeschürzten Röcken mit den dazwischen eingesetzten Farben der Heiligen und mit einem seidenen, in der Taille gefältelten Überrock und dem Mieder, das diese brünstigen Formen einengt, die übergrossen Ärmel, die in weiten Falten bis zu den Ellbogen herunterfallen, ein Tuch um den Hals geschlungen. Juana Candela steht auf und beginnt zwischen den Männern zu tanzen, ein lebendes Huhn über ihren Köpfen schwenkend, die Füssse auf der festgetretenen Erde schleifend, die zu dem Unterschlupf führt, in dem Evaristo Elegguá in einer einzigen Nacht sieben Frauen deckte, die alle zur selben Zeit sieben Zwillingspärchen gebaren. Sie hängt das noch warme Geflügelherz oben an die Quimbombostaude, und auf dem Hüttendach bewahrt sie die geradesten und stärksten Knochen für die Beschwörungen auf.

Steif rücken die Frauen näher, schwenken das Gesäss im Rhythmus der Trommel, die langsam einfällt und die Körper beherrscht, jetzt sind sie dieses dröhnende Schlagen selbst, Hals und Arme verkrampft, während man ihnen die Kleider vom Leib reisst und sie sich wie fleischige Zangen mit dem Stachel von Evaristo Elegguá verschmelzen, dem Zambo–Gott, denn er ist die Kreuzung von Neger und Indianerin, König der Pelikane und des Gebirges, das das Grab der Entflohenen ist, die von der Horde der Jivaros-Indianer erjagt wurden.

Der Trommelschlag bricht sich vor den Hütten der eingefallenen Wände. Es ist der Wirbel des Bruderlandes Nigeria, jetzt, wo die Mediumweiber die Töchter der Göttin einweihen. Jede hält eine Kerze beim Drehen in diesem über sich selbst geschlossenen Kreis vor dem Altar, auf dem man Blumenvasen, Seidenbänder, Parfümfläschchen, Zigarrenkisten, die Glaskugel und den Schrein mit dem Wirbelknochen des Pottwals angebracht hatte, der am Sandufer gestrandet war. Die Tänzer bewegen sich frenetisch wenn sie Changó und Obatalá anrufen, und die beinah rothäutige Negerin von der Rasse der Ibos, Schwester von Yemayá, bereitet sie zur Hingabe vor, die sie, vom Melassenalkohol berauscht, vollbringen werden, erschöpft nach dem Ritt der Geister, die von Afrika gekommen sind, angelockt durch die Gesänge und die Trommel,durch den Tanz ihrer Kinder und den Zeichen des Kreises, denn Changó akzeptiert den in Yareyblätter gehüllten Calalú, alles ist nach seinem Geschmack, und so nimmt er ihre Körper und besitzt sie, denn die Götter sind es, die huren, rauchen, trinken und singen, und manchmal schlitzen sie sich gegenseitig mit dem Messer auf wenn sie dieselbe Scheide besitzen wollen, nur dass sie die Gabe haben, auf der Stelle zu gesunden, ohne Schmerz und ohne Blut, bevor sie in nächtlichen Stunden nach Guinea zurückkehren, zu den Ufern des Gambia, des Sassandra, des Niger, des Ogooué und des Kongo, denn deren Yorubasöhne sind von ihrer Kraft angesteckte Wesen, von der Energie, die im Baum und in der Quelle wohnt.

Dann erzählte Juan Camacho, er sei besessen gewesen, und die erste Probe habe sich als positiv ergeben, das Geisterwesen war befriedigt und hatte beschlossen, ihn von nun an zu beschützen. Ihm sollten auch Erfahrungen zuteil werden, um das grosse Wissen zu erlangen; auf diese Weise würde er die Dimensionen des Lebens und des Todes sehen, eine Gunst, die nur denen vorbehalten ist, die von Afrika oder den benachbarten Inseln kommen. Geh nicht hinaus, sonst wirst du blind, lahm und stumm; die Raubtiere werden dich auffressen und die Hunde über dich herfallen, um dich in eine Handvoll Knochen zu verwandeln.

An einem anderen Tag kam eine Gruppe von Frauen in weissen und gelben Atlas– und Baumwollröcken, die so lang waren, dass sie den Boden berührten. Darunter trugen sie feine Unterröcke und Spitzenblusen, darüber Glasketten und um den Hals Kreuze und Medaillen, auf dem Kopf ein an einem Turban festgebundenes Tuch.

Er war überrascht, auf dem Gelände lauter Neger und Grossgrundbesitzer zu sehen, sogar junge Damen waren dabei, die Töchter der Nordamerikaner, die die grössten Zuckerfabriken und die Banken besassen.

Auf einmal wandte sich Juana Candela zu einem Altar mit Heiligenfiguren, Kerzen, Parfümflaschchen und bunten Bändern. Daneben lag ein enormer Knochen, und man erklärte ihm, es sei der Wirbelknochen eines Pottwals, der zum Sterben zu den Sandinseln gekommen war, und deswegen verehrten sie ihn, weil er vom mächtigsten Tier der Erde stammt, das tausende von Kilometern zurückgelegt hatte, die Blutspur der Harpune hinter sich herziehend, ohne dass ihn die Marachen berührten.

Nach Sonnenuntergang kamen noch drei Männer hinzu. Juana Candela flüsterte mit dem einen und dem andern, und nachdem sie das Zeichen gegeben hatte, umarmte sie sie. Dann legte sie sich auf dem Bauch vor den Altar und rief die Götter an, während die Musikinstrumente mit verhaltenen, kaum hörbaren Klängen ertönten, um dann plötzlich in fürchterlichen Lärm auszubrechen. Man begann zu singen und sich hin und her zu wiegen und um die Frau herumzutanzen, die wie abwesend war und die Augen geschlossen hatte. Dann reichte man ihr eine Pfeife mit aromatischen Kräutern. Alle drehten sich im Kreis, die Trommeln schlugen schneller.

Beim Drehen brüllten sie wie verrückt. Auf einmal fiel eines der amerikanischen Fräulein zitternd und schreiend zu Boden, und Juana Candela trat zu ihr heran. Sie richtet das Mädchen auf, bläst ihr eine Rauchwolke ins Gesicht, tut ihr Speichel auf die Augenlider und in die Ohren, trocknet ihr mit einem Baumwolltuch den Schleim ab, der ihr über die Lippen läuft.

Danach vernehmen alle die Stimme eines Alten, der in einer unbekannten Sprache redet. Die Trommel schweigt und nur das Knistern der Kerzen ist zu hören und das Säuseln der Brise, die die Palmen bewegt. Vom anderen Ende nähert sich eine Frau. Sie geht an einem Stock aus Zedernholz gebeugt. Man reicht ihr eine Flasche Rum und sie trinkt in grossen Zügen; darauf legt sie das Kopftuch ab und ihr krauses Haar kommt zum Vorschein. Man nimmt ihr die Flasche weg, versteckt diese auf dem Altar; und die Musiker wechseln den Takt.

Es verging eine lange Weile. Juan Camacho rührte sich nicht, trat nicht über den mit Kalk gezeichneten Kreis.

Er sah wie die Frau sich allen näherte, um ihnen in die Augen und Ohren zu blasen, auch massierte sie sie im Nacken, über Schultern und Brust. Auf ein Zeichen von ihr verstummt die Musik, die Tanzenden halten im Drehen inne, richten sich auf, kommen wieder in den normalen Zustand zurück; man löscht die Kerzen und zündet Öllampen an. Ein lauer Windstoss dringt herein, oben ist ein fahler Mond zu sehen. Nach und nach gehen die Leute hinaus und Mama Juana küsst sie auf die Wangen, gibt ihnen Ratschläge und kommt dann auf Juan Camacho zu.

"So war es, Herr Richter, ich hatte nichts mit Zaubereien oder Hexenkünsten zu tun, der einzige Zwischenfall war der, als die Negerin mich meiner Sinne beraubte, und ganz bestimmt hatte sie mir irgend etwas zu trinken gegeben, denn sechs Tage lang war ich wie tot. Dann weckte sie mich, als ihr danach war und zwang mich, bei ihr zu bleiben. Und dann bekam ich Fieber, das mich verzehrte als wäre es ein Nest von Kornwürmern, Tag und Nacht spürte ich das Jucken in der Brust.

Man sagte, die Teufel wären losgelassen und niemand dürfe aus dem Haus gehen. Der Zucker war vernichtet, es tat einem weh mit anzusehen, wie er auf den Ladeplätzen verfaulte. Genauso stand es mit dem Tabak, und sogar die Eisenbahngeleise fielen vor Rost auseinander.

Die Ernte ging verloren als hätte sie ein schreckliches Übel befallen, und der Himmel kam vor lauter Wasser herunter.

Um die Unsicherheit noch zu vergrössern, begannen die Nordamerikaner die Zuckerfabriken zu schliessen. Sie sagten, sie würden nicht weiterarbeiten solange die Regierung sich nicht standhaft zeige, und wenn sie keine Autorität habe, dann würden sie selbst Brigaden ausrüsten, um der Bergguerilla zuzusetzen, die ihre Banken überfiel und sich im Gebirge versteckte, ohne dass man ihr auf die Spur kam.

Viele kanarische Landsleute suchten im Schutz der Inseln Zuflucht und man schickte sie mit Hilfe von Geldspenden nach

Hause. Manche reichen Inselbewohner steuerten ebenfalls etwas bei, um die vom Hunger schon halbtoten Menschen herauszuholen, und die Betweiber sagten, der Zyklon sei der in einem Drachenleib verkörperte Teufel dessen Schnauben genüge, um selbst die grössten Mahagonibäume mit Stumpf und Stiel auszureissen.

Juana Candela schloss sich während drei Tagen und drei Nächten ein. Man badete sie in Duftwasser und strich ihr mit einer brennenden Kerze über die Arme, und sie verharrte regungslos wie eine Statue bis sie dann sagte, der Herr der Nacht habe ihre Bittgebete erhört, unter der Bedingung, dass sie sich am achten Tag mit ihm vereinige, denn so würde sich das Unwetter zu blauem Himmel aufklären, aber ich müsste zu den Kanarischen Inseln zurückkehren, denn mein Schicksal hat sich geändert.

In Marianao, Regla und Guanabacoa war es der Zusammenbruch, denn die Amerikaner pflanzten Zuckerrüben in Florida, auf den Philippinen und den Hawaii–Inseln an. Im Juni 1920 verkaufte man für 17,25 Centavos, aber zu Weihnachten sank der Preis auf 3,75. Im September begannen die Banken zu schliessen, sogar die Amerikanische Kommerzbank gewährte nur eine Frist von Stunden, um die Kredite zurückzunehmen, und die Spanische Bank und die Internationale schoben den Riegel vor, denn die Leute kamen wie verrückt gelaufen, um ihr Geld abzuheben; im Nu sprach es sich herum, dass man das Stundungsabkommen gebrochen hatte.

Und zu alledem erhob sich im November "Hai" Gómez gegen Zayas, der der Kandidat von Menocal war. Wahlurnen wurden verbrannt, und in Santa Clara gab es vierzehn Tote, denn die Parteien hatten Pistolenschützen angeheuert. Die Sache verwickelte sich derart, dass die Amerikaner Soldaten schickten, die sich in Camaguey einquartierten um abzuwarten, ob sich der Kampf zwischen Liberalen und Konservativen legte, aber das Desaster wuchs zusehends, wie die Lepra.

Im folgenden Jahr hatte man so viel Zucker auf Lager, dass es keinen Zweck mehr hatte, weiterhin welchen zu mahlen.

Die Banken erhielten die Urkunden der Zuckerfabriken und die Ländereien in Zahlung.

Viele Galicier, Andalusier und Katalanen kehrten nach Spanien zurück. Die Lehrer, die Briefträger und die übrigen Angestellten der Regierung wurden monatelang nicht bezahlt. Jedenfalls verfuhr Zayas, sobald er gewonnen hatte, genauso wie die andern: Für zweieinhalb Millionen Dollar kaufte er im Namen des Staates das Kloster von Santa Clara in Havanna, um Büros und Geschäftslokale daraus zu machen, enthob alle Minister ihres Amtes, und morgens fand man erstochene Leute am Kai. Die Eisenbahn kam zum Stillstehen und die Studenten zogen in Demonstrationen auf, bis die Regierung die Polizei hinter ihnen her schickte.

Zuletzt erschien General Machado auf der Bildfläche, der sehr gerne tanzte, Besitzer eines Nachtlokals und Freund der Dirnen war.

Juana Candela tauchte derart verändert aus ihren Bussübungen auf als wäre sie zwanzig Jahre älter geworden. Die Zähne waren ihr ausgefallen, das Haar weiss geworden, die Brüste hingen ihr schlaff herunter und ihr Leib, einst glatt und glänzend, war nun ein Faltenbündel. Man sagte, der Herr der Nacht habe sich ihres Körpers bemächtigt und deswegen war sie zu einer Vogelscheuche geworden, er habe sie in diesen ausgelaugten Zustand versetzt.

Sie schwörte, so sei es gewesen. Ich bebte bei der Feststellung, dass es den Tatsachen entsprach, dass ich es mir nicht eingebildet hatte. Dann kam sie und blies mir in die Augen und in die Ohren. Sie bekreuzigte und beräucherte meinen ganzen Körper, aber sie sagte kein Wort.

Da fing mein Unglück an. Ich war kaum siebenundzwanzig und schon seit mindestens zwölf Jahren auf Kuba. Man wollte mich sogar für den Posten des Aufsehers vorschlagen, als ich die ersten Erstickungsanfälle bekam. Damals probierte ich alle Heilmittel aus, die es gab, denn die einen rieten mir, mich auf die Quacksalber zu verlassen, andere meinten, ich solle zu den Gesundbeterinnen gehen. Es war ein trockener Husten und er wurde immer stärker. Der Blutandrang machte mich bewusstlos als würde mir die Luft fehlen. Ich musste im Freien schlafen, ich hatte Angst, eingeschlossen zu sein.

Einmal träumte ich, dass ein Schwarm Möwen flussaufwärts zog, und an beiden Ufern wuchs Cayennepfeffer. Es war ein tiefer Fluss mit flachen schwarzen Steinen. Auf einmal fiel ich aus dem Kanu und musste schwimmen, aber die Luft ging mir aus. Ich schwamm mit grosser Mühe, und giftige Nadeln durchbohrten meinen Rücken, denn so war das Stechen, das ich verspürte. Da liess sich ein Vogel auf meinem Kopf nieder und sagte zu mir: 'Geh zurück nach Hause.'

Nein, mein Herr, ich hatte nichts mit Geisterbeschwörungen zu tun, nur als Juana Candela mich um die Besinnung brachte, denn als ich wieder zu mir kam, sagte sie, ein böses Wesen sei in meinen Körper eingedrungen.

Ich weiss wirklich nicht, warum man mich Spiritist nennt, denn meine Beziehung zu den Fräulein beruht auf früheren Umständen. Mein Vater war Schmied und hatte für Don Eurípides gearbeitet, er beschlug ihm die Pferde."

Juan Camacho redete und redete. Er gab an, niemals in Meditationsgesellschaften verkehrt zu haben, und wenn er Don Jacinto, Doña Josefa und die Fräulein in die Stadt begleitete –das gab er bei der Gegenüberstellung mit dem Taxifahrer zu–, so war es deswegen gewesen, weil er zu Jacintos Besserung beitragen wollte und die Familie ihn darum gebeten hatte, denn der junge Mann war sehr kränklich und sie hatten kein Vertrauen zu den Heilmitteln der Ärzte, die schon alles mögliche mit ihm gemacht hatten und er trotzdem nicht gesund wurde.

So war das Untersuchungsverfahren bereits zu einem umfangreichen Aktenbündel geworden, dessen Seiten der Amtsschreiber säuberlich mit der Maschine beschrieben hatte. Er war ein Männlein mit runden Brillengläsern auf der Nase und steckte in einem Anzug, den eine fleissige Hauswirtin gewissenhaft ausgebessert hatte. Seine Äuglein waren auf das weisse Papier geheftet, das er mit den hohen t, den flachen m, den rundlichen g und den sauberen Vokalen bedeckte und in langen Arbeitsstunden die Aussagen und Kreuzverhöre dieses Ermittlungsverfahrens noch einmal durcharbeitete, weshalb die übrige Arbeit liegengeblieben war. Er hatte die schlechte Laune des Untersuchungsrichters auszustehen und jene jungen Anwälte, Söhne der besten Familien der Stadt, in den gebührenden Grenzen zu halten, denn sie waren darauf bedacht, die Arbeit des königlichen Staatsanwalts zu vereiteln.

Und dann der Kampf der Morgen– und Abendzeitungen und die mit ihren öffentlich abgegebenen Erklärungen das Verfahrensgeheimnis verletzenden Zeugen, die Schmähschriften gegen Juan Camacho, den das Volk gelyncht hätte wenn er inzwischen nicht gestorben wäre, denn man nennt ihn Verführer dieser durch eine fanatische Religion verdorbenen Wesen, Henker der unbefleckten Seelen Minderjähriger, die er mit sich zog als Priester dunkler Riten, die eher dem Mittelalter entsprochen hätten als dem zwanzigsten Jahrhundert. Zu schlechter Stunde ist mir diese Stelle hier als Gerichtsschreiber zugefallen, statt in Cuenca angestellt zu sein, denn unter Kastiliern werden die Streitigkeiten eher vor aller Augen ausgetragen, und ich glaube, dass es bei den von Sonne und Frost abgehärteten Tafellandbewohnern schwerlich zu derartigen Teufelskundgebungen kommen könnte, die eher zu solchen Leuten passen, die verschlagen sind, die heimlichtun und auf das Zweckdienliche achten, und das liegt an der Enge der Insel und an dem Gefühl, dass alle ihre Bewohner, sowohl in den oberen Schichten wie in den untersten

Klassen, irgendwie miteinander verbunden sind, und die einen wie die andern geben sich dem Kult der Kartenlegerinnen und Wahrsagerinnen hin, neigen dazu, den Tagelohn für so miserable Vergnügen wie Hahnenkämpfe auszugeben, wo sie auf diesen schwarzweiss Getüpfelten oder jenen Honigfarbenen setzen und die Tiere gegeneinander aufhetzen, damit sie sich die Augen auskratzen und mit den Sporen den Kopf aufreissen, um sie dann an Ort und Stelle vor den beiden Wettparteien vollends zu töten, und wo das Blut den Kampfring färbt, in den man Sand und Sägemehl für die nächste Runde streut.

All das dachte der Gerichtsschreiber, während er sein Amt ausübte und die ersten Schlussfolgerungen der Staatsanwaltschaft und die darauffolgenden Erweiterungen der Verteidigung und des öffentlichen Anklägers zu Papier brachte. Von wem er aber am meisten beeindruckt war, das war jener Mann, den er den Kubaner nannte. Diesem war wegen dem Rückfall seiner Krankheit gestattet worden, unter Hausarrest zu bleiben, in Abwartung neuer Aussagen, die sein wirres Gestammel vom ersten Tag ergänzen sollten, denn er hatte sich darauf beschränkt, jede Teilnahme am vorliegenden Fall abzustreiten, womit ihm die gerichtliche Verfolgung allerdings nicht erspart geblieben war. Und wie hatte er geschwitzt, als ihm die richterliche Verfügung vorgelesen wurde. Der Amtsschreiber dachte, der Mann würde einen letzten und endgültigen Erstickungsanfall bekommen; er war eine gerichtlich verfolgte Leiche.

Kapitel vierzehn

Das Ende

Miserere mei, Deus
secundum magnam
misericordiam tuam.

Et secundum multitudinem
miserationum tuarum,
dele iniquitatem meam.

Davidpsalm
(51,3 Vulgata 50)

Zwölf Jahre nach dem Prozess bestätigte sich bei Francisca Van der Walle die Neigung zum paranoiden Verfolgungswahn. Sie erwachte aus ihren Alpträumen mit einem solchen Gezeter, dass ihre Unterkunftsgenossinnen hochfuhren. Sie schrie, man würde ihren Körper mit gebogenen Stacheln peinigen, sie bat, man möge ihr die Augen ausreissen weil sie betrogen wurde, man soll ihr den Schädel öffnen weil ein schrecklicher Druck auf ihren Schläfen lastet.

Die ärztlichen Untersuchungen ergaben, dass ihr geistiges Alter bei zwölf Jahren lag. Sie glaubte, es handle sich bei diesen Tests um Grundsätze oder Gebete des Hexenkultes, durch die man versuche, sie unter den Einfluss böser, gegen sie wirkender Geister zu stellen. Sie verlangte, dass die in Zwangsjacken Schlafenden aufstehen sollen, um ihr mit einer Axt den Kopf zu spalten und mit Nähnadeln die Adern zu öffnen; sie kaut oft an den Fingernägeln, wird von Flimmern oder Lichtern im Kopf gequält. Sie leidet unter Schüttelkrämpfen und Ohnmachtsanfällen, die von Schattenwesen hervorgerufen werden; sie bittet mit lautem Geschrei, man möge ihr die Beichte abnehmen, und die Engelchen im Himmel und die heiligen Apostel sollen sie segnen und ihre Materie zu den unteren Schichten vom Paradies mitnehmen, damit sie sich läutern kann.

An vielen Tagen verharrte sie regungslos mit verschränkten Armen in einer Ecke des Hofes, bei den Epileptikern und Alkoholikern, oder sie bewegte sich mit äusserst langsamen Schritten und haschte in der Luft nach Ungeziefer.

Auch blieb sie gern stundenlang an der Sonne, allen gegenüber gleichgültig, mit einem mechanischen Lächeln im Gesicht, und sie schlägt mit den Händen um sich, um die schwarzen Fliegen und die Schmetterlinge zu verscheuchen, die umherirrende Geister sind, schädliche Vibrationen, von denen sie um Mitternacht verfolgt wird und die ihr die beiden Täschchen mit den Medaillons von St. Benedikt, den silbernen des Christus und dem des St. Ignatius und dem Saphirkreuz und den Rosenkränzen der Grossmutter wegnehmen wollen. Plötzlich zieht sie sich aus, weil ihre Kleider voller Teufel sind, und verlangt nach einer Schale mit Weihwasser, um sich damit zu besprengen. Wenn die Schüttelkrämpfe beginnen, kommen die Krankenwärter.

Doña Josefa starb im April 1941. Ihre Reste befinden sich heute im Massengrab des Friedhofes von Tafira. In ihren letzten Tagen wiederholt sie denen, die sie besuchten, dass sie glücklich sei, denn Jacinto und Ariadna waren erlöst, und für Jacinto sei der Tod das Beste gewesen, denn schon von klein auf wusste er, dass er schwächlich war, deswegen hatte man ihm Meersalz mit Pinienextrakt verordnet, und da er ein so reines Geschöpf war, sang er in der Kirche den Eucharistischen Hymnus für Franciscas Materie, und in ihn drangen die Geister ein wie die Vögelchen zu den Blumen kommen.

Sie bat, man möge sie aus Barmherzigkeit zu ihrer Tochter Francisca bringen –wegen diesen verdammten Leuten hier im Gefängnis lässt man mich nicht zu ihr–, und als letzter Wille verlangte sie, dass man sie bei der Tochter beichten lasse, denn oft hatte diese sich die Stola umgelegt und ihnen die Ölung gegeben, und da sie die Gabe besitzt, das Brot im göttlichen Leib zu weihen, so würde sie damit des Teufels Stimme verscheuchen, die Doña Josefa jede Nacht hört, zuerst wie Schweinegrunzen und dann wie eine quietschende Maus.

Sie bat, aus Barmherzigkeit möge man ihr Ceregumil für die Kopfschmerzen geben und aus Barmherzigkeit das Gespenst von Don Cayo Aurelio vertreiben, der alle seine Töchter entehren will, deswegen bleibt sie die ganze Nacht über wach und lauert ihm mit einem Dolch in der Hand auf; er kommt ohne Hosen und sie wird ihn bis auf seinen Schatten töten.

Doña Josefa litt an fortgeschrittener Arteriosklerose, hohem Blutdruck und war zuckerkrank; sie hatte Zeiten jubelnder Euphorie, denen tiefe Depressionen folgten, während der sie kaum etwas anderes als wirres Zeug redete. Sie sagte, man soll Don Cayo Aurelio wecken, damit er um sechs zur Seelenmesse in San Gregorio gehe, und Hilaria solle man darauf aufmerksam machen, dass sie binnen drei Monaten sterben wird, weswegen sie sich reumütig darauf vorbereiten soll. Sie lasse ihr bestellen, sich Jacinto anzuvertrauen, sobald sie durch die Himmelstüren schreite, denn er sitzt auf einem silbernen Thron und trägt eine Krone aus Brillanten. Sie bat Hilaria, ihm auszurichten, dass es ihnen beiden gut ginge, dass sie sich nur grämen weil sie ihn seit so vielen Jahren nicht mehr gesehen haben, deswegen ist ihre Sehnsucht so gross.

Francisca sagte dem Gerichtsarzt, sie habe so heftiges Stechen im Leib, dass sie, um sich Erleichterung zu verschaffen, Reibmassagen machen muss, und der Arzt führte im Gutachten an, dass sich das Mädchen seit dem sechsten Lebensjahr masturbierte um, wie sie glaubte, körperliche Beschwerden zu lindern, und er fügte hinzu, dass ihr kleiner rundlicher Schädel, das schwächliche Skelett mit Symptomen von Infantilismus, die schlecht proportionierten Arme und Beine, ihr anormales Schwitzen, die übereinandergeschobenen Zähne und der glänzende Blick nichts anderes sind als Zeichen ihrer Anomalität, die wahrscheinlichen Folgen einer Syphilis, die sie wohl von ihrem Grossvater Don Euripides geerbt hatte, von jenen Spielern, Faulenzern und Hurenkerlen, die das Anwesen verschleuderten, von den Gegnern, die das 'Ich bin der Papst', 'Ich bin Gott', 'Ich bin die Stimme der Wahrheit' nicht akzeptierten, und wenn ich Stimmen höre und grüne Teufel hinter den Gittern sehe, so ist es deswegen, weil ich die Auserwählte meines Bruders bin, und wenn ich nicht an Gewicht zunehme, so ist es wegen des Kummers um seinen Tod, und wenn Ariadna umkam, so ist es deswegen geschehen, weil sie keinen guten Geist über sich hatte.

Ich habe Jacinto wie in einem blauen Flackern gesehen, und hinter ihm zwei verschwommene Gestalten in der Form der Heiligen; er ging mit unbedecktem Kopf, in einem rosa Gewand und mit einem Mantel, der im Wind flatterte. Auch habe ich Menschengedränge, Prozessionen, Standarten, einen langen Umzug am Tage des Herzen Jesu gesehen, mit Messknaben, Weihrauch, Hosiannas und zwölf in Purpur gekleideten Bischöfen, und Städte mit hohen gläsernen Gebäuden, die wohl weit draussen auf der anderen Seite des Meeres liegen, und

Strassen und schnelle Autos und Frauen mit Milchkrügen auf dem Kopf, und ich habe es abgelehnt, Wasser zu trinken, denn ich sehe Geister auf dem Boden des Glases, und darum habe ich es auf den Boden geworfen, habe es in tausend Scherben zerbrochen bevor sich der Krankenwärter mit dem Strick nähert. Ich weiss, etwas Unheilbares wird dich aufzehren, weil du verdammt bist in den Augen des Herrn. Und sie bat um Orangenblütentropfen und Lindenblütentee, um das Unwohlsein, die Schmerzen und das Knochenreissen zu vertreiben, das von dem schlechten Wasser kommt, das man einem hier gibt.

Doña Josefa sagte, das Haus soll in Brand gesteckt, die letzten Grundmauern zerstört werden, denn La Vega ist voller Teufel, deswegen war Jacinto krank geworden, wegen der Verwünschung irgendeines feindlich Gesinnten; sie selber hatte das Haus mit glühendem Schwefel ausgeräuchert, aber Jacinto erwachte morgens mit Russflecken auf der Haut, mit runden Merkmalen und Strichen. Es sind die Geister, die diese Pritsche zum Beben bringen auf der ich liege, die ganze Nacht kann ich kein Auge zutun, denn die Decke bewegt sich und die Zypressen im Garten sind voller leidender Seelen, und Cristina ist ein schlechtes Geschöpf, denn sie ist nicht einmal gekommen, um nach mir zu sehen, genauso wie Maria del Pino, alle beide sind weit weggegangen, wie man mir gesagt hat, die eine verheiratet und die andere von einer Familie aufgenommen, und unsereinem bleibt nichts anderes übrig als den Willen Gottes zu akzeptieren, der uns hier leiden lässt.

Francisca sagte, dass Ferrer der von Gott gesandte Geist sei, welcher Jacinto das Licht gab, dass Caruso an einer Bronchitis starb und sich ebenfalls seines Geistes bemächtigte, und ich wusste dass mein Junge sterben würde, denn er war ein frühreifer Mensch, Ferrer hatte uns schon darauf aufmerksam gemacht, es war wohl der Wille des Herrn, und wir konnten uns nicht widersetzen, denn er sagte es mir, als ich ihn auf dem Nachttisch stehen hatte. Ich hatte meine Hände auf die Tischplatte gelegt und die Augen geschlossen, da begann sich das Nachttischchen zu bewegen und zeigte an, dass dort ein Geisterwesen war, und da fragte ich in der Art und Weise, wie es in den Büchern steht, und der Geist antwortete mir durch das Alphabet und die Nummern, die auf Papierstreifen geschrieben sind, und das ist so wahr wie das Tageslicht.

Deshalb höre ich nachts das Klopfen im Nachttisch neben meinem Kopf, denn jemand will mir Schaden zufügen. Mein Kopf ist benommen von diesem Gedanken, es bedrückt mich derart, dass ich oft die Besinnung verliere, ich merke, dass man mir Ammoniak unter die Nase hält, um mich zu wecken. Ich komme wieder zu mir, aber ich bin nicht mehr dieselbe wie vorher, denn jemand hypnotisiert und zwingt mich, gegen meinen Willen zu handeln Und ich schreie deswegen, damit man mir nicht meine Gedanken abliest, denn sie sind mir auf die Stirn geschrieben und alle können es sehen; man folgt mir wenn ich auf der Strasse bin und zum Beichten gehe, man weiss bereits, was ich sagen werde, man hat es schon im voraus erzählt.

Der Gerichtsarzt schrieb, die Patientin leide unter akuten interkurrierenden Anfällen paranoidischer Schizophrenie und schizophrenen Dämmerzuständen, und dass die wesentlichen Faktoren der Diagnose folgende sind: a) die des Dämmerzustandes: abgestumpftes Bewusstsein, vorübergehender autopsychischer Orientierungsverlust, leichte Störung der räumlichen Orientierungsfähigkeit, gewaltsamer und angstvoller Zustand des affektiven Tonus, Vorstellungsverknüpfung schizophrener Ideen, teilweiser, abwechselnd auftretender Gedächtnisschwund in Bezug auf die Tatsachen; b) die der paranoidischen Schizophrenie: schizophrene Störungen der Gedankenverbindung und des Verhaltens als totaler Ausdruck der Zentrifugalfunktionen, Halluzinationen im Bereich von Gesichts– und Gehörsinn und im Empfinden der inneren Organe als Äusserung der Zentripetalfunktionen, delirierende Gedankenvorgänge sowie die bereits angeführten affektiven Störungen und solche der Persönlichkeit, die deren Rahmen sprengen.

Aus der neurologischen Diagnose geht hervor, dass nach Untersuchung des neurovegetativen–endokrinen Systems vasomotorische Störungen wie Blähungen, Hitzewallungen und Schwitzen festzustellen sind, besonders an den Vortagen der Menstruation, und die Patientin weist zeitweise heftige Anfälle von Tachykardie auf und gelegentlich respiratorische Arrhythmie, Kältegefühl in den Gliedern und leichtes Zittern der Hände.

Ausserdem zeigt der Augen–Herz–Reflex eine Zunahme der Pulsschläge auf den Druck des Augapfels. Die Patientin entspricht also dem dystonisch–vegetativen–hypersympathisch–hyperthyreosischen Typ, sie kaut an den Fingernägeln und ist seit einiger Zeit der Melancholie verfallen, weil sie keine wohltätigen Werke mehr für die alten Leute ausüben kann, so wie sie es früher tat, und in ihren Definitionen schliesst sie das Konkrete mit ein und gibt gelegentlich herkömmliche, manchmal beschreibende Antworten, aber mit absolutem Versagen wenn es sich um abstrakte Begriffe handelt. Der Inhaltsreichtum ihres Bewusstseins entspricht ihrem kulturellen Wissen, ihrer Lebenserfahrung und ihren Umweltbeziehungen, obgleich beim Ermitteln der ethischen Gefühle gegenüber den übrigen Kranken die Begriffe von Mitleid, Gerechtigkeit und Nächstenliebe zusammen mit einer starken Emotivität in ihren üblichen Abweichungen zum Ausdruck kommen.

So lautet das im Monat Januar des Jahres 1943 unterzeichnete Gutachten, das letzte, das man dem Prozessprotokoll beigefügt hatte, wenige Tage bevor der Richter das Untersuchungsverfahren einstellte.

"Eine kolossale Blutschande. Ich bin davon überzeugt, dass die einzige wirkliche Liebe, die sie empfanden, Jacinto galt. Aber nur Francisca hatte sie verwirklicht, und deswegen war sie als Medium aufgetreten, weil sie sich mit dem Fleisch ihres Bruders verschmolzen hatte", sagte Enrique, während ein Thema von Pink Floyd aus dem Plattenspieler erklang, den er in der Strasse Triana nach hartnäckigem Feilschen erworben hatte: *Let there be more light*, und beide spürten wie die Haschtablette sie entflammte, die sie zuerst in der Handfläche gekneten und dann in die Pfeife gestopft hatten, um das süssliche Aroma über den Bettlaken zu verbreiten.

"So erklärst du dir also ihre Eifersucht und ihre Rivalitäten", sagte Raquel, nachdem Enrique die Mischung zubereitet hatte und sie anzündete, um dann tief daran zu ziehen. Dem Mädchen war als sei dieser energiegeladene Pfeifenzug ein Teil der Musik, die aus den zu beiden Seiten des Bettes auf dem Fussboden aufgestellten Hi–Fi–Boxen herauftönte; der Diamant des Tonkopfes tastete die Langspielplatte ab, auf der die Klang-mischung des Themas von Roger Waters aufgenommen ist, das langsame Abklingen der Schlaginstrumente und deren Echo, während Enrique die Tiefen von Raquels Sexus ergründet, und es war als befürchte er, in eine abgründige Höhle zu fallen, denn es sind endlose Gruben, Gespenster, die in den Schwaden der Dämmerung miteinander ringen, Doppelgänger aus Luft, die in die Haut des andern eindringen.

Da dachte Enrique, dass das Mädchen ebenfalls irreal sein könnte; wer weiss ob nicht eine Reinkarnation jener Mumien, die die Felsspalten der Schluchten bevölkern, und Raquel würde sich vielleicht an jene ganze verleumderische Vergangenheit erinnern können: die beiden einzigen Türen der Maria–Auxiliadora–Schule, die eine für die reichen Mädchen mit ihren Schüleruniformen der Reichen, und die andere für die armen Mädchen in ihren anderen Kleidchen, jede Gruppe mit ihrem eigenen Hof, denn die Insel war so etwas wie eine Reihe von hermetisch abgeschlossenen Bereichen, von Käfigen, von

Vogelnetzen, das heisst geschickt getarnte Fallen auf dem Boden dieses Sanktuariums des Getuschels hinter den Jalousien und unter den alten Weibern auf ihren Balkons, die dem Vorüberziehen des täglichen Lebens zusehen. Die Insel ist eine an den Kalkwänden geplatzte Salpeterblume, und du bist die andern, wenn sie an jedem Sonntag über den Grabessprüchen vor den Seitenaltären der Basilik niederknien, über den Schädelstätten einstiger Edelmänner und Händler, die die Zuckerfabriken ins Leben riefen und Herren von Sklaven waren, denn Tamaran ist wie die abgestreifte Hülle eines prähistorischen Tieres, das schon dreissig Millionen Jahre alt ist und zu einer wurmstichigen Gebärmutter unter der Himmelskuppe wurde.

"An was denkst du, Schatz?" fragte das Mädchen, als sie bereits feucht waren vor Lust. Der Hasch war zu einer Aschenrinde geworden, die Schallplatte hatte aufgehört sich zu drehen, der militärische Leuchtturm von La Isleta warf Lichtspiralen über die Stadt, und am Ende vom Hafendamm steht ebenfalls ein Turm, der in regelmässigen Abständen ein blinkendes grünes Licht aussendet, und aus Sicherheitsgründen nehmen die Tankschiffe genau das letzte Stück vom Kai ein. Der Wächter verbietet den Autofahrern den Durchgang, und die Pärchen suchen den Schutz des im Bau befindlichen Vergnügungsparkes Tivoli auf, wo das Baugelände zu Liebesnestern wird.

"Ich glaube, du hast nun genügend Material", sagte Raquel, als er sie nackt und ruhig daliegend betrachtet. Er streichelt ihr Haar, küsst sie auf die Wange und führt die Hand dann wieder zu ihrem Haar, während sie sich langsam, vielleicht zum letzten Mal betasten. Enrique ruft mit geschlossenen Augen die Höhen und Tiefen ihres Körpers in Erinnerung, dort in jenem, den Lichtern der Bucht zugekehrten Zimmer, und im Hintergrund das Stadtviertel La Isleta, das den Ruf hat, ein Freudenhaus zu sein. Neben ihnen das Durcheinander der in aller Eile abgestreiften Kleider und darüber das Mark dieser Musik, die innerlich wächst: Wurzeln, Stengel, Blattgerippe und Geäst von aromatischem Harz, auch Wellen strömender Lichter, Wasserfälle und Mäander, vielleicht erinnerte sich Raquel dabei an die Kaste der Dienenden des Herrn Grafen oder der Bonny, oder der Blandy, oder der Leacock, oder der Dieppa, oder der Massieu, oder der Bulchand, denn die Insel hatte sich wie eine alte Hure an den Meistbietenden verkauft, trotzdem ihr Fleisch von den Ein-schnitten einstiger Regenfälle durchfurcht ist, und ihre Brüste sind kahle Hochflächen wo nur der Wurm lebt, und ihr Leib ein schlammiger Tümpel, den der Traktor der Deutschen, der Traktor der Engländer, der Traktor der Inder vom Gestrüpp befreite; die alte, noch so tüchtige Prostituierte, um den Phallus des Ozeans zu reiten, um im Neonlicht der Urbanisationen zu erstrahlen, die sich von San Agustin bis Puerto Rico hinziehen und bei El Veril, Fasito Blanco, Patalavaca, Balito und Punta de los Frailes: Ödland von Maspalomas, wo sich die alte Dirne der Sonne hingibt, ihre unterseeischen Knochen, die vom unzugänglichsten Kontinent kommen und sich an der Küste von Saguia El–Hamra zu trügerischen Sandbänken erheben.

Enrique dreht den Warmwasserhahn auf, der Schaum brodelt und wächst, und das Mädchen gibt sich dem kleinen Wasserfall hin, ein Flaum winziger Blasen, ein im Untergrund gestauter, seit Jahrhunderten zurückgehaltener Fluss bis zum Augenblick der befreienden Erschliessung, und wieder sind sie ein einziger Körper aus gemeinsamen Membranen, aus Kiemen, die im warmen Bett des Wassers atmen, das stossweise auf die Fliesen fällt, genauso wie der Nachmittag in Stücke springt, wie in ein und derselben Reuse gefangene Fische, der eine sich gegen den andern wälzend in einer Kavalkade der Leidenschaft, im Auf– und Untergang, bis die Knie wie hängende Segel sind, und das Meer ist ein luftleerer, stillstehender Ballon.

Er trocknet sich die Haut als wolle er sie aufreiben, als wären sie beide in ein Gebiet unendlicher Ebenen versetzt, und dort in der Ferne steht der Leuchtturm ihres Sexus, und Raquel sagt, ich muss dir den Koffer packen, du hast alles so durcheinanderliegen, wenn du ankommst, dann schickst du mir eine Postkarte, einverstanden?

Sie fahren im Auto zur Avenida del Mar. Das Mädchen kurbelt das Wagenfenster herunter, das Haar lose in der Brise, die den Geruch von Gas und Kloake und allen Fäulnissen mit sich bringt. Dort zwinkert ihnen das grüne Auge der Verkehrsampel zu, sie kommen an den grossen Pfosten von Alcaravaneras vorbei, fahren durch Arsenal, dann in die Strasse Simón Bolivar hinein und die Luis Morote hinauf, im Labyrinth, durch das die Pferdekutschen ziehen. Sie kommen zur Strandpromenade von Las Canteras: Das Wasser hat eine altgrüne Farbe, und La Barra ist ein Arm, der kaum über die Oberfläche hinausragt. Hier, Schatz, hier können wir zu Abend essen.

Von weither kommen die dreizehn Generationen, die die Insel während dreihundertfünfzig Jahren kennzeichneten, eine Legion von Soldaten für den König, Visionäre für das künftige Spanisch–Amerika, Nonnen und Kaufleute und vom Stigma der Van der Walle gebrandmarkten Findelkinder und Erstgeborene, ihre Verzweigungen und Kreuzungen in den Landen des Oberen Mexiko, die Menge ihrer Bastarde auf den Antillen, ihre Eheschliessungen mit den letzten Enkelinnen von Maninidra, die im Hafen von Valencia dem Verkanf entgangen waren, das Verschmelzen ihres Blutes mit Morisken, welche vor der Verfolgung Königs Philipp Schutz suchten, ihre ausgesetzten Kinder, die den Stempel von Guinea tragen, ihre Vernunftehen mit anderen vom Kontinent Ausgewanderten, ihr Zusammenspiel mit den Wanguemert, Porlier, Van Baumberghen, O'Daly, Poggio, Groenemborch oder den Monteverde und den Tabares; ein Strom von Abenteurern aus Flandern, aus der Normandie, Schottland,

Malta, Irland, Genua, Neapel und Portugal, deren Essenz sich verwandelt hatte nach den darauffolgenden Expeditionen von Leuten aus Estremadura, Andalusien und dem Baskenland, die gekommen waren um die im Frühjahr 1496 für die Krone eroberten Lande zu bevölkern, nach fünfundneunzig Jahren dauernder Truppenausschiffungen und Waffenstillständen, die ständige Verstärkungen erforderten, in langwährenden Belagerungen, deren Gewissheit die Historiker in Zweifel stellen, denn vielleicht ist das Epos von der Unterwerfung solch unscheinbarer Inseln nichts anderes als das Resultat nachträglicher Hinzufügungen der Chronisten des königlichen Hofes gewesen, begierig danach, das erste überseeische Unternehmen aufzubauschen, und so fügten sie dem, was schlicht und einfach Zänkereien und Verrat war, Fabeln und Lanzenturniere hinzu, und sahen Basiliken wo Kapellen mit Palmzweigendach standen, und Festungen anstelle von Hütten, und die verzauberten Ufer der fliegenden Insel San Borondón statt des Schirokko, der den Wüstendunst aufwühlt, und Prinzen wo es Hirten und grobgekleidete Krieger gab, und so kam es, dass die Eroberung der Glücklichen Inseln eine Unmenge von Berichten und Episoden von solcher Grausamkeit zur Folge hatte, dass sie an die Kapitulation von Granada und den Sieg von Lepanto erinnerten, und das Christentum zog grossen Nutzen aus der Heidenbekehrung und der Gründung von Ortschaften jenseits der Herkulessäulen.

Man kam von weither, um sich das wundersame Erscheinen des kreisförmigen Lichtes und des Schattens oben über der Gemeinde von San Juan anzusehen, eine genaue Wiedergabe des Christus vom Hochaltar, und auch die Lichter der büssenden Seelen, die in den Augustnächten auf den Wegen einhergehen und Anlass gaben zu einem Geschlecht, das nach Ansicht der Sachkundigen unter angeborenen anormalen Symptomen leidet, und diese Erbfehler sind nicht etwa äusseren oder umweltlich bedingten Ursachen zuzuschreiben, sondern dem Körper eigen und in dessen Keim enthalten. Auf all das üben in entscheidender Weise die Aufklärungsfeindlichkeit und die fanatische Religion ihren Einfluss aus, und alle diese Umstände zusammen führen zu so schrecklichen Ereignissen wie das, welches wir soeben erlebt haben, erklärten die beiden Strafverteidiger, Lieblingsschüler des berühmtesten Kriminalisten; denn die Insel ist verseucht von diesen Vereinen, wo man mit dem Teufel, mit der Wahrsagerei, mit den Betrügereien Kult treibt, was von einer Horde von Rücksichtslosen ausgebeutet wird, die in solchen Machenschaften ihre Einkommensquelle finden, und deswegen braucht man sich nicht zu wundern, dass sich ein Zustand kollektiven Wahnsinns verbreitet, der noch andere derart haarsträubende Tatsachen hervorbringen wird wie die, die wir hier verurteilen, sofern diese Spanische Republik der Rückständigkeit und Nachlässigkeit nicht Abhilfe schafft.

Von weither war der flüchtige Jude mit Maria Vargas gekommen, und da waren seine Kinder und sein Gesinde, seine Bündnisse und seine Ruinen, und mit dem Verlauf der Jahre beschränkt sich die Erinnerung an ihn nur noch auf ein paar Grabessprüche und einige wenige Porträts, die einen unbedeutenden Teil der Beute darstellen, die die englischen Antiquitätenhändler von La Vega mitgenommen hatten, und auf ein paar Eintragungen in den Büchern vom Pfarrarchiv, wo die Bezahlung des Zehnten an die Benefiziaten, die Protokolle der Testamente und Nachlassenschaften, die Ehen– und Sterbeurkunden verzeichnet sind, nicht aber ihr Hang zum Kartenspiel und der Ursprung ihrer Bastardenzweige und ihre Bussübungen bei den Laienbruderschaften der Karwoche. Und die Aufzeichnungen über ihre Stellungnahme, als die Piraten bei Melenara auftauchten, sind konfus, genauso wie jene, die sich auf die eigenartigen Manien derer beziehen, die Pieter in den Familiengeschäften nachfolgten, denn alle diese Gedenkschriften nähren heutzutage

Legenden, die die Runde um die Insel gemacht haben ohne dass jemand erkennen könnte, welcher Teil davon der Wahrheit entspricht und was erlogen ist.

Ein Wunder dieses Aufblitzen, das dem Platzregen vorausgeht. Es schien als wollte der Scheibenwischer die vielen Monate der Untätigkei nachholen. Die Landstrasse füllt sich mit Pfützen, die die Unebenheiten decken. Die Luft ist ein dichtes graues Band, als Enrique López gerade dabei ist, die Kurve von La Laja hinter sich zu lassen, wo der Tunnel gestanden hatte, nahe an der Stelle, die man Marfea nennt und eine der Steilküsten ist, von wo man die von der "Brigade der Aufgehenden Sonne" Angeklagten hinunterstiess, genauso wie bei Tinoca und Malpaso.

Zurück bleibt die sich dahinziehende Stadt, Landstrich zwischen Fels und Meer, von Häuserblocks verkeilt, die jede Perspektive unmöglich machen; das Amphitheater buntbemalter Häuschen, die dem Gefälle trotzen und am Steilhang emporklettern, unten die Mauern der Schnellstrasse und die Reihe von Palmen, an denen der Dunst der Dünung nagt, ihr Blattgeripppe von Meeressalz erstarrt.

Dieser flüchtige Wasservorhang verwischt die Umrisse, macht die Entfernungen undeutlich und kommt stets wie ein Eindringling, der es auf der Stelle bereut und sich wieder zurückzieht. Enrique López macht seine letzte Fahrt morgens um sieben, um Zeit zu haben, bei der Kreuzung von Jinamar abzuschwenken und sich auf die Strecke zu begeben, die er in diesen Tagen gründlich kennengelernt hatte: hinter der ersten Biegung die Gärten von Marzagan wie Flecken im Ödland, und etwas weiter die vom Wind gebeugten Eukalyptusbäume, die grünen Inselchen wilder Feigenkakteen und die Krater, aus denen man den rötlichen Picón –den Schottersand– gewinnt.

Der Regen kommt wieder als das Auto in die Zufahrt zur Verkehrsstrasse einbiegt. Enrique macht die Scheinwerfer an und sieht die Brücke der Sieben Augen über dem Trockenflussbett; Wasserfäden verdunkeln die Luft, jetzt, wo er den Felsen von Cendro hinter sich lässt, die Höhlengruppe, wo triefäugige Hexen wohnten, zerlumpte Greisinnen, die die Gebrechen von Körper und Geist heilten, Sybillen, die die Vorbedeutungen ergründeten.

Er vermindert die Geschwindigkeit, die Tachonadel streift die dreissig Stundenkilometer, die zwanzig, denn von der zerfallenen, dem heiligen Martyrer Petrus von Verona geweihten Kapelle an bildet sich eine Autoschlange, überqueren Frauen die Strasse, die zur Ambulanz der Sozialversicherung gehen, und man kommt nur langsam vorwärts, an der im Sommer 1899 abgerutschten Steinmasse vorbei, und dort ist die Glockenwand aus Quadersteinen, die die Einfahrt krönte, und die Bogen, unter deren eingemeiselten Zeichen eine Reihe von Sonnenzeichen und andere Motive zu sehen sind, die Losungen und Warnzeichen gegen Beschwörungsformeln waren.

Enrique überquert die Plaza von San Juan, es ist 7.15 auf der Turmuhr. Die Lorbeerbäume tropfen als er zu den "Vier Ecken" hinauffährt, und bei dem Pfeil, der Gando–Maspalomas anzeigt, muss er nach links abbiegen. Hinter sich lässt er das Geburtshaus des erlauchten Don Fernando León y Castillo, den Bereich der ersten Ansiedlerrasse, die die Fassaden mit ihren Wappen schmückten, um sich von der Neustadt zu unterscheiden, die bei den oberen Vierteln wuchs und von Berbern, Portugiesen und armen Kastiliern bewohnt war.

Er sieht wie die ersten Kunden der Schenken erscheinen, die ihre Dosis Rum verdoppeln, um dem Bronchienleiden vorzubeugen, das dieser Platzregen ankündet; sie staunen angesichts der Überschwemmung, die von einem Gehsteig zum andern reicht. Enrique biegt zur Strasse Juan Diego de la Fuente ab, die wegen den eigenartigen, in ihrer Nachbarschaft geschehenen Verbrechen berühmt wurde, denn dort trieb sich der "Corredera" herum und es wurden hintereinander zwei Familienmorde verübt. Sie ist so eng wie alle Strassen, die diesen Stadtkern bilden, der ein Labyrinth von blinden und gewundenen Gassen, abgerundeten Ecken und Toren ist, wo die Tagelöhner ihre Behausungen aufgestellt hatten.

Der peitschende Regen lässt nach, er ist nur noch ein langsames Tropfen, als Enrique López in die Castillo–Gasse einbiegt. Eine immer stärker werdende Brise verdrängt den Nieselregen; es ist der ewig trockene Wind, der von Gando heraufweht. Im Süden verhängen die Wolken den Horizont, und dieser dem Ozean abgewonnene Wasserdampf kehrt zu seinem Ursprung zurück, geht über dem Meer verloren; seine .Wirkung verdunstet im Wind wenn er über die Kreuzung von Melenara kommt, dort abflaut um in den Verkehrsstrom einzudringen, der nach dem Süden schäbiger Dörfer zieht, die Nester von Ratten und Hepatitis sind; der Süden, wohin sich früher der Karneval flüchtete, trotz der hartnäckigen Verfolgung durch Bischof Pildaín; jene Nächte, in denen sich jedermann von seinen inneren Gespenstern befreite am Rande der Landstrasse C–812, auf dem Weg zu den Gebäudekomplexen der Appartements und Kasinos, die einem Strom von improvisierten Maurern, Kellnern und Saubermachern Beschäftigung gaben, welche die Enkel von Hirten und Maultiertreibern waren; der Süden der Tomatenpflanzungen., dem jetzt die Überraschung des Regens zuteil wird, der den Touristen den Vormittag verdirbt, denn sie sehen sich gezwungen, mit ihrem Rüstzeug von Sonnenschutzölen in den Cafeterias abzuwarten bis es aufklärt.

Enrique gibt Gas und überholt einen dieser überlangen Autobusse, die jeden Morgen die Arbeiter transportieren, und da bemerkt er, dass er auf dem Nebensitz das Tonbandgerät, die Kamera und den Block liegen hat, den er in den letzten zehn Tagen mit seiner engen, beinah unleserlichen Handschrift vollgeschrieben und Einzelheiten über Einzelheiten notiert hatte, wobei er die Geschichte in die Länge zog, um sie auf parallele Themen abzuleiten, wie zum Beispiel auf den Einfluss und das

Wurzelfassen der geheimen Gesellschaften der Aufklärung, die Inquisitionsprozesse, das Fortbestehen der Quacksalberei, die Sichtungen unbekannter Flugobjekte, wo nun beinah so gut wie bewiesen ist, dass es in der Nähe der Inseln Unterseestützpunkte davon gibt, und verzauberte Städte im Schutz der Mauern von Atlantis, und mittelalterliche Burgen, die nur in der Morgendämmerung des St. Bartholomäustages sichtbar sind, und die Riten und die Zaubertränke, und die Zeugen, die behaupten, grosse Objekte gesehen zu haben, die sich aus den Tiefen des Ozeans erhoben: Feuerkugeln welche sogar die Piloten der Fluglinien blendeten; und die alten Weiber, die Aufträge von den Toten erhalten, und die Schluchtenhöhlen mit den Mumien, deren Einbalsamierungstechnik nicht nur mit dem ägyptischen Brauch in Zusammenhang gebracht werden kann, sondern sogar mit dem der amerikanischen Indianer, denn die Inseln sind schon seit unvordenklichen Zeiten eine Weggabelung im Meer gewesen.

Auch die Schilderungen von Raquel hatte er aufgenommen. Jetzt ist es 7.40 Uhr: Sicher schläft sie noch, und die Zeiger des Weckers rücken vor, der sie punkt acht auf die Beine bringen wird, genau im selben Augenblick, in dem Enrique die Schlüssel abliefert, die Rechnung bezahlt und in den oberen Stock des Flughafengebäudes hinaufgeht, zum ersten Schalter –MADRID–, um das Gepäck aufzugeben, die Reisetaschen mit der Kleidung und den Einkäufen, und dann zum Blumenkiosk, wo am Tag des grossen Flugzeugunglücks von Los Rodeos die Bombe der Unabhängigkeitsbewegung explodierte. Enrique kauft Strelitzien für Gloria, eine Schachtel Pralinen und noch ein paar Näschereien, während der Lautsprecher eine Verspätung von fünfundzwanzig Minuten bekanntgibt.

Er ist etwas unruhig während er die Wassertröpfchen betrachtet, die an den Scheiben hängenbleiben. Endlich werden die Passagiere aufgerufen um sich bei der Handgepäckkontrolle einzustellen; man geht durch den elektronischen Detektor, nimmt die Taschen auf der anderen Seite entgegen und dann über den langen Gang. Der Wind ist eine heisse Ohrfeige; kann sein, dass er noch heute Wüstensand bringen wird, immer dieser Ostwind, der damit droht, die Insel unter einer Staubdecke zu begraben.

Schon nimmt man seinen Platz im Flugzeug ein, guten Morgen, meine Damen und Herren, dies ist der Flug 001 mit einer Dauer von etwa zwei Stunder und dreissig Minuten, wir werden in einer Höhe von zehntausend Fuss fliegen, der Kabinendruck entspricht dem auf Meereshöhe, wir bitten, vom Sicherheitsgurt Gebrauch zu machen, nicht zu rauchen und den Sitz senkrecht zu stellen, good morning ladies and gentlemen.

Die Super DC–8 setzt sich in Bewegung, rückt auf der Startbahn vor, und mit einem Aufbäumen trennt sie den Bug vom Boden, wenige Sekunden bevor sich die ganze Maschine aufschwingt. Der schlimmste Moment ist der Start, denn man hat das Gefühl, ein knirschendes Stück Eisen in Richtung Weltall zu sein, aber schon kommen die Stewardessen in ihren asymmetrisch gestreiften Uniformen. Vor dem Frühstück bekommen Sie die lokale Tagespresse; die Stewardess Yolanda Miera mit dem Stoss Morgenzeitungen, das Exemplar, das Enrique mit dankender Geste entgegennimmt, in Erwartung, jene harte Überschrift auf der ersten Seite zu finden: ENTSETZLICHES VERBRECHEN AN EINEM JUNGEN MÄDCHEN, und dann die Untertitel: Ein bildhübsches Mädchen ist von seinen Familienangehörigen als Sühne geopfert worden, wie ein Geist aus dem Jenseits befohlen hatte.– Dem Opfer hatte man zweihundert Verletzungen beigebracht und der Körper war eine einzige blutige Wunde.– Die fanatischen Täter wurden festgenommen.– Anscheinend waren sie davon überzeugt, eine Tat der Erlösung zu vollbringen.- Enrique spürte so etwas wie einen kalten Hauch auf den Augen: Unmöglich, dass das die vergilbten Blätter der *Provincia* vom Dienstag dem 29. April 1930 sein konnten, nur acht Seiten grobes Papier, das zwischen den Fingern zerfällt, und dort die auf eine Spalte beschränkten Kleinanzeigen zwischen den Annoncen der Schiffsmakler und den Heilmitteln;

heute findet die Parade der Eroberungsstandarte zum 447. Jahrestag des Atis Tirma statt, und unter den von Italkabel eingegangenen Telegrammen steht der Erfolg der Konferenz von Pater Albino; die Vereinigung der Republikaner auf Aufforderung der Radikalen; die Konferenz von Indalecio Prieto im Intellektuellenverein; der Dollar zu 8,5 Peseten im Wechselkurs von gestern, und in den Lokalnachrichten steht, dass die Neue Partei von San José beim gestrigen Disput in Telde den Vorteil zog; das Gedicht von Alfonsina Storni in der ersten Spalte auf der fünften Seite: *Meinen Fingern entgleitet die verlorene Liebkosung / meinen Fingern entgleitet sie / im Wind, im Vorübergehn. / Die Liebkosung, die umherirrt, ohne Zweck und ohne Ziel, / die verlorene Liebkosung, wer greift sie auf?*; Unamuno wird in die Stadt kommen, um anlässlich des Ersten Mai einen Vortrag zu halten; der "Graf Zeppelin" wird nach London fliegen, und die "Katholischen Damen" von Granada protestieren wegen der schamlosen Auftritte der Josephine Baker; der Besuch von König Alfonso XIII. in Sevilla, wo er lange Zeit vor dem Mausoleum des Stierkämpfers Joselito verharrte, Genie der Rasse; die Ansprache von Mussolini, der wiederholte, dass man mit dem Blick auf das Rom der Zukunft arbeiten müsse, bedenken wir doch, dass es 1950 eine Hauptstadt von zwei Millionen Einwohnern und hundertfünfzigtausend Fahrzeugen sein wird; die von General Berenguer an das *Hamburger Fremdenblatt* abgegebenen Erklärungen, im Land herrsche Ordnung, Friede und Recht; gestern betrug die relative Luftfeuchtigkeit 79 Prozent, die Verdunstung 4,9; 8,35 Stunden Sonnenlicht, Nordwestwind; die Werbung für Sirup, der alle Beschwerden lindert, und die Liste der im Hafen eingetroffenen Motorschiffe, das Durcheinander der Todesanzeigen und vor allem die Schlagzeile: ABSCHEULICHES VERBRECHEN IN TELDE, das gelbliche Papier, das auseinanderfällt, in winzige Fragmente zerbricht, sich in Staub auflöst, zwischen Enriques Fingern wie Sandstein über dem Meer zerböckelt.

Inhaltsverzeichnis

Luis León Barreto, am 29. August 1949 in Los Llanos de Aridane (La Palma, Canarias) geboren, gehört zur Literaturgeneration der 70er Jahre. Sein bekanntestes Werk, *Die Spiritistinnen von Telde*, hat weiten Anklang gefunden und ihm die allgemeine Anerkennung der Kritik eingebracht, nachdem es im Januar 1981 in Valencia mit dem 16. Romanpreis "Blasco Ibáñez" ausgezeichnet wurde.

Nach Ablegung des Staatsexamens in Journalismus war Luis León Barreto Redakteur bei "La Actualidad Española" in Madrid, Chefredakteur von "Diario de Las Palmas", stellvertretender Direktor von "La Provincia" und ist gegenwärtig für den Kanarischen Presseclub verantwortlich. Bis jetzt hat der Autor folgende Werke veröffentlicht: *Crónica de todos nosotros,* Poesie; *Ulrike tiene una cita a las ocho*, Roman; *Memorial de A. D.*, Roman; *Las espiritistas de Telde*, Roman; *La infinita guerra*, Roman; *El mar de la fortuna*, Erzählungen; *Los días del paraíso*, Roman; *El Time y la prensa canaria del siglo XIX*, Essay; *No me mates, vida mía*, Roman.

Luis León Barreto ist Mitglied des Institutes für Kanarische Studien in La Laguna, Korrespondierendes Mitglied des Kanarischen Museums von Las Palmas und mit verschiedenen literarischen und journalistischen Preisen ausgezeichnet. Unter anderen erhielt er die Journalistenpreise "Víctor Zurita" und "Leoncio Rodríguez" der Tenerife-Tageszeitungen "La Tarde" bzw. "El Día" sowie den "León y Castillo" von Telde (Gran Canaria). Auch wurde ihm der Poesiepreis "Julio Tovar" (Santa Cruz de Tenerife) und der Romanpreis "Pérez Galdós" (Las Palmas de Gran Canaria) verliehen.